大学生经典阅读解题式导读丛书

走进《复活》

孙 谨 编著

苏州大学出版社

图书在版编目(CIP)数据

走进《复活》/孙谨编著. —苏州：苏州大学出版社，2019.3
（大学生经典阅读解题式导读丛书）
ISBN 978-7-5672-2252-6

Ⅰ.①走… Ⅱ.①孙… Ⅲ.①长篇小说-文学欣赏-俄罗斯-近代-高等学校-教材 Ⅳ.①I512.074

中国版本图书馆 CIP 数据核字(2018)第 264316 号

走进《复活》

孙 谨 编著

责任编辑 史创新

苏州大学出版社出版发行
（地址：苏州市十梓街 1 号 邮编：215006）
宜兴市盛世文化印刷有限公司印装
（地址：宜兴市万石镇南漕河滨路 58 号 邮编：214217）

开本 880mm×1230mm 1/32 印张 8 字数 223 千
2019 年 3 月第 1 版 2019 年 3 月第 1 次印刷
ISBN 978-7-5672-2252-6 定价：21.00 元

苏州大学版图书若有印装错误，本社负责调换
苏州大学出版社营销部 电话：0512-67481020
苏州大学出版社网址 http://www.sudapress.com
苏州大学出版社邮箱 sdcbs@suda.edu.cn

《大学生经典阅读解题式导读丛书》
编委会

主　任　王　燕　倪春虎　尤小红
副主任　孙金娟　尹自强　周　梅　朱原谅
成　员（按姓氏笔画排序）
　　　　　王　任　白小斌　孙士现　严　妍
　　　　　应文豪　张云霞　陆振华　陈　梅
　　　　　陈　新　费志勇　顾元华　顾国梅
　　　　　钱　丹　徐正兴　章志勇　蒋　超

编者的话

在历史长河中积淀而成的经典书籍，指示着人类精神文化的基本走向。阅读经典，对于塑造灵魂、启迪智慧、陶冶情操、提升斗志、丰富生活具有不可替代的作用。常熟理工学院立足大学教育本位，于2015年启动大学生经典阅读工程，本着经典性、思想性、普适性和可拓展性原则，初选了30本涵盖文学、历史、哲学、政治、社会学、法学和教育学等领域的经典书籍，引导大学生开展课外阅读。我们期望通过经典阅读，学生的精神素质得到逐步提升；以经典阅读完善学生人格，让经典阅读成为校园生活不可或缺的部分。为了让学生更好地阅读并理解经典书籍，我们组织编写了"解题式导读丛书"。本丛书是在经典阅读考试系统题库的基础上编写而成的，旨在帮助学生通过解题式阅读加深对经典原著的理解，全面准确地把握经典原著的知识体系。当然，解题式导读只是帮助学生完成对经典原著的识记任务，它不能直接承担起帮助学生对经典原著的理解、运用和批判任务。但是，识记作为基础性的认识活动，是理解、运用和批判的前提，没有识记性认识，高一级的认识则无从谈起。从这个意义上说，解题式导读和解题式阅读是很有意义的。我们相信，丛书的编撰和出版，必将推动大学生经典阅读走向深入，从而推动校园文化建设，提高学校的文化格调和文化品位。我们相信，经过我们的努力，经典性、科学性、时代性、开放性一定会成为大学的基本品格，"爱读书、读好书、善读书"一定会成为大学生的基本特征。

目 录

阅读指导 ……………………………………………… 1
第一部　重逢 ………………………………………… 7
第二部　救赎 ………………………………………… 169
第三部　复活 ………………………………………… 230

阅读指导

一、书名的启示

长篇小说《复活》是俄罗斯伟大作家列夫·尼古拉耶维奇·托尔斯泰(1828—1910)的代表作之一,是全人类宝贵的精神财富。当我们阅读此书的时候,映入眼帘的书名不禁令人沉思:所谓复活,应该是经历了"生—死—生"这么一个过程,简单的两个字,却涉及人生的三种不同状态:"生—死—生"。这就会激起我们很多思考和疑问:"复活"这个复杂动作的执行者,或者说主语是什么?换而言之,是谁经历了这个过程?谁复活了?人生三种不同状态中的第一个"生"是什么状态?什么原因导致了"死"?"死"时是何状态呢?怎么又"死而复生"了呢?两个"生"是否为同一个状态?正如我国著名诗人臧克家所说的"有的人活着,他已经死了;有的人死了,他还活着";正如《复活》中托尔斯泰多次写到的"精神的人"与"兽性的人"。显然,这里的"生"与"死"不是指人的肉体的产生和消亡,而是指人的精神或者说是灵魂的堕落和升华。要想回答这些问题,寻找属于自己的答案,静心阅读这本书,了解其中的故事,自是必不可少的。

二、主要情节

《复活》以一个真实的故事为蓝本而展开。故事以倒叙的手法开始,男主人公贵族聂赫留朵夫公爵在参加一次陪审团审理两个旅店侍役假手一个妓女谋财害命的案件中,认出被控杀人犯、妓女玛丝洛娃就是自己年轻时诱奸后又抛弃了的卡秋莎。案件审理结果错判玛丝洛娃流放西伯利亚服苦役四年。玛丝洛娃的不幸遭遇震撼了聂赫留朵夫,十年前在他姑妈家庄园的往事一幕幕展现在眼前,他开始反省,他决心设法赎罪,决定改变自己的全部生活。聂赫留朵夫八次到监狱探望玛丝洛娃,与其见面七次,他把自己的土地分给农民,奔走于彼得堡上层,结果上诉仍被驳回,他只好向皇帝请愿,立即回莫斯科准备自我流放,随玛丝洛娃去西伯利亚。在跟随玛丝洛娃前往西伯利亚的途中,玛丝洛娃深受政治犯们高尚情操的感染,为了聂赫留朵夫的幸福,同意了政治犯西蒙松的求婚。最后聂赫留朵夫从《圣经》中得到"人类应该相亲相爱,不可仇视"的启示。无论是女主人公——一个曾经天真无邪的姑娘,后被迫沦为妓女的玛丝洛娃,还是男主人公——一个散尽财产走上救赎之路的贵族老爷聂赫留朵夫,他们生命中作为精神的人都苏醒了,复活了。

三、作者生平与创作背景

托尔斯泰不少作品带有自传性质,《复活》的男主人公聂赫留朵夫的人生经历可以在作者托尔斯泰的身上找到影子。托尔斯泰出生在一个名叫亚斯纳亚·波良纳的贵族庄园——他母亲沃尔康斯基公爵的女儿的陪嫁。他的一生基本上都是在此度过的。虽出身名门望族,但托尔斯泰一岁半丧母,九岁丧父,由姑妈将他抚养长大。他童年印象最深的是能给所有人带来幸福的小绿棒的故事。托尔斯泰自幼就开始接受典型的贵族家庭教育,后虽考入喀山大学,但并不专心学业,而是迷恋社交生活,同时对哲学,尤其是道德哲学产生了浓厚的兴趣,并广泛阅读文学作品。退学回到庄园后,他企图改善农民生活,因得不到农民信任而中止,后又为农民子弟兴办学校。他名义上在图拉省行政管理局任职,实际上却周旋于贵族亲友和莫斯科上流社会之间。但他渐渐对这种生活和环境感到厌倦,19世纪50年代,他以志愿兵身份服役,在各次战役中,看到了平民出身的军官和士兵的英勇精神和优秀品质,这加深了他对普通人民的同情和对农奴制的批判态度,也就在这一时期他开始了文学创作。退役后,他回到家乡继续为农民子弟办学,因沙皇政府干预,学校夭折,后两次出国游历,扩大了他的文学艺术视野,增强了其对俄国社会落后的清晰认识。他起草方案,准备以代役租等方法解放农民,并在自己庄园试行。但因农民不接受而未能实现。60年代,34岁的托尔斯泰与17岁的索菲亚·别尔斯新婚之后,俄国革命形势逐渐转入低潮,他也逐渐克服了思想上的危机。此间他脱离社交,安居庄园,完成了巨著《战争与和平》《安娜·卡列尼娜》。有一次,托尔斯泰出席军事法庭为因不堪军官虐待而打了军官耳光的士兵希布宁辩护，虽然尽心为之奔走，希布宁却终被枪决。这一事件使他开始形成反对法庭和死刑的看法。此后，他访晤神父、主教、修道士和隐修士，最后终于完全否定了官办教会，完成了60年代开始酝酿的世界观的转变，转到宗法制农民的立场上。19世纪80年代初，因子女求学全家迁居莫斯科后，托尔斯泰访问贫民窟，参观监狱，到法庭旁听审判，深入了解城市下层人民的疾苦；他上书当时的皇帝亚历山大三世，请求赦免行刺亚历山大二世的革命者；在接下来的十几年间，他组织赈济受灾农民，努力维护受官方教会迫害的教徒们，并在1898年决定将《复活》的全部稿费资助给杜霍包尔教徒移居加拿大。沙俄政府因《复活》的发表，指责他反对上帝，不信来世，于1901年以俄国东正教至圣宗教院的名义革除他的教籍。这个决定引起世人的抗议，托尔斯泰却处之泰然。1904年，托尔斯泰撰文反对日俄战争。托尔斯泰于1910年10月28日从其庄园秘密出走，于11月20日在阿斯塔波沃火车站病逝。遵照他的遗嘱，遗体安葬于亚斯纳亚·波良纳庄园的森林中，没有墓碑和十字架。

托尔斯泰一生的文学创作大致分为三个时期：早期（1851—1862），这是他的探索、实验和成长的时期，代表作有三部曲：《童年》《少年》《青年》。中期（1863—1880），这是托尔斯泰才华得到充分发展、艺术达到炉火纯青的时期，也是思想上发生激烈矛盾、紧张探索、酝酿转变的时期。此一时期的代表作有《战争与和平》《安娜·卡列尼娜》。晚期（1881—1910），总的倾向是：一方面揭露沙俄当代社会的各种罪恶现象，另一方面表达自己的新认识，宣传自己的宗教思想。《复活》既是其晚年文学创作的代表作，是其十年来对政治、经济、哲学、宗教伦理、道德、美学探索的终其一生的个人总结性作品，也是其作为人类伟大的文学灵魂所做的最终思考的结晶。

四、作品的社会意义、艺术特色及阅读建议

纵观托尔斯泰一生重要事件之后，再读《复活》，我们会有更多的理解、发现和思考。正如译者草婴先生所言，《复活》不是一般单纯描写个人悲欢离合的爱情小说，而是在托尔斯泰人入暮年，彻底否认了沙皇体制后，向读者展示的一幅当时俄国社会"山雨欲来风满楼"的大革命前

夜的图卷,是一部再现1905年革命前夜俄国社会面貌的史诗,是藉由男女主人公的遭遇而写就的一部"19世纪俄国生活的百科全书"。托尔斯泰完成《复活》前后用了十年心血,几易其稿,长期的深思熟虑后才最终完成。诚如托尔斯泰自己所言,把"自己的一块肉放进墨水缸里"。了解了托翁的一生,对于《复活》中作为贵族的聂赫留朵夫的精神救赎就会有进一步的认识,意识到男主人公是一个作者为自己同时也为自己所处的阶级的罪恶而忏悔的形象代言人;了解了托翁的一生,有助于我们读者理解《复活》男主人公在忏悔过程中的矛盾、彷徨,因为聂赫留朵夫的精神状态,不仅概括了当时一部分进步的贵族知识分子的精神状态,更是作家本人的思想矛盾动态;了解了托翁的一生,就会理解为什么在《复活》中作者能把贵族们的虚伪、腐朽和傲慢及其对法庭、监狱、教会以及黑幕重重的政府机构的种种状况刻画得如此栩栩如生、入木三分;了解了托翁的一生,我们就会明白为什么拥有巨大庄园的聂赫留朵夫认为土地私有制是地主剥削农民的根本,并为拥有土地而感到耻辱;了解了托翁的一生,就会理解作者在多年构思、三易其稿后,为什么把"书胆"由男主人公聂赫留朵夫改定为女主人公玛丝洛娃,并借玛丝洛娃的血泪史对统治阶级做最有力的控诉和无情的鞭笞的同时,展现了人性的光辉,这就是即使玛丝洛娃坠入人生最黑暗的谷底,她身上那缕善良的光辉也从未泯灭。如果说与聂赫留朵夫的重逢震颤了她麻木的灵魂的话,那么与政治犯的接触则让她苏醒,开始了对新生活的探索。玛丝洛娃的形象已经跳出了当时一般作家用同情的笔调描写下层人民不幸遭遇的格局,深刻地表现了下层人民不可摧毁的坚强。

毫无疑问,托尔斯泰是19世纪伟大的批判现实主义的杰出代表,无愧于被列宁称颂为具有"最清醒的现实主义"的"天才艺术家"。这一方面体现在《复活》反映的是1861年俄国农奴制废除后到1905年革命之间宏大的重要社会现象,托尔斯泰提出了这个转折时期很多的"重大问题"——沙皇的专制制度、农奴制、官办教会以及官僚腐败等一系列问题。尽管他的立场有时是矛盾的,他的解答或许是不切实际的、错误的,但是,托尔斯泰的伟大正在于他以天才艺术家所特有的力量,创作了无与伦比的俄国生活的图画,《复活》在某种意义上可以说是俄国人民水深火热的受难图。而那些"重大问题"大多就是在"图画"中艺术地提出来的。托尔斯泰借助聂赫留朵夫的眼睛,不露痕迹地步步扩大他的批判对象,从故事开始的荒唐法庭,自然过渡到黑暗的监狱、欺世盗名的教会、贫穷苦难的农村;从聂赫留朵夫为玛丝洛娃冤案的奔走中,虚伪、腐朽的上流社会,最后是腐败的政府官僚机构,作者都给予了无情的揭露和鞭挞。《复活》是俄国社会错综复杂的矛盾的反映,男主人公聂赫留朵夫的矛盾、彷徨与思考正是托尔斯泰的矛盾、彷徨与思考的投射。

另一方面,在艺术上,托尔斯泰在《复活》中对人物的塑造,对情节的安排,对各种场景、细节以及心理活动等的描写与把控无不体现了作者文学艺术的炉火纯青。玛丝洛娃水汪汪像乌梅子一样的眼睛和全文二十多次出现的"斜睨"的眼神,聂赫留朵夫与玛丝洛娃七次狱中相见的每一次表情、外貌、对话、心理活动的描写,每一个细节都推动着故事情节的发展,耐人寻味;此外还有许多精彩的场景描写,如:法庭庭审,其中每一个法官无不丑态毕露,荒诞可笑,活脱脱一幅官场现形记、众丑图,以及人满为患的肮脏监狱、犯人集体礼拜的荒诞场景,复活节之夜,男主人公企图诱奸玛丝洛娃的心理活动、场景描写,等等,无不丝丝入扣,精彩纷呈。这里重点讲一讲两次出现的火车站的场景。《复活》中两次出现的火车站的场景值得玩味,对情节发展和人物塑造起到了"分水岭"的作用,是男女主人公"人生的车站",是男女主人公精神的人"生"与"死"之地,充满了隐喻性的启示。第一次发生在聂赫留朵夫诱奸了玛丝洛娃之后,当玛丝洛娃得知聂赫留朵夫拒绝了姑妈要求他顺路来一次的请求后,玛丝洛娃决心在一个"黑暗的风雨交作的秋夜"到火车只做三分钟停留的小站,期望与聂赫留朵夫见一面,最终"他在灯光雪亮的车厢里,坐在丝绒软椅上,有说有笑,喝酒玩乐",而玛丝洛娃却"在黑暗的泥地里,淋着雨,吹着风,站着哭!""从那天起,她心灵上发生了一场大变化","从那个可怕的夜晚起,她不再相信善了"。这一次火车站的场景,是玛丝洛娃开始"堕落"的分水岭。原来那天真无邪的玛丝洛娃"死"了。第二次关于火车站的场景是过程性的(第二部30—42章)。行前准备中,聂赫留朵夫感到,从前的他,做事一切都是为了他自己,现在的他都是为了别人;行前向姐姐娜塔丽雅告别,解释自己改过自新,抛弃一切,决定追随玛丝洛娃自我流放到西伯利亚去的动机——"我犯了罪,她却受到惩罚",收拾行李和文件,看到最近写的日记:"她(卡秋莎)胜利了,我也胜利了","我觉得她在复活";在跟随押解犯——"一群灰色的生物"前往下城火车站的途中,目睹犯人如动物般的死亡和警察对他们死亡的漠视后所做的深刻思考,让"长期盘踞在心头的疑问忽然得到了澄清"。在这个火车站,那个兽性的人在脱离聂赫留朵夫,而精神的人在他身上"复活"了。这个火车站可以说是男主人公聂赫留朵夫精神最终复活的坐标。这不禁让我们联想到作者托尔斯泰本人的最后秘密出走而最终逝于阿斯塔波沃火车站,难道托翁离开自己的庄园,到了火车站,准备去往一个新的精神家园吗?谁也没有答案,但是,毫无疑问,我们每一个人都有一个自己的火车站,由此告别人生的过去,前往下一个目的地,没有终点,每一个车站都是人生修为的中间站。

托尔斯泰更是伟大的思想家和哲学家。正如罗曼·罗兰所说,《复活》是"歌颂人类同情的最美的诗",托尔斯泰把聂赫留朵夫的忏悔放在人的心灵的内在的、普遍的矛盾中展开。任何人都是精神的人与兽性的人的综合体,当人放纵了自己,就可能堕落;而当人自省自觉,就可能"复活"。所以托尔斯泰主张以"道德的自我完成"来改变社会的不平等和罪恶。《复活》体现了一位暮年文学家心灵的稳健和悲天悯人的哲学思想,人们称托尔斯泰为人类良心的体现者是恰切的。书中如实地描绘了人民的悲惨境况,描绘了形形色色官僚的丑恶嘴脸,揭示了官僚制度的腐朽和教会欺骗的实质。然而在其塑造的众多文学人物中,无论是即使沦为妓女的玛丝洛娃身上的善良,还是男主人公虽身陷精神黑暗的深渊却有逆流而上的勇气,无论是政治犯克雷里卓夫的革命乐观主义精神,还是西蒙松和谢基妮娜的对信仰的坚定不移,无不闪耀着人性的光辉!弘扬人性,歌颂人性,不管是过去的人,还是现在的人,都需要人性的关怀。从这个意思上讲,《复活》是一部有着正能量的作品,相信读者在完成了对它的阅读之后,也会有一次"灵魂的净化",也会抵达或通往自己的"火车站",精神上也会有一次属于自己的真善美的复活。让我们打开经典,静下心来,穿越到19世纪的俄国,真切经历一回"人类最美好的感情的复活"阅读历程吧。

(本书所用版本:〔俄〕列夫·托尔斯泰著、草婴译《复活》,上海文艺出版社2008年版)

第一部 重逢

内容简介

《复活》共分三部。第一部共五十九章,最主要的内容是庭审、回忆、探监。

第一部从庭审开始。男主人公贵族聂赫留朵夫公爵在参加一次陪审团审理两个旅店侍役假手一个妓女谋财害命的案件中,认出被控杀人犯、妓女玛丝洛娃就是自己年轻时诱奸后又抛弃了的卡秋莎。由此开始倒叙,介绍了玛丝洛娃的身世,聂赫留朵夫回忆在姑妈家如何认识卡秋莎,三年的军官生涯后又如何诱奸卡秋莎的一幕幕往事。然后又回到现实中,聂赫留朵夫开始了"灵魂的净化",决心通过与玛丝洛娃结婚来赎罪。聂赫留朵夫四次到监狱探望玛丝洛娃,与其三次见面。

第一部精彩纷呈。三大主线——庭审、回忆、探监三大场景尤其值得重点关注。

庭审中庭长、法官、检察长、副检察长、书记官、陪审员们都各怀鬼胎,法庭的荒诞、草菅人命以及法官的虚伪和无知暴露无遗,活脱脱一幅官场现形记。庭审中,聂赫留朵夫认出玛丝洛娃时,内心展开的"负责而痛苦的活动"给读者带来强烈对比的画面感:女犯玛丝洛娃在现实的法庭上接受荒诞的审判,而陪审员聂赫留朵夫在心灵的法庭上接受严肃的审判。

回忆中,读者了解了玛丝洛娃的身世,以及如何从一个纯洁无瑕的姑娘沦落为烟酒不离的妓女的不幸遭遇;聂赫留朵夫怎么从一个浑身充满阳光、有理想的,与玛丝洛娃互生情愫,有着纯真爱情观的大学生,三年后"换了一个人的"堕落成军队里的军官,并诱奸了玛丝洛娃。这部分章节中,与玛丝洛娃初识时,纯真美好的爱情,聂赫留朵夫在复活节那晚前后的精神的人与兽性的人不断交织搏斗的心理活动,与玛丝洛娃的对话,三次敲窗过程中的心理活动,周遭的景物描写都值得反复阅读和欣赏。

  第一部中,聂赫留朵夫的四次探监、男女主人公的三次见面是重头大戏。36—59章都与探监有关。除第一次探监未成外,其他三次,每一次他们的外表,尤其是女主人公的外表,他们的动作、心理活动,特别是男主人公的心理活动,各种细节描写,都不露声色地展现了人物的微妙变化,推进了故事的发展。此外,这条主线还串联着对监狱的描写和犯人集体做礼拜的荒诞场景描写。

  草蛇灰线,伏脉千里。除了如上三大主线之外,还有两条副线也值得我们注意。第一条,第37章,玛丝洛娃在判决后的沉思,并回忆了被聂赫留朵夫诱奸后,在一个"黑暗的风雨交作的秋夜"到火车只做三分钟停留的小站期望与聂赫留朵夫见一面的那个夜晚,在那个秋风凄雨的夜晚,原来的玛丝洛娃"死了",由此才有了以后玛丝洛娃的"复活"之旅。第二条隐线在54—56章,聂赫留朵夫第一次在监狱里接触政治犯。这为全书第二部,尤其是第三部的故事发展打下了伏笔。

自我检测

一、单项选择题

1. 《复活》是(　　)国作家托尔斯泰的作品。
    A. 俄　　　　　B. 英　　　　　C. 中　　　　　D. 美
2. 下面不属于托尔斯泰的作品的是(　　)。
    A.《战争与和平》　　　　　B.《安娜·卡列尼娜》
    C.《静静的顿河》　　　　　D.《复活》
3. 下面属于托尔斯泰的作品的是(　　)。
    A.《复活》　　　　　　　　B.《静静的顿河》
    C.《吝啬鬼》　　　　　　　D.《飘》
4. 《复活》中的女主人公是(　　)。

A. 安娜·卡列尼娜　　　　　　B. 卡秋莎·玛丝洛娃
C. 聂赫留朵夫　　　　　　　D. 索菲亚·伊万诺夫娜

5. (　　)是《复活》的男主人公。
   A. 聂赫留朵夫　　　　　　B. 斯梅里科夫
   C. 保尔·柯察金　　　　　　D. 保尔·柯斯基

6. 《复活》不愧是一部史诗,一部(　　)世纪俄国生活的百科全书。
   A. 十九　　B. 二十　　C. 十八　　D. 二十一

7. 《复活》中描写了一批反对(　　)统治的政治犯、革命家。
   A. 殖民　　B. 资本主义　　C. 沙皇　　D. 清政府

8. 省监狱办公室官员认为神圣而重要的是(　　)。
   A. 男女老幼
   B. 昨天接到的那份编号盖章、写明案由的公文
   C. 飞禽走兽
   D. 春色和欢乐

9. 玛丝洛娃在第一次过堂受审时,觉察向她射来的一道道目光,大家在注意她,她觉得很(　　)。
   A. 难受　　B. 羞愧　　C. 高兴　　D. 怪异

10. 玛丝洛娃是一个(　　)的女农奴的私生子。
    A. 已婚　　B. 未婚　　C. 鳏居　　D. 独身

11. 玛丝洛娃的命运本来不会和前面已死的五个婴儿有什么两样,可是因为(　　)凑巧来到牲口棚,她才活了下来。
    A. 聂赫留朵夫　　　　　　B. 两个老姑娘中有一个
    C. 一个贵族　　　　　　　D. 牧师

12. 庄园里的老姑娘忽然看见那个娃娃,觉得很惹人怜爱,就自愿做她的(　　)。
    A. 继母　　B. 教母　　C. 老师　　D. 母亲

13. 庄园里的两个老姑娘给牲口棚里发现的婴儿起名(　　)。
    A. 卡秋莎　　B. 玛丝洛娃　　C. 卡吉卡　　D. 再生儿

14. 庄园里的老姑娘在(　　)发现了产妇和她那个白白胖胖的娃娃。

A. 庄园的草地上 B. 丛林中
C. 牲口棚里 D. 荒山上

15. 索菲亚把幼年的( )打扮得漂漂亮亮,还教她念书,自愿做她的教母。

　　A. 卡秋莎　　B. 谢继妮娜　　C. 薇拉　　D. 费多霞

16. 玛丝洛娃的母亲,按照乡下习惯,总是给孩子行洗礼,然后做母亲的不再给这个违背她的心愿来到人间的孩子喂奶,因为( )。

　　A. 把孩子送人了 B. 这会影响她干活
　　C. 没有奶水了 D. 不喜欢她

17. 玛丝洛娃是一个未婚的( )的私生子。

　　A. 女农奴　　B. 女庄园主　　C. 男庄园主　　D. 平民

18. 卡秋莎( )岁那年爱上了两个老姑娘的侄儿,一个在大学念书的阔绰的公爵少爷。

　　A. 十六　　B. 二十五　　C. 三十岁　　D. 二十岁

19. 距第一次认识卡秋莎两年后,聂赫留朵夫( ),途径姑妈家,待了四天。

　　A. 上大学的路上 B. 出发远征
　　C. 出差 D. 回家

20. 第二次见到卡秋莎,老姑娘家阔绰的公爵少爷( )引诱了卡秋莎。他走了五个月后,她才断定自己怀孕了。

　　A. 圣诞节的晚上 B. 临行前夜
　　C. 新年的晚上 D. 情人节的晚上

21. 聂赫留朵夫诱奸了卡秋莎之后,动身那天塞给她一张( )。

　　A. 圣诞贺卡 B. 一百卢布的钞票
　　C. 亲笔写的信纸 D. 求婚的信纸

22. 卡秋莎的第一个孩子,一个男孩,一生下来就被送到( ),据送去的老太婆说,婴儿一到那里就死了。

　　A. 老姑娘的庄园 B. 聂赫留朵夫家
　　C. 卡秋莎的娘家 D. 育婴堂

23. 卡秋莎被迫离开庄园,身上总共有一百二十七卢布,等她从

( )家出来,手头只剩六个卢布。

　　A．妓院老鸨　　B．聂赫留朵夫　　C．姑妈　　D．接生婆

24．离开姑妈庄园的玛丝洛娃没有找到新的工作,但在( )遇到了一位手上戴满戒指、肥胖的光胳膊上戴着手镯的太太。

　　A．荞头行　　　　　　B．老姑娘的庄园

　　C．洗衣店　　　　　　D．妓院

25．玛丝洛娃住在作家替她租下的寓所里,却爱上了同院一个快乐的( )。

　　A．贵族　　　　　　　B．阔绰的公爵少爷

　　C．店员　　　　　　　D．洗衣工

26．玛丝洛娃一想到她也可能服这样的苦役,就不禁感到恐惧。"这样的苦役"是指( )。

　　A．洗衣妇的工作　　　B．做妓女

　　C．发配到西伯利亚　　D．做女仆

27．就在玛丝洛娃没有任何依靠、生活无着的时候,一个为( )物色姑娘的牙婆找到了她。

　　A．洗衣店　　　　　　B．妓院

　　C．育婴堂　　　　　　D．贵族的庄园

28．牙婆要玛丝洛娃到城里一家最高级的妓院去做生意,而她选择"进行法律所容许而又报酬丰厚的公开通奸"的原因之一是她想用这种方式( )。

　　A．享受生活

　　B．和各种男人交往

　　C．报复诱奸她的年轻公爵、店员和一切欺负过她的男人

　　D．过上有钱的生活

29．在玛丝洛娃二十六岁那年,出了一件事,使她进了( )。

　　A．军队　　B．监狱　　C．妓院　　D．贵族圈子

30．玛丝洛娃在牢里同杀人犯和盗贼一起生活了六个月后,被押解到( )受审。

　　A．西伯利亚　　B．法院　　C．彼得堡　　D．莫斯科

31. 聂赫留朵夫在有钱有势的柯察金家度过了黄昏。大家都认为他应该同(　　)结婚。
   A. 卡秋莎　　　　　　　　B. 玛丝洛娃
   C. 柯察金家的小姐　　　　D. 他爱的人

32. 聂赫留朵夫决定就算拿定主意,也不能立刻去向公爵小姐求婚,原因是(　　)。
   A. 他诱奸了卡秋莎,充满内疚
   B. 他还爱着卡秋莎
   C. 他不爱公爵小姐
   D. 他同一个有夫之妇有过私情,而她不认为他们的私情已经结束

33. 和聂赫留朵夫有私情的有夫之妇是指(　　)。
   A. 玛丝洛娃
   B. 公爵小姐
   C. 聂赫留朵夫参加选举的那个县的首席贵族的妻子
   D. 卡秋莎

34. 首席贵族和几个志同道合的人一起反对亚历山大三世登位后逐渐抬头的反动势力,一心一意投入这场斗争,根本不知道家里出现不幸的变故。"不幸的变故"是指(　　)。
   A. 聂赫留朵夫与其妻子的私情
   B. 家人受到迫害
   C. 其妻子死亡
   D. 其妻子离家出走

35. 聂赫留朵夫参加选举的那个县的首席贵族是个(　　),他和几个志同道合的人一起反对亚历山大三世登位后逐渐抬头的反动势力,一心一意投入这场斗争。
   A. 自由派　　　　　　　　B. 革命派
   C. 无政府主义者　　　　　D. 保守派

36. 聂赫留朵夫参加选举的那个县的首席贵族一心一意投入的斗争是指(　　)。
   A. 第一次世界大战

B. 反对亚历山大三世登位后逐渐抬头的反动势力

C. 第二次世界大战

D. 与聂赫留朵夫的决斗

37. 当聂赫留朵夫收到经营他地产的总管写的信时,又高兴又不高兴,高兴的原因是(　　)。

A. 他掌握了大量产业

B. 可以强制农民缴纳租金

C. 他自己以前的全部想法都是荒谬的

D. 可以把土地分给农民

38. 当聂赫留朵夫收到经营他地产的总管写的信时,又高兴又不高兴,不高兴的原因是(　　)。

A. 不得不强制农民缴纳租金

B. 他自己以前的全部想法都是荒谬的

C. 不得不把土地分给农民

D. 他无法继承他母亲的遗产

39. 大学时期,聂赫留朵夫对斯宾塞在《社会静力学》中提出的(　　)论点特别折服。

A. 正义不容许土地私有

B. 进化理论适者生存应用在社会学上

C. 平等自由

D. 思想理论是身体在生物学上的互补部分,而不是遥遥相对的部分

40. 聂赫留朵夫断定自己有(　　)天才,就辞去了军职。

A. 音乐　　　B. 绘画　　　C. 写作　　　D. 运动

41. 在考虑该不该同柯察金小姐结婚这件事时,聂赫留朵夫想结婚的理由之一是(　　)。

A. 他爱柯察金小姐　　　B. 柯察金小姐爱他

C. 两家门当户对　　　D. 过合乎道德的生活

42. 在考虑该不该同柯察金小姐结婚这件事时,聂赫留朵夫不想结婚的理由之一是(　　)。

A. 他不爱柯察金小姐　　　　　　B. 两家社会地位太悬殊
C. 柯察金小姐不爱他　　　　　　D. 唯恐丧失自由

43. 聂赫留朵夫愿意同柯察金小姐结婚的特殊原因之一是(　　)。
A. 她出身名门,处处与众不同
B. 和卡秋莎相比较,他更爱柯察金小姐
C. 柯察金小姐是他的初恋
D. 他对她有过承诺

44. 聂赫留朵夫参加了玛丝洛娃的第一次庭审,因为他是(　　)。
A. 她的朋友　　B. 陪审员　　C. 法官　　D. 律师

45. 聂赫留朵夫参加了玛丝洛娃的第一次庭审虽然迟到,但还得等待好久,原因是(　　)。
A. 有一名法官还没来,把审讯工作耽搁了
B. 犯人失踪了
C. 庭审延期了
D. 不知道什么原因

46. 玛丝洛娃的第一次庭审,庭长因为(　　)希望当天早点开庭,早点结束。
A. 结束后他要去锻炼身体
B. 与去年夏天住在他家与他有过一段风流韵事的瑞士籍家庭教师约会
C. 讨厌他的工作
D. 身体不适

47. 当得知"毒死人命案"被定为第一个要审讯的案件时,负责此案提出公诉的副检察长觉得很不好的原因是(　　)。
A. 还没有来得及阅读该案案卷　　B. 觉得应该按先后顺序进行
C. 缺乏证人　　　　　　　　　　D. 该案与他自己有牵连

48. 副检察长借口一个证人没有传到而推迟审理阉割派教徒的案子,其实这个证人对本案无足轻重,他之所以推迟审理只是担心(　　)。
A. 该案与他自己有牵连
B. 有受过教育的陪审员组成的法庭来审理,被告很可能被宣告无

罪释放

　　C. 还没有来得及阅读该案案卷

　　D. 缺乏证人

49. 玛丝洛娃案法庭的大厅一端是一座高台,台中央椅子后面的墙上挂着一个金边镜框,框里嵌着一个色泽鲜明的将军全身像。这个将军指(　　)。

　　A. 沙皇　　　　　　　　　B. 庭长

　　C. 公爵　　　　　　　　　D. 陪审团荣誉将军

50. 法庭开庭时,法官纷纷走到台上,其中戴金丝边眼镜的法官,脸色更加阴沉,因为(　　)。

　　A. 案件错综复杂

　　B. 同情案犯,因为他其实是无辜的

　　C. 该法官的妻子宣布家里不开饭

　　D. 身体不适

51. 在考虑该不该同柯察金小姐结婚这件事时,聂赫留朵夫想结婚的理由之一是(　　)。

　　A. 柯察金小姐爱他

　　B. 两家门当户对

　　C. 他爱柯察金小姐

　　D. 家庭和孩子能充实他空虚的生活

52. 法庭庭审向来迟到的法官玛特维走上台后,脸上现出专注的神情,是因为(　　)。

　　A. 迟到感到内疚　　　　　B. 他在占卜

　　C. 认真准备庭审　　　　　D. 准备发言

53. 庭审时,好色的庭长特别亲切地问第三个被告:"你叫什么名字啊?"这里的第三个被告是指(　　)。

　　A. 卡尔津金　　　　　　　B. 玛丝洛娃

　　C. 包奇库娃　　　　　　　D. 聂赫留朵夫

54. 聂赫留朵夫戴上夹鼻眼镜,随着庭长审问,挨个儿瞧着被告。他眼睛没有离开第(　　)个被告的脸。

A. 一 B. 二 C. 三 D. 四十六

55. 因为是私生子,卡秋莎随母亲姓( )。

A. 米哈伊洛娃 B. 玛丝洛娃 C. 卡吉琳娜 D. 柳波芙

56. 庭审时,当法庭庭长问玛丝洛娃( )问题时,她没有正面回答。

A. 年龄 B. 职业 C. 家庭 D. 信仰

57. 下列属于玛丝洛娃听书记官宣读起诉书的表现的是( )。

A. 扑哧一笑,迅速向周围扫一眼 B. 全身抖动,似乎想进行反驳
C. 根本无所谓的态度 D. 大笑了起来

58. 下列属于聂赫留朵夫听书记官宣读起诉书的表现的是( )。

A. 与其他人交头接耳

B. 一会儿把身体靠在椅背上,一会儿,一会儿搁在桌上

C. 内心展开了一场复杂而痛苦的活动

D. 根本无所谓的态度

59. 在考虑该不该同柯察金小姐结婚这件事时,聂赫留朵夫不想结婚的理由之一是( )。

A. 两家社会地位太悬殊

B. 柯察金小姐不爱他

C. 对女人这种神秘的生物抱着一种莫名的恐惧

D. 不喜欢孩子

60. 下列不属于聂赫留朵夫听书记官宣读起诉书的表现的是( )。

A. 与其他人交头接耳

B. 摘下夹鼻眼镜

C. 望着玛丝洛娃

D. 内心展开了一场复杂而痛苦的活动

61. 玛丝洛娃第一次出庭受审,书记官念完长长的起诉书后,大家都轻松地舒了一口气,只有( )一人没有这样的感觉。

A. 庭长 B. 副检察长
C. 聂赫留朵夫 D. 书记官

62. 第一次庭审时,玛丝洛娃的目光在(　　)身上停留了一刹那,后者胆战心惊地以为玛丝洛娃认出了他。

　　A. 副检察长　　　　　　　　B. 书记官

　　C. 戴金边眼镜的法官　　　　D. 聂赫留朵夫

63. 下列属于起诉书指控玛丝洛娃所犯罪行的有(　　)。

　　A. 卖淫　　　B. 在妓院工作　　C. 谋财害命　　D. 贪污

64. 下列属于聂赫留朵夫听书记官宣读起诉书的表现的是(　　)。

　　A. 大笑了起来

　　B. 与其他人交头接耳

　　C. 一会儿把身体靠在椅背上,一会儿搁在桌上

　　D. 摘下夹鼻眼镜,望着玛丝洛娃

65. 下列不属于起诉书指控玛丝洛娃所犯罪行的有(　　)。

　　A. 经过预谋窃取某商人现款

　　B. 经过预谋窃取某商人戒指一枚

　　C. 卖淫

　　D. 以毒酒掺酒灌醉某商人,致其死亡

66. 下列不属于玛丝洛娃听书记官宣读起诉书的表现的是(　　)。

　　A. 扑哧一笑,迅速向周围扫一眼

　　B. 脸涨得通红,然后又沉重地叹气

　　C. 双手换一种姿势,往四下里看了看,又盯住书记官

　　D. 全身抖动,似乎想进行反驳

67. 聂赫留朵夫参加了玛丝洛娃的第一次庭审,在陪审员议事厅,有人对他不尊敬,这个人他认识,在他姐姐家做过(　　)。

　　A. 管家　　　B. 男仆　　　C. 马车夫　　　D. 家庭教师

68. 第一次庭审时,庭长正在同左边一位法官低声交谈,没有听见(　　)在陈述案情,但为了假装他全听见了,就重复说了一遍她最后的那句话。

　　A. 副检察长　　B. 书记官　　C. 聂赫留朵夫　　D. 玛丝洛娃

69. 第一次庭审时,因为(　　),庭长宣布审讯暂停十分钟。

　　A. 证人没有到庭

B. 犯人情绪不稳定

C. 法官感到胃里有点不舒服，自己要按摩一下，吃点药水

D. 律师抗议

70. 聂赫留朵夫第一次见到卡秋莎，是在他念大学（　　）年级那年的夏天。

A. 一　　　　B. 二　　　　C. 三　　　　D. 四

71. 聂赫留朵夫愿意同柯察金小姐结婚的特殊原因之一是（　　）。

A. 柯察金小姐爱他

B. 他爱柯察金小姐

C. 家庭和孩子能充实他空虚的生活

D. 她认为他是个出类拔萃的人物，因此他认为只有她才了解他

72. 聂赫留朵夫第一次见到卡秋莎的那年夏天，他住在姑妈家，准备写一篇关于（　　）的论文。

A. 土地租赁　　B. 土地所有制　　C. 爱情　　D. 法律

73. 聂赫留朵夫大学那年住在乡下姑妈家，而没有同以往一样和母亲、姐姐一起在莫斯科郊区他母亲的大庄园里，原因之一是（　　）。

A. 他想见卡秋莎　　　　　　B. 他喜欢乡下

C. 姐姐出嫁了　　　　　　　D. 母亲去世了

74. 大学三年级时，作为大地主的儿子的聂赫留朵夫把他从父亲名下继承的土地赠送给了农民，其原因之一是（　　）。

A. 母亲去世了

B. 第一次懂得了土地私有制的残酷和荒谬

C. 父亲去世了

D. 兴致使然

75. 聂赫留朵夫当年在情欲冲动下诱奸了卡秋莎，后来又抛弃了她。从此以后，他再也不去想她的原因是（　　）。

A. 他根本不爱她

B. 她根本不爱他

C. 他们之间根本没有爱情

D. 想起这件事痛苦，这件事使他原形毕露

76. 聂赫留朵夫大学三年级时读了斯宾塞的《社会静力学》，其中关于（ ）的论述给他留下了深刻的印象。
   A．社会阶级　　　　　　　　B．社会改革
   C．社会政体　　　　　　　　D．土地私有制

77. 聂赫留朵夫第一次见到（ ），是在他念大学三年级那年的夏天，他住在姑妈家，准备写论文。
   A．卡秋莎　　　　　　　　　B．薇拉
   C．姨妈　　　　　　　　　　D．柯察金小姐

78. 下列属于起诉书指控玛丝洛娃所犯罪行的有（ ）。
   A．在妓院工作
   B．以毒酒掺酒灌醉某商人，致其死亡
   C．卖淫
   D．开设妓院

79. 大学三年级时，作为大地主的儿子的聂赫留朵夫把他从父亲名下继承的土地赠送给了农民，其原因之一是（ ）。
   A．父亲去世了
   B．母亲去世了
   C．兴致使然
   D．认为因道德而自我牺牲是最高的精神享受

80. 聂赫留朵夫大学三年级那年住在乡下姑妈家，而没有同以往一样和母亲、姐姐一起在莫斯科郊区他母亲的大庄园里，原因之一是（ ）。
   A．母亲去世了　　　　　　　B．他喜欢乡下
   C．母亲出国了　　　　　　　D．他想见卡秋莎

81. 大学三年级时，作为大地主的儿子的聂赫留朵夫把他从（ ）名下继承的土地赠送给了农民。
   A．母亲　　B．姑妈　　C．父亲　　D．姨妈

82. 聂赫留朵夫大学三年级的夏天，在姑妈家里快乐而平静地住了一个月时，根本没有留意那个既是养女又是侍女、脚步轻快、眼睛乌黑的（ ）。

A．家庭女教师 B．卡秋莎
C．姑妈家的女邻居 D．寄住在姑妈家的青年画家

83．聂赫留朵夫第一次见到卡秋莎时,他才十九岁,是个(　　)的青年。

A．妄自尊大 B．花花公子 C．十分纯洁 D．飞扬跋扈

84．下列属于玛丝洛娃听书记官宣读起诉书的表现的是(　　)。

A．扑哧一笑,迅速向周围扫一眼

B．根本无所谓的态度

C．大笑了起来

D．脸涨得通红,然后又沉重地叹气

85．下列属于起诉书指控玛丝洛娃所犯罪行的有(　　)。

A．开设妓院

B．在妓院工作

C．卖淫

D．经过预谋窃取某商人戒指一枚

86．大学三年级时,作为大地主的儿子的聂赫留朵夫把他从父亲名下继承的土地赠送给了(　　)。

A．玛丝洛娃 B．农民 C．姑妈 D．姨妈

87．聂赫留朵夫在抛弃了卡秋莎后,他再也不去想她,因为想到这件事实在太痛苦。"这种痛苦"是指(　　)。

A．他给卡秋莎带来了无尽的灾难

B．这件事使他原形毕露,表明他这个以正人君子自居的人其实很下流

C．他们其实根本就没有互相爱过对方

D．卡秋莎因此沦为妓女

88．聂赫留朵夫和卡秋莎第一次接触并愉快地相处是他们和姑妈家的邻居们以及一个寄住在姑妈家的青年画家一起在屋前草地上玩(　　)。

A．打牌 B．猜字游戏 C．捉人游戏 D．唱歌跳舞

89．聂赫留朵夫从小由(　　)抚养成长。

A. 父亲　　　B. 母亲　　　C. 姑妈　　　D. 姐姐

90. 聂赫留朵夫十九岁时,在他的心目中,只有(　　)才是女人。

A. 妻子　　　　　　　　B. 妓女
C. 漂亮的姑娘　　　　　D. 有教养的姑娘

91. 聂赫留朵夫十九岁时,在他的心目中,凡是不能成为他妻子的女人都不是女人,而只是(　　)。

A. 妻子　　　B. 女奴　　　C. 女佣　　　D. 人

92. 在聂赫留朵夫大学三年级住在姑妈家的夏天的升天节,年轻人一起玩游戏,聂赫留朵夫亲吻了卡秋莎之后,他们之间的关系就变了。这种关系是指(　　)。

A. 两个纯洁无邪的年轻人相互吸引的特殊关系
B. 发生了肉体上的关系
C. 分手了
D. 同居了

93. 聂赫留朵夫第一次亲吻了卡秋莎之后,两人之间的关系就变了,聂赫留朵夫只要一想到世界上有一个卡秋莎,就会觉得(　　)。

A. 洋洋得意　　　　　　B. 心怀鬼胎
C. 一切都很美好　　　　D. 充满内疚

94. 第一次住在姑妈家,他和卡秋莎一直维持这样的关系。"这样的关系"是指(　　)。

A. 肉体上的　B. 精神上的　C. 经济上的　D. 血缘上的

95. 聂赫留朵夫第一次住在姑妈家,他和卡秋莎当着老女仆的面谈话,感到最轻松愉快。可是到了(　　)的时候,谈话就比较别扭。

A. 谈及婚姻问题　　　　B. 谈到彩礼问题
C. 姑妈来的时候　　　　D. 剩下他们两人

96. 聂赫留朵夫住在姑妈家的那个夏天,属于他的玛丽雅姑妈担心的是(　　)。

A. 聂赫留朵夫写不出论文
B. 卡秋莎缠上聂赫留朵夫
C. 聂赫留朵夫和卡秋莎发生暧昧关系

D. 卡秋莎提出过高的彩礼要求

97. 聂赫留朵夫住在姑妈家的那个夏天,对于他和卡秋莎的关系,玛丽雅姑妈的担心是多余的,原因之一是(　　)。

A. 聂赫留朵夫也像一切纯洁的人谈恋爱那样,不自觉地爱着卡秋莎

B. 卡秋莎另有所爱

C. 聂赫留朵夫另有所爱

D. 聂赫留朵夫的母亲会教训他的

98. 下列是聂赫留朵夫不愿意同柯察金小姐结婚的特殊原因之一的是(　　)。

A. 两家社会地位太悬殊

B. 和柯察金小姐比较,他更爱卡秋莎

C. 对女人这种神秘的生物抱着一种莫名的恐惧

D. 他很可能找到比柯察金小姐好得多因而同他更相配的姑娘

99. 聂赫留朵夫住在姑妈家的那个夏天,对于他和卡秋莎的关系,下列不属于他的两个姑妈担心的是(　　)。

A. 聂赫留朵夫另有所爱

B. 聂赫留朵夫和卡秋莎发生暧昧关系

C. 聂赫留朵夫会毫不迟疑地和卡秋莎结婚

D. 聂赫留朵夫具有敢作敢为的可贵性格

100. 在第一次住在姑妈家的那个夏天,聂赫留朵夫(　　)自己爱上了卡秋莎。

A. 明确意识到　　　　　　B. 不确定是否

C. 在姑妈的提醒下意识到　　D. 没有意识到

101. 第一次在姑妈家认识卡秋莎,如果聂赫留朵夫当时明确意识到自己爱上了卡秋莎,尤其是如果当时有人劝他绝不能也不应该把他的命运和这样一位姑娘结合在一起,那么,凭着他的(　　),他就会断然决定非同她结婚不可。不管她是怎样的人,只要他爱她就行。

A. 贵族身份　　　　　　　B. 优渥的经济地位

C. 憨直性格　　　　　　　D. 花花公子的秉性

102. 聂赫留朵夫第一次住在姑妈家时,满心相信,他对卡秋莎的感情只是( ),而这个活泼可爱的姑娘也有着和他一样的感情。

A. 感情游戏

B. 欲望

C. 他全身充溢着生的欢乐的一种表现

D. 一种新鲜感

103. 在聂赫留朵夫大学三年级住在姑妈家的夏天的升天节,年轻人一起玩游戏,聂赫留朵夫亲吻了卡秋莎之后,他们之间的关系就变了。这种关系是指( )。

A. 同居了

B. 两个纯洁无邪的年轻人相互吸引的特殊关系

C. 纯洁无邪的少女和一个花花公子之间的特殊关系

D. 纯洁无邪的青年和一个水性杨花的少女之间的特殊关系

104. 从第一次在姑妈家认识卡秋莎起,聂赫留朵夫整整( )没有见到卡秋莎。

A. 三年   B. 三个月   C. 三十年   D. 三天

105. 聂赫留朵夫第一次亲吻了卡秋莎之后,两人之间的关系就变了,卡秋莎只要一想到世界上有一个聂赫留朵夫,就会觉得( )。

A. 充满厌恶   B. 心怀鬼胎

C. 充满内疚   D. 一切都很美好

106. 聂赫留朵夫第一次在姑妈家过了那个夏天,临走与姑妈和玛丝洛娃分别后,他的感觉或表现是( )。

A. 非常幸福   B. 十分惭愧

C. 说不出的惆怅   D. 大哭一场

107. 聂赫留朵夫与玛丝洛娃直到若干年后,他升为军官,动身去( ),路过姑妈家,两人才再次相见。

A. 探亲   B. 战场   C. 部队   D. 西伯利亚

108. 同第一次那个夏天住在姑妈家时相比,聂赫留朵夫与玛丝洛娃第二次相见,( )已经换了一个人。

A. 姑妈   B. 聂赫留朵夫

C. 玛丝洛娃　　　　　　　　D. 以上都不是

109. 聂赫留朵夫第一次在姑妈家过了那个夏天,临走与姑妈和玛丝洛娃分别后,玛丝洛娃的感觉或表现是(　　)。

A. 放声哭了　　　　　　　　B. 说不出的惆怅

C. 非常幸福　　　　　　　　D. 十分惭愧

110. 聂赫留朵夫第一次住在姑妈家,和卡秋莎单独在一起时谈话别扭是指(　　)。

A. 一谈到婚姻问题就吵架

B. 彩礼问题无法达成一致意见

C. 他们眼睛所表达的话和嘴里所说的话截然不同

D. 嘴里表达的要比眼睛所表达的重要得多

111. 下列属于玛丝洛娃听书记官宣读起诉书的表现的是(　　)。

A. 根本无所谓的态度

B. 扑哧一笑,迅速向周围扫一眼

C. 大笑了起来

D. 一动不动望着书记官,听他宣读

112. 聂赫留朵夫与玛丝洛娃第一次相见时,聂赫留朵夫是一个(　　)的青年。

A. 认为接触大自然、接触前人是重要的

B. 挥霍金钱

C. 彻头彻尾的利己主义

D. 认为除了亲人和朋友的妻子以外,女人是他领略过的最好的玩乐用具

113. 聂赫留朵夫与玛丝洛娃第二次相见时,聂赫留朵夫是一个(　　)的青年。

A. 彻头彻尾的利己主义

B. 认为上帝创造的世界是个谜

C. 觉得女人是神秘而迷人的

D. 不需要钱,放弃名下地产给佃户

114. 与第一次相比,第二次与玛丝洛娃相见的聂赫留朵夫身上发

生了可怕的变化,只是由于他不再坚持自己的信念而相信别人的理论。而这是因为( )。

  A. 要是坚持自己的信念,日子就太不好过

  B. 一切问题都可以迎刃而解

  C. 他已经当上了军官

  D. 他的失恋

115. 下列哪些现象,会遭到聂赫留朵夫周遭的人嘲笑或者为他担忧?( )

  A. 在打猎上挥金如土,在布置书房上穷奢极侈

  B. 省吃俭用,不喝酒

  C. 花天酒地

  D. 讲淫秽笑话

116. 下列哪些现象,会得到聂赫留朵夫周遭的人吹捧或者鼓励?( )

  A. 省吃俭用,不喝酒

  B. 讲淫秽笑话

  C. 保持童贞,并且想保持到结婚

  D. 思索上帝、真理、财富、贫穷等问题,阅读有关书籍并同人们谈论这些事

117. 与第一次相比,第二次与玛丝洛娃相见的聂赫留朵夫身上发生了可怕的变化,只是由于他不再坚持自己的信念而相信别人的理论,聂赫留朵夫起初做过反抗,但十分困难。其原因是( )。

  A. 他是军官

  B. 凡是他凭自己的信念认为好的,别人却认为坏的

  C. 军官的使命就是服从

  D. 内心不想反抗

118. 下列哪些现象,会遭到聂赫留朵夫周遭的人嘲笑或者为他担忧?( )

  A. 保持童贞,并且想保持到结婚　　B. 讲淫秽笑话

  C. 花天酒地　　　　　　　　　　　D. 从同事手中夺走女人

119. 与第一次相比,第二次与玛丝洛娃相见的聂赫留朵夫身上发生了可怕的变化,只是由于他不再坚持自己的信念而相信别人的理论。而这是因为(   )。

　　A. 要是相信别人的理论,日子就太不好过
　　B. 要是相信别人的理论,总会遭到人家的谴责
　　C. 要是坚持自己的信念,总会遭到人家的谴责
　　D. 要是相信别人的理论,处理一切事情就不利于追求轻浮享乐的兽性的"我"

120. 下列哪些现象,会遭到聂赫留朵夫周遭的人嘲笑或者为他担忧?(   )

　　A. 挥金如土,穷奢极侈
　　B. 花天酒地
　　C. 到法国剧院看轻松喜剧
　　D. 保持童贞,并且想保持到结婚

121. 聂赫留朵夫天生热情好动,不久就沉湎于受亲友称道的新生活中,把内心的其他要求一概排斥了。这种新生活之一是指(   )。

　　A. 思索上帝、真理、财富、贫穷等问题,阅读有关书籍并同人们谈论这些事
　　B. 保持童贞,并且想保持到结婚
　　C. 不喝酒
　　D. 到法国剧院看轻松喜剧

122. 聂赫留朵夫天生热情好动,不久就沉湎于受亲友称道的新生活中,把内心的其他要求一概排斥了。这种新生活之一是指(   )。

　　A. 省吃俭用,不喝酒
　　B. 挥金如土,穷奢极侈
　　C. 思索上帝、真理、财富、贫穷等问题,阅读有关书籍并同人们谈论这些事
　　D. 保持童贞,并且想保持到结婚

123. 与第一次相比,第二次与玛丝洛娃相见的聂赫留朵夫身上发生了可怕的变化,只是由于他不再坚持自己的信念而相信别人的理论。

而这是因为（　　）。

　　A．他的失恋

　　B．一切问题都可以迎刃而解

　　C．他已经当上了军官

　　D．要是坚持自己的信念，总会遭到人家的谴责

124．聂赫留朵夫天生热情好动，不久就沉湎于受亲友称道的新生活中，把内心的其他要求一概排斥了。这种新生活之一不是指（　　）。

　　A．讲淫秽笑话　　　　　　　B．花天酒地

　　C．保持童贞，并且想保持到结婚　　D．到法国剧院看轻松喜剧

125．聂赫留朵夫与玛丝洛娃第一次相见时，聂赫留朵夫是一个（　　）的青年。

　　A．认为社会制度和跟同事们的交际活动是重要的

　　B．认为精力充沛的强壮的兽性的"我"才是他自己的

　　C．认为精神的生命才是真正的"我"

　　D．彻头彻尾的利己主义

126．与第一次相比，第二次与玛丝洛娃相见的聂赫留朵夫身上发生了可怕的变化，只是由于他不再坚持自己的信念而相信别人的理论。而这是因为（　　）。

　　A．要是相信别人的理论，总会遭到人家的谴责

　　B．要是相信别人的理论，处理一切事情就不利于追求轻浮享乐的兽性的"我"

　　C．要是相信别人的理论，日子就太不好过

　　D．要是相信别人的理论，就根本无须处理什么，一切问题都迎刃而解

127．下列哪些现象，会得到聂赫留朵夫周遭的人吹捧或者鼓励？（　　）

　　A．挥金如土，穷奢极侈

　　B．保持童贞，并且想保持到结婚

　　C．思索上帝、真理、财富、贫穷等问题，阅读有关书籍并同人们谈论

这些事

D．不喝酒

128．与第一次相比，第二次与玛丝洛娃相见的聂赫留朵夫身上发生了可怕的变化，只是由于他不再坚持自己的信念而相信别人的理论。而这是因为（　　）。

A．一切问题都可以迎刃而解

B．他已经当上了军官

C．玩女人

D．要是坚持自己的信念，处理一切事情就不利于追求轻浮享乐的兽性的"我"

129．聂赫留朵夫天生热情好动，不久就沉湎于受亲友称道的新生活中，把内心的其他要求一概排斥了。这种变化开始于他（　　）。

A．来到西伯利亚后　　　　B．离开西伯利亚后

C．来到彼得堡以后　　　　D．来到姑妈家庄园以后

130．在有钱有势的军官才能进入的近卫军团里，军官们格外堕落的原因之一是（　　）。

A．来到彼得堡　　　　　　B．接近皇室

C．来到莫斯科　　　　　　D．玩女人

131．聂赫留朵夫开始像同僚们那样生活以来，他就落入了疯狂的（　　）的泥沼之中。

A．酗酒　　B．玩女人　　C．利己主义　　D．失恋

132．聂赫留朵夫正好是在俄国向（　　）宣战后进入军队的。

A．波兰　　B．中国清政府　　C．德国　　D．土耳其

133．进入军队之后的聂赫留朵夫由于冲破了以前给自己定下的种种道德藩篱，一直感到轻松愉快，并且经常处于（　　）的疯狂状态中。

A．享乐主义　　B．利己主义　　C．醉酒　　D．玩女人

134．与玛丝洛娃相识后第二次来到姑妈家，聂赫留朵夫正处于这样的精神状态中。"这样的精神状态"之一是指（　　）。

A．由于冲破了以前给自己定下的种种道德藩篱，一直感到轻松愉快

B. 醉酒

C. 思索上帝、真理、财富、贫穷等问题,阅读有关书籍并同人们谈论这些事

D. 失恋

135. 聂赫留朵夫与玛丝洛娃相识后第二次来到姑妈家,主要的原因是(　　)。

　　A. 很想看看姑妈们　　　　B. 很想看看卡秋莎
　　C. 很想到乡下住一段时间　　D. 完成父亲的嘱咐

136. 聂赫留朵夫在生命的一个阶段,由于冲破了以前给自己定下的种种道德藩篱,一直感到轻松愉快,并且经常处于利己主义的疯狂状态中。"这个阶段"具体是指(　　)。

　　A. 大学时期　　　　B. 大学三年级时
　　C. 进入军界后　　　D. 来到西伯利亚后

137. 聂赫留朵夫与玛丝洛娃相识后第二次来到姑妈家,原因之一是(　　)。

　　A. 很想到乡下住一段时间

　　B. 完成父亲的嘱咐

　　C. 大学毕业了

　　D. 部队已经开赴前线,要中途经过姑妈家的庄园

138. 与玛丝洛娃相识后第二次来到姑妈家,聂赫留朵夫正处于这样的精神状态中。"这样的精神状态"之一是指(　　)。

　　A. 醉酒　　　　　　B. 失恋
　　C. 疯狂的利己主义　　D. 玩女人

139. 聂赫留朵夫与玛丝洛娃第二次相见时,聂赫留朵夫是一个(　　)的青年。

　　A. 认为除了亲人和朋友的妻子以外,女人是他领略过的最好的玩乐用具

　　B. 认为上帝创造的世界是个谜

　　C. 觉得女人是神秘而迷人的

　　D. 认为精神的生命才是真正的"我"

140. 聂赫留朵夫天生热情好动,不久就沉湎于受亲友称道的新生活中,把内心的其他要求一概排斥了。这种变化在他(　　)后彻底完成。

　　A. 进入军界　　　　　　B. 进入法国剧院
　　C. 进入西伯利亚　　　　D. 离开彼得堡

141. 在有钱有势的军官才能进入的近卫军团里,军官们格外堕落的原因之一是(　　)。

　　A. 玩女人　　B. 喝酒　　C. 看戏　　D. 富裕

142. 聂赫留朵夫与玛丝洛娃相识后第二次来到姑妈家,原因之一是(　　)。

　　A. 很想到乡下住一段时间　　B. 姑妈热情邀请
　　C. 完成父亲的嘱咐　　　　　D. 大学毕业了

143. 聂赫留朵夫第二次来到姑妈家,原定只停留一天一夜,因为(　　)的原因,他就觉得要多待两天。

　　A. 见了卡秋莎
　　B. 见了管家吉洪,了解了卡秋莎的情况
　　C. 只见到了两个姑妈中的一个
　　D. 没有见到卡秋莎

144. 聂赫留朵夫第二次来到姑妈家,发觉自己在恋爱了,但不像以前那样觉得(　　)。

　　A. 恋爱是个谜　　　　　B. 恋爱不是个谜
　　C. 恋爱就是肉体关系　　D. 恋爱就是占有对方

145. 聂赫留朵夫也像所有的人那样,身上同时存在这两个人。这"两个人"其中之一是指(　　)。

　　A. 精神的人　　B. 内向的人　　C. 外向的人　　D. 开心的人

146. 聂赫留朵夫第二次来到姑妈家,改变主意,决定多待两天,过了(　　)再走。

　　A. 情人节　　B. 圣诞节　　C. 复活节　　D. 万圣节

147. 聂赫留朵夫也像所有的人那样,身上同时存在这两个人。这"两个人"其中之一是指(　　)。

A．内向的人　　B．外向的人　　C．开心的人　　D．兽性的人

148．追求对人、对己统一的幸福的人,是指(　　)。

A．幸福的人　　B．精神的人　　C．内向的人　　D．外向的人

149．聂赫留朵夫第二次来到姑妈家,第一天看到卡秋莎,对她就(　　)。

A．百依百随　　B．失去兴趣　　C．诱奸　　D．燃起旧情

150．一味追求个人幸福,并且为了个人幸福不惜牺牲全人类的幸福,这样的人是指(　　)。

A．精神的人　　B．内向的人　　C．外向的人　　D．兽性的人

151．在复活节前的这两天里,聂赫留朵夫身上一刻不停地展开着连他自己都不清楚的内心斗争。这里的"斗争"是指(　　)之间的斗争。

A．精神的人　　　　　　　　B．兽性的人
C．精神的人与兽性的人　　D．内向的人与外向的人

152．聂赫留朵夫第二次来到姑妈家,在复活节的前两天,第一天看到卡秋莎,(　　)又抬头,并且重新支配着他的行动。

A．兽性的人　　B．内向的人　　C．精神的人　　D．外向的人

153．聂赫留朵夫第二次来到姑妈家前后这段时期,彼得堡生活和部队生活唤起的(　　)在聂赫留朵夫身上恶性发作。

A．利他主义　　　　　　　　B．利己主义
C．享乐主义　　　　　　　　D．金钱至上主义

154．聂赫留朵夫不愿意同柯察金小姐结婚的特殊原因之一是(　　)。

A．对女人这种神秘的生物抱着一种莫名的恐惧
B．柯察金小姐不爱他
C．她今年已经二十七岁,因此以前一定谈过恋爱
D．家人不同意

155．聂赫留朵夫第二次来到姑妈家前后这段时期,(　　)在他身上占了上风。

A．精神的人　　B．兽性的人　　C．内向的人　　D．外向的人

156. 聂赫留朵夫同姑妈和仆人站在一起做完晨祷,同时目不转睛地盯着(　　)。

　　A. 姑妈　　　B. 仆人　　　C. 卡秋莎　　　D. 司祭

157. (　　)前一天,礼拜六傍晚,司祭带了助祭和诵经士乘雪橇,千辛万苦穿过水塘和干地,赶到聂赫留朵夫姑妈家做晨祷。

　　A. 复活节　　B. 圣诞节　　C. 谢肉节　　D. 新年

158. 基督复活节的夜晚,聂赫留朵夫决定到教堂去的原因是(　　)。

　　A. 听到卡秋莎要到教堂去　　　B. 听到老女仆要到教堂去
　　C. 姑妈要到教堂去　　　　　　D. 他要去行净化礼

159. 聂赫留朵夫在教堂里发觉(　　)虽然没有回过头来,却看见了他。

　　A. 老女仆　　B. 姑妈　　　C. 司祭　　　D. 卡秋莎

160. 诵经士显然由于尊敬聂赫留朵夫,有意从他旁边绕过去,结果却触到了卡秋莎。为此聂赫留朵夫心里感到奇怪,感到奇怪的原因是聂赫留朵夫认为(　　)。

　　A. 全世界的一切都是为卡秋莎一人而存在的,他可以忽视世间万物,但不能怠慢卡秋莎
　　B. 卡秋莎也是他姑妈的养女,是有地位的
　　C. 诵经士不能触碰女性
　　D. 诵经士不认识卡秋莎

161. 聂赫留朵夫本不想按复活节的规矩同她互吻,这里的"她"是指(　　)。

　　A. 姑妈　　　B. 卡秋莎　　　C. 女乞丐　　　D. 老女仆

162. 从教堂出来,卡秋莎隔着前面过路人的头看见了他,他也看到她容光焕发的脸。这里的"他"是指(　　)。

　　A. 乞丐　　　B. 聂赫留朵夫　　C. 青年庄稼汉　　D. 司祭

163. 复活节那天从教堂出来,卡秋莎从手绢里取出一样东西送给他,眼睛里闪耀快乐的光辉,同他互吻了三次。这里的"他"是指(　　)。

　　A. 诵经士　　　　　　　　B. 聂赫留朵夫

C. 乞丐　　　　　　　　　D. 青年庄稼汉

164. 卡秋莎对聂赫留朵夫说"基督复活了!",聂赫留朵夫回复道（　　）。

　　A. 你们不去找司祭吗?　　　B. 真的复活了!
　　C. 我爱你,卡秋莎!　　　　D. 今晚你真漂亮!

165.《复活》中,作者写道"男女之间的爱情总有达到顶点的时刻",这个"时刻"是指（　　）。

　　A. 海誓山盟的时刻
　　B. 没有肉欲的充分
　　C. 既没有自觉和理性的成分,也没有肉欲的成分
　　D. 有自觉和理性的成分

166. 聂赫留朵夫坐在陪审员议事室窗前,暗自想着,要是他们的关系能保持在那天夜里的感情上,那该多好!"那天夜里"是指（　　）。

　　A. 基督复活节的夜晚之后　　B. 基督复活节的夜晚
　　C. 他刚刚来到姑妈家的夜晚　D. 他离开姑妈家的那个夜晚

167. 这个基督复活节的夜晚,对聂赫留朵夫来说就是这样的时刻。"这样的时刻"是指（　　）。

　　A. 男女之间爱情到达顶点
　　B. 有自觉和理性的成分,却没有肉欲的成分
　　C. 既有自觉和理性的成分,也有肉欲的成分
　　D. 没有自觉和理性的成分,却有肉欲的成分

168. 聂赫留朵夫每次回想到卡秋莎,这个夜晚的情景总是盖过了他看见她的其余所有各种情景。"这个夜晚"是指（　　）。

　　A. 基督复活节的夜晚　　　　B. 基督复活节的夜晚之后
　　C. 他离开姑妈家的那个夜晚　D. 他刚刚来到姑妈家的夜晚

169. 这一次的吻同前两次接吻完全不同。"这一次的吻"指的是（　　）。

　　A. 聂赫留朵夫大学三年级在姑妈家的时候
　　B. 在丁香花坛后面情不自禁的一吻
　　C. 复活节当晚从教堂回来之后

D. 复活节在教堂里的接吻

170. 这个基督复活节的夜晚,对聂赫留朵夫来说就是这样的时刻。"这样的时刻"是指( )。

A. 有自觉和理性的充分,却没有肉欲的成分

B. 既有自觉和理性的充分,也有肉欲的成分

C. 既没有自觉和理性的充分,也没有肉欲的成分

D. 有自觉和理性的充分,却没有肉欲的成分

171. 这一次的吻同前两次接吻完全不同。"这一次的吻"指的是( )。

A. 在丁香花坛后面情不自禁的一吻

B. 复活节在教堂里的接吻

C. 聂赫留朵夫大学三年级在姑妈家的时候

D. 复活节当晚从教堂回来之后,聂赫留朵夫在过道里追上卡秋莎时的一吻

172. 复活节之后,午饭后聂赫留朵夫情绪激动地走来走去,希望能听到她的脚步声。这里的"她"指( )。

A. 卡秋莎　　　　　B. 姑妈

C. 老女仆　　　　　D. 女家庭教师

173. 复活节之后,午饭后聂赫留朵夫情绪激动地走来走去,希望能听到她的脚步声。他身上那个( )的人,如今抬起了头来。

A. 精神的　B. 兽性的　C. 快乐的　D. 幸福的

174. 聂赫留朵夫与卡秋莎这一次的吻同前两次接吻完全不同。这一次的吻是可怕的。下列属于前两次的吻的情形之一的是( )。

A. 复活节在教堂里的接吻

B. 聂赫留朵夫在过道里追上卡秋莎时的一吻

C. 大学三年级在姑妈家住了一个夏天后姑妈和卡秋莎给聂赫留朵夫送行时

D. 聂赫留朵夫第二次到姑妈家看到卡秋莎时

175. 复活节之后,卡秋莎因为( ),到了傍晚来到聂赫留朵夫隔壁房间。

A. 医生要留在庄园过夜,只得替他铺床

B. 要打扫卫生

C. 要准备食物

D. 拿一封信

176. 复活节之后的傍晚,聂赫留朵夫一听到她的脚步声,就屏住呼吸,蹑手蹑脚跟着她进去,仿佛去干什么犯法的事似的。这里的"她"指( )。

  A. 庄园里的女管家   B. 老女仆

  C. 卡秋莎   D. 姑妈

177. 这一次的吻同前两次接吻完全不同。这一次的吻是可怕的。下列属于前两次的吻的情形之一的是( )。

  A. 在丁香花坛后面情不自禁的一吻

  B. 聂赫留朵夫在过道里追上卡秋莎时的一吻

  C. 复活节当晚从教堂回来之后

  D. 大学三年级在姑妈家住了一个夏天后姑妈和卡秋莎给聂赫留朵夫送行时

178. 复活节后的傍晚,聂赫留朵夫蹑手蹑脚地跟着玛丝洛娃进了他隔壁的房间,玛丝洛娃一边干活,一边回头看了他一眼,微微一笑。下面恰当形容这种笑容的词有( )。

  A. 轻松的   B. 可怜巴巴的   C. 愉快的   D. 幸福的

179. 玛丝洛娃微微一笑,这笑容仿佛向聂赫留朵夫表示( )。

  A. 他这样做是要不得的   B. 她爱他

  C. 她很幸福   D. 他是那么可爱

180. 直到这时聂赫留朵夫心里还在进行斗争,有两种声音在响。这两种声音其中之一是指( )。

  A. 河水的声音   B. 他对她真正的爱

  C. 教堂的钟声   D. 她对他的爱

181. 复活节后的整个黄昏,聂赫留朵夫都感到心神不宁,心里只盘算这一件事,是指( )。

  A. 怎样同卡秋莎见面   B. 如何告诉卡秋莎他对她的爱

C. 如何向卡秋莎提出分手　　D. 怎样同卡秋莎单独见面

182. 复活节后的傍晚,玛丝洛娃一边干活,一边回头看了聂赫留朵夫一眼,微微一笑,这种笑容是(　　)。

A. 幸福的　　B. 轻松的　　C. 苦的　　D. 愉快的

183. 这时聂赫留朵夫心里还在进行斗争,有两种声音在响。这两种声音其中之一指的是(　　)。

A. 教堂的钟声　　　　　　B. 她对他的爱
C. 河水的声音　　　　　　D. 别错过自己的享乐

184. 复活节后的黄昏,聂赫留朵夫想从肉体上占有卡秋莎的想法没有得逞的原因之一是(　　)。

A. 卡秋莎一直在忙着干农活
B. 和卡秋莎同住的老女仆的刁难
C. 和卡秋莎同住的老女仆寸步不离地看住聂赫留朵夫
D. 和卡秋莎同住的老女仆寸步不离地看住卡秋莎

185. 聂赫留朵夫诱奸玛丝洛娃发生在(　　)。

A. 复活节的晨祷　　　　　B. 复活节的下午
C. 复活节的黄昏　　　　　D. 复活节后的黑夜

186. 复活节后的傍晚,玛丝洛娃一边干活,一边回头看了聂赫留朵夫一眼,微微一笑,这种笑容是(　　)。

A. 幸福的　　B. 轻松的　　C. 恐惧的　　D. 愉快的

187. 复活节的黄昏过后,聂赫留朵夫来到女仆屋子窗外,屋内点着一盏小灯。(　　)独自坐在桌旁沉思,眼睛瞪着前方。

A. 老女仆玛特廖娜　　　　B. 卡秋莎
C. 姑妈　　　　　　　　　D. 女家庭教师

188. 复活节的黄昏过后,聂赫留朵夫来到女仆屋子窗外,当听到第一次敲窗户的声音时,卡秋莎的反应是(　　)。

A. 浑身打了个哆嗦　　　　B. 满脸笑意
C. 满心欢喜地期待　　　　D. 轻快地去开门

189. 复活节的黑夜,聂赫留朵夫来到女仆屋子窗外,当他第二次敲窗后,卡秋莎的反应是(　　)。

A. 恐惧

B. 没有看是谁在敲窗,就从屋里跑了出来

C. 看了一眼屋外敲窗的人后跑了出来

D. 躲了起来

190. 复活节的黄昏过后,聂赫留朵夫来到女仆屋子窗外,屋内点着一盏小灯。卡秋莎独自坐在桌旁沉思,眼睛瞪着前方。聂赫留朵夫一动不动地在窗外瞧了她好一阵,很想看看(　　)。

A. 她美丽的脸庞

B. 她妙曼的身姿

C. 在她认为没人看见的时候她会做什么

D. 她是否在想他

191. 复活节后的黄昏,当独自一人在女仆房间的卡秋莎听到有人第一次敲窗,走到窗前,认出是他时,下面恰当形容她的表情的词是(　　)。

A. 满脸笑意　　　　　　B. 满心欢喜地期待

C. 甜蜜而期待　　　　　D. 恐惧

192. 复活节的黑夜,聂赫留朵夫来到女仆屋子窗外,当他第三次敲窗后,结果是(　　)。

A. 卡秋莎出现在窗前　　B. 遭到了老女仆的责骂

C. 没有人答应　　　　　D. 卡秋莎出现在门口

193. 复活节的黑夜,聂赫留朵夫来到女仆屋子窗外,他对卡秋莎做了个手势,要她出来,卡秋莎当时的反应是(　　)。

A. 摇摇头,表示不出来　　B. 点点头,表示马上出来

C. 不置可否　　　　　　D. 笑而不语

194. 复活节后的黄昏,聂赫留朵夫想从肉体上占有卡秋莎的想法没有得逞的原因之一是(　　)。

A. 和卡秋莎同住的老女仆寸步不离地看住聂赫留朵夫

B. 和卡秋莎同住的老女仆的刁难

C. 卡秋莎在躲避他

D. 姑妈发现了他

195．复活节的黄昏过后，聂赫留朵夫来到女仆屋子窗外，一动不动地在窗外瞧了卡秋莎好一阵。下列恰当形容卡秋莎的脸的词汇有（　　）。

　　A．幸福的　　　B．兴奋的　　　C．苦恼的　　　D．得意的

196．复活节的黄昏过后，聂赫留朵夫来到女仆屋子窗外，当听到第一次敲窗户的声音时，卡秋莎的反应是（　　）。

　　A．满心欢喜地期待　　　　B．脸上露出恐怖的神色
　　C．轻快地去开门　　　　　D．略有迟疑地开了门

197．复活节后的黄昏，当独自一人在女仆房间的卡秋莎听到有人敲窗时，她走到窗前，认出是他。"他"指（　　）。

　　A．聂赫留朵夫　　　　　　B．马车夫
　　C．聂赫留朵夫的朋友申包克　D．西蒙松

198．复活节后的黄昏，当独自一人在女仆房间的卡秋莎听到有人敲窗，走到窗前，认出来人是谁时，下面恰当形容她的表情的词是（　　）。

　　A．满脸吃惊　　　　　　　B．满心欢喜地期待
　　C．甜蜜而期待　　　　　　D．神态异常严肃

199．复活节的黑夜，当聂赫留朵夫走到卡秋莎的房门口，刚低声唤了一声她的名字，卡秋莎的反应是（　　）。

　　A．生气地劝他走开
　　B．霍地跳起来，迫不及待地开了门
　　C．不置可否
　　D．立即默默地开了门

200．"河那边冰块的坼裂声、撞击声和呼呼声更响了。除了这些响声，如今又增加了潺潺的流水声。迷雾开始下沉，从雾幕后面浮出一钩残月，凄凉地照着黑漆漆、阴森森的地面。"上面的景物描写发生的时间是（　　）。

　　A．圣诞节的夜晚
　　B．聂赫留朵夫回到姑妈家庄园，处理完庄园土地的那个夜晚
　　C．聂赫留朵夫诱奸卡秋莎的那个复活节的黑夜

D. 大学三年级在姑妈家住了一个夏天后姑妈和卡秋莎给聂赫留朵夫送行时

201. 聂赫留朵夫诱奸了卡秋莎的那天晚上,卡秋莎离开他的房间走出去。下面恰当形容卡秋莎当时情况的词有(　　)。

A. 甜蜜幸福　　B. 浑身哆嗦　　C. 大声哭喊　　D. 依依不舍

202. 聂赫留朵夫诱奸了卡秋莎的那天晚上,卡秋莎离开后,聂赫留朵夫问自己:"我这是怎么啦,是交了好运还是倒了大霉?"他对此的自我回答是(　　)。

A. 交了好运　　　　　　　B. 倒了大霉
C. 这种事是常有的,人人都这样的　　D. 没有答案

203. 复活节的黄昏过后,聂赫留朵夫来到女仆屋子窗外,一动不动地在窗外瞧了卡秋莎好一阵。下列恰当形容当时卡秋莎的脸的词汇有(　　)。

A. 幸福的　　B. 兴奋的　　C. 沉思的　　D. 得意的

204. 申包克应聂赫留朵夫之邀来到他的姑妈家。下列不属于他赢得两位姑妈欢心的品质有(　　)。

A. 文雅　　B. 殷勤　　C. 乐观　　D. 勤俭

205. 因为(　　),多二十五卢布或者少二十五卢布对申包克而言没有什么区别。

A. 欠了永世还不清的债　　B. 实在是太富有了
C. 对钱没有什么概念　　　D. 慷慨

206. 聂赫留朵夫诱奸了卡秋莎的那天晚上,卡秋莎离开他的房间走出去。下面恰当形容卡秋莎当时情况的词有(　　)。

A. 默默地离开　B. 大哭大叫　　C. 甜蜜幸福　　D. 依依不舍

207. 申包克应聂赫留朵夫之邀来到他的姑妈家。他的(　　)和对聂赫留朵夫的友爱博得了两位姑妈的欢心。

A. 勤俭　　B. 学识　　C. 相貌　　D. 慷慨

208. 在诱奸了卡秋莎之后,在姑妈家度过的最后一天里,聂赫留朵夫的内心有两种情感在搏斗。"两种情感"之一是指(　　)。

A. 兽性爱所引起的充满情欲的回忆

B. 情欲没有达到预期那样醉人的程度

C. 肉体上占有了卡秋莎,得到了满足

D. 觉得自己做了一件很坏的事,必须对卡秋莎加以弥补

209. 在诱奸了卡秋莎之后,下面属于聂赫留朵夫考虑到的问题是(　　)。

A. 要是人家知道他对她干的事,会不会责备她,会责备到什么程度

B. 她现在的心情怎样

C. 对她将来会产生什么后果

D. 既然非走不可,索性让这种无法维持的关系一刀两断

210. 在诱奸了卡秋莎之后,下面不属于聂赫留朵夫考虑到的问题有(　　)。

A. 对她将来会产生什么后果

B. 既然非走不可,索性让这种无法维持的关系一刀两断

C. 觉得自己做了一件很坏的事,必须对卡秋莎加以弥补

D. 要是人家知道他对她干的事,会不会责备他,会责备到什么程度

211. 在诱奸了卡秋莎之后,下面不属于聂赫留朵夫考虑到的问题有(　　)。

A. 他自己

B. 她现在的心情怎样

C. 既然非走不可,干脆让这种无法维持的关系一切两断

D. 要是人家知道他对她干的事,会不会责备她,会责备到什么程度

212. 在诱奸了卡秋莎之后,在姑妈家度过的最后一天里,聂赫留朵夫的内心有两种情感在搏斗。"两种情感"之一是指(　　)。

A. 肉体上满足了,精神上却没有满足

B. 觉得自己做了一件很坏的事,必须对自己加以弥补

C. 肉体上占有了卡秋莎,得到了满足

D. 觉得自己做了一件很了不起的事情

213. 在诱奸了卡秋莎之后,下面属于聂赫留朵夫考虑到的问题是(　　)。

A. 她现在的心情怎样

B. 对她将来会产生什么后果

C. 要是人家知道他对她干的事,会不会责备他,会责备到什么程度

D. 觉得自己做了一件很坏的事,必须对卡秋莎加以弥补

214. 在诱奸了卡秋莎之后,在姑妈家度过的最后一天里,聂赫留朵夫想到,应该送她一些钱。下面不属于送钱给她的原因之一是(　　)。

A. 为了他自己

B. 遇到这种事情,通常都是给钱了事

C. 如果不给钱,人家会说他不是个正派人

D. 为了她

215. 聂赫留朵夫诱奸了卡秋莎的那天晚上,卡秋莎离开他的房间走出去。下面恰当形容卡秋莎当时情况的词有(　　)。

A. 幸福甜蜜　　B. 依依不舍　　C. 一言不发　　D. 如漆似胶

216. 在诱奸了卡秋莎之后,在姑妈家度过的最后一天里,聂赫留朵夫想到,应该送她一些钱。下面属于送钱给她的原因之一是(　　)。

A. 如果不给钱,人家会说他不是个正派人

B. 如果不给钱,卡秋莎会闹的

C. 为了她

D. 她可能需要钱

217. 在诱奸了卡秋莎之后,临走那天,聂赫留朵夫给了卡秋莎一笔钱,那数目,就他的(　　)和她的地位而言,他认为是相当丰厚的。

A. 收入　　　B. 身份　　　C. 行为　　　D. 财产

218. 在诱奸了卡秋莎之后,在聂赫留朵夫的内心深处,他知道他的行为是很(　　)的。

A. 卑鄙　　　B. 正常　　　C. 普遍　　　D. 不可思议

219. 在诱奸了卡秋莎之后,临走那天,聂赫留朵夫给了卡秋莎他自认为是相当丰厚的一笔钱,那数目是(　　)。

A. 十万卢布　　B. 一百卢布　　C. 一百万卢布　　D. 一卢布

220. 聂赫留朵夫诱奸了卡秋莎之后,虽然有不安,但是他用周围人的故事来安慰自己,认为"既然大家都这样做,那就是合情合理的"。这些人包括(　　)。

A. 好友申包克 B. 索菲雅姑妈
C. 玛丽雅姑妈 D. 西蒙松

221. 在诱奸了卡秋莎之后,在聂赫留朵夫的内心深处,他认为自己的行为是( )。

A. 很正常的 B. 残酷的
C. 无可指责的 D. 很高尚的

222. 在诱奸了卡秋莎之后,聂赫留朵夫必须保持原来那种对自己的看法,为了自己能够快快活活满怀信心地活下去的唯一办法就是( )。

A. 忏悔 B. 赎罪 C. 不去想它 D. 放任自流

223. 在诱奸了卡秋莎之后,在聂赫留朵夫的内心深处,他认为自己的行为是( )。

A. 很正常的 B. 无可厚非的
C. 很高尚的 D. 很恶劣的

224. 在诱奸了卡秋莎之后,在姑妈家度过的最后一天里,聂赫留朵夫想到,应该送她一些钱。下面属于送钱给她的原因之一是( )。

A. 如果不给钱,卡秋莎会闹的
B. 为了她
C. 她可能需要钱
D. 遇到这种事,通常都是这么做的

225. 聂赫留朵夫诱奸了卡秋莎之后,虽然有不安,但是他用周围人的故事来安慰自己,认为"既然大家都这样做,那就是合情合理的"。这些人包括( )。

A. 聂赫留朵夫的父亲 B. 索菲雅姑妈
C. 玛丽雅姑妈 D. 西蒙松

226. 在诱奸了卡秋莎之后,在聂赫留朵夫的内心深处,他认为自己的行为是( )。

A. 卑鄙的 B. 很正常的 C. 无可厚非的 D. 很高尚的

227. 聂赫留朵夫在第二次离开姑妈家庄园后,开始过新的生活,这种生活过得越久,那件事的印象就越淡薄,最后他真的把它完全忘记了。

"那件事"指( )。

A. 好友申包克与家庭女教师的事情

B. 他的父亲同农家女生了私生子

C. 他诱奸了卡秋莎

D. 他在姑妈家庄园第一次看到卡秋莎

228. 战争结束后,聂赫留朵夫希望看到( ),就拐到姑妈家去了。

A. 玛丽雅姑妈　　　　B. 卡秋莎
C. 索菲雅姑妈　　　　D. 家庭女教师

229. 战争结束后,聂赫留朵夫拐到姑妈家去,这才知道她已经不在了。这里"她"指( )。

A. 索菲雅姑妈　　　　B. 家庭女教师
C. 玛丽雅姑妈　　　　D. 卡秋莎

230. 聂赫留朵夫第三次到他姑妈家的庄园是在( )。

A. 大学毕业后　　　　B. 战争结束后
C. 部队到前线前　　　D. 到西伯利亚去之前

231. 聂赫留朵夫第三次到他姑妈家的庄园得知,卡秋莎离开了姑妈家到外面去分娩,姑妈说她( )。

A. 过得比以前好多了　B. 堕落了
C. 去世了　　　　　　D. 独自抚养孩子了

232. 战争结束后,聂赫留朵夫拐到姑妈家去,这才知道卡秋莎已经不在了。这里"已经不在了"指( )。

A. 离开西伯利亚了　　B. 离开姑妈家庄园了
C. 不在人世了　　　　D. 离开彼得堡了

233. 聂赫留朵夫的两位姑妈认为卡秋莎的"堕落"是因为( )。

A. 聂赫留朵夫诱奸了她　B. 她像她母亲一样生性淫荡
C. 她忘恩负义　　　　　D. 她穷困潦倒

234. 聂赫留朵夫的两位姑妈说卡秋莎"堕落"了,他听了这个说法后的心情是( )。

A. 内疚　　B. 惭愧　　C. 自责　　D. 高兴

235．聂赫留朵夫作为陪审员在法庭上意外地发现作为被告的玛丝洛娃，他当时的考虑之一是（　　）。

　　A．他必须马上同玛丝洛娃结婚

　　B．他要补偿玛丝洛娃

　　C．这种事情不能让人家知道

　　D．他要赎罪

236．在法庭上，聂赫留朵夫发现玛丝洛娃几次三番盯着那个胖女人，后来知道她是（　　）。

　　A．同案犯　　　B．证人　　　C．她母亲　　　D．她的同伙

237．在法庭上，玛丝洛娃突然把视线移到陪审员那边，停留在（　　）身上。她的脸色变得严肃甚至充满恼恨了。

　　A．她母亲　　　　　　　　B．她父亲

　　C．聂赫留朵夫　　　　　　D．她所在妓院的掌班

238．听到姑妈说卡秋莎"堕落"了，起初聂赫留朵夫的心情是（　　）。

　　A．自己罪责难逃

　　B．太羞耻了

　　C．高兴，仿佛替他开脱了罪责

　　D．愤怒，因为卡秋莎原来那么纯洁无邪

239．聂赫留朵夫作为陪审员在法庭上意外地发现作为被告的玛丝洛娃，他当时的考虑之一是（　　）。

　　A．她本人或者她的辩护人不要把这事和盘托出，弄得他当众出丑

　　B．他必须马上同玛丝洛娃结婚

　　C．他要补偿玛丝洛娃

　　D．心存侥幸，认为玛丝洛娃已经认不出他了

240．在法庭上，聂赫留朵夫发现玛丝洛娃几次三番盯着那个胖女人，后来知道她是（　　）。

　　A．玛丝洛娃所在妓院的掌班　　B．她的同案犯

　　C．她的母亲　　　　　　　　　D．死去的商人的妻子

241．下列符合玛丝洛娃所在妓院的掌班对她的描述是（　　）。

　　A．经常酗酒　　　　　　　B．十足的好姑娘

C．没有受过教育 　　　　　　D．出生贫寒

242．在法庭上，玛丝洛娃突然把视线移到陪审员那边，对聂赫留朵夫瞧了相当久。聂赫留朵夫当时的心情是（　　）。

A．欣慰　　B．胆战心惊　　C．期盼　　D．甜蜜

243．玛丝洛娃的一个重要外貌特征是（　　）。

A．一头金发　　　　　　B．略带斜睨的黑眼睛

C．高挑的身材　　　　　D．樱桃小口

244．在法庭上，聂赫留朵夫以为玛丝洛娃认出了他，这时他的心情之一是（　　）。

A．悔恨　　B．欣慰　　C．幸福　　D．坦然

245．庭长一心想快点结束庭审，原因是（　　）。

A．案件事实清楚　　　　B．赶去同他的瑞士女人相会

C．和副检察长斗争　　　D．案件缺少证据

246．庭审时，当聂赫留朵夫听着验尸报告，原来那种说不出的嫌恶感越发强烈了。这一切在他看来都是同一类事物。"同一类事物"之一指（　　）。

A．法官同副检察长

B．"卡秋莎的一生"同"从尸体鼻孔里流出来的脓液"

C．法官们同被告人

D．被告人同被害人

247．下列正确描述几个法官在庭审时的表现的有（　　）。

A．庭长——一心想快点结束后可以与情人约会

B．副检察长——一心想快点结束

C．大胡子法官——一言不发，只是忧郁地瞪着前方

D．戴金丝边眼镜的法官——觉得体力不支

248．聂赫留朵夫作为陪审员在法庭上意外地发现作为被告的玛丝洛娃，他当时考虑的只是这事不能让人家知道。"这事"是指（　　）。

A．他同玛丝洛娃已经结婚　　B．玛丝洛娃有一个孩子

C．他的父亲同农家女生了私生子　D．十年前他诱奸了玛丝洛娃

249．下列符合玛丝洛娃所在妓院的掌班对她的描述的是（　　）。

A．有时稍微多喝几杯，但从来不放肆

B．没有受过教育

C．出身贫寒

D．惹是生非

250．庭审时，当聂赫留朵夫听着验尸报告，原来那种说不出的嫌恶感越发强烈了。这一切在他看来都是同一类事物。"同一类事物"之一指（　　）。

A．"他聂赫留朵夫对她的行为"同"从尸体鼻孔里流出来的脓液"

B．法官们同被告人

C．被告人同被害人

D．法官同副检察长

251．玛丝洛娃的一个重要外貌特征是（　　）。

A．高挑的身材　　　　　　B．樱桃小口

C．一头金发　　　　　　　D．水灵灵的乌梅子般的眼睛

252．在法庭上，聂赫留朵夫以为玛丝洛娃认出了他，这时他的心情之一是（　　）。

A．欣慰　　　B．幸福　　　C．坦然　　　D．悔恨

253．庭审时，当聂赫留朵夫听着验尸报告，原来那种说不出的嫌恶感越发强烈了。这一切在他看来都是同一类事物。下列在聂赫留朵夫看来属于"同一类事物"的有（　　）。

A．法官和副检察长

B．被告人和被害人

C．"他聂赫留朵夫对她的行为"同"从眼眶里爆出来的眼球"

D．法官们和被告人

254．下列正确描述几个法官在庭审时的表现的有（　　）。

A．大胡子法官一言不发，只是认真记录

B．戴金丝边眼镜的法官觉得玛丝洛娃很值得同情

C．副检察长故意长篇累牍，以达到显示自己的重要性以及非判刑不可的目的

D．庭长一心想快点结束，因为案件事实清楚

255. 下列恰当形容副检察长的词是(　　)。

　　A．愚蠢　　　　B．善良　　　　C．忧郁　　　　D．秉公执法

256. 下列正确描述几个法官在庭审时的表现的有(　　)。

　　A．大胡子法官一言不发,只是认真记录

　　B．庭长一心想快点结束,因为案件事实清楚

　　C．大胡子法官觉得体力不支

　　D．戴金丝边眼镜的法官觉得玛丝洛娃很值得同情

257. 在法庭上,玛丝洛娃突然把视线移到陪审员那边,对聂赫留朵夫瞧了相当久。聂赫留朵夫虽然胆战心惊,他的目光却怎么也离不开这双眼睛。这时他突然想起了(　　)。

　　A．他第一次见到她　　　　B．在教堂中的她

　　C．那个可怕的夜晚　　　　D．临别送行时的她

258. 聂赫留朵夫作为陪审员在法庭上意外地发现作为被告的玛丝洛娃,他当时没有考虑的因素之一是(　　)。

　　A．他必须马上同玛丝洛娃结婚

　　B．她本人或者她的辩护人不要把这事和盘托出

　　C．不要让他当众出丑

　　D．这种事情不能让人家知道

259. 下列不符合玛丝洛娃所在妓院的掌班对她的描述是(　　)。

　　A．受过教育　　　　B．酗酒

　　C．法国书也看得懂　　　　D．十足的好姑娘

260. 在法庭上,聂赫留朵夫以为玛丝洛娃认出了他,这时他的心情之一是(　　)。

　　A．欣慰　　　　B．幸福　　　　C．坦然　　　　D．怜悯

261. 下列正确描述几个法官在庭审时的表现的有(　　)。

　　A．戴金丝边眼镜的法官一言不发,只是忧郁地瞪着前方

　　B．大胡子法官一言不发,只是认真记录

　　C．庭长一心想快点结束,因为案件事实清楚

　　D．副检察长一言不发,觉得玛丝洛娃很值得同情

262. 下列恰当形容副检察长的词是(　　)。

A．自命不凡　　B．善良　　　C．忧郁　　　D．秉公执法

263．按照副检察长的判断,造成罪行的主要动力是(　　),是颓废派的最恶劣代表。

A．卡尔津金　B．玛丝洛娃　C．聂赫留朵夫　D．社会

264．副检察长发言时,每次都是目光扫视所有的人,除了(　　)。

A．庭长　　　　　　　　B．被告们

C．聂赫留朵夫　　　　　D．大胡子法官

265．当副检察长用"暗示说"来判断玛丝洛娃谋财害命时,庭长对此认为(　　)。

A．很有道理　　　　　　B．胡说八道

C．判断准确　　　　　　D．很有科学性

266．剥去演说的华丽辞藻,副检察长的中心意思就是,玛丝洛娃用(　　)把商人迷倒,谋财害命。

A．催眠术　　B．美人计　　C．毒酒　　　D．巫术

267．根据副检察长的发言,他认为玛丝洛娃犯罪多半是由于她是个(　　)。

A．妓女　　　　　　　　B．女仆

C．孤儿　　　　　　　　D．没有受过教育的人

268．与玛丝洛娃同案的另两位被告的辩护律师在法庭上的表现是(　　)。

A．结结巴巴　B．据理力争　C．胆怯　　　D．神气活现

269．副检察长认为孤儿,多半生来带着(　　)的胚胎。

A．贫穷　　　B．善良　　　C．犯罪　　　D．做妓女

270．下列恰当形容副检察长的词是(　　)。

A．热衷功名　B．善良　　　C．忧郁　　　D．秉公执法

271．因为(　　),与玛丝洛娃同案的另两位被告的辩护律师为他们两人开脱,把全部罪责都推在玛丝洛娃身上。

A．另两位被告花了300卢布雇了律师

B．庭长的唆使

C．副检察长的授意

D. 根据案情

272. 玛丝洛娃的辩护律师在法庭上的表现是（　　）。

A. 据理力争　　B. 引经据典　　C. 神气活现　　D. 结结巴巴

273. 副检察长发言时，除了对（　　）一眼也不看，对其他人都扫视一遍。

A. 陪审团　　B. 被告们　　C. 律师　　D. 旁听者

274. 遗传学、先天犯罪说、龙勃罗梭、塔尔德、进化论、生存竞争、催眠术、暗示说、沙尔科、颓废论，这些不仅当时很时髦，就是到今天也还是被看成学术上的新事物的在圈子里很流行的最新理论，是（　　）在法庭上发言时引用的。

A. 庭长　　B. 律师　　C. 聂赫留朵夫　　D. 副检察长

275. 玛丝洛娃的辩护律师在法庭上想（　　），就大概地讲了她当年怎样受一个男人诱奸，那个男人至今逍遥法外，而她却不得不承受堕落的全部重担。

A. 在心理学上分析　　　　B. 展示一下他的口才
C. 替她做有力的辩护　　　D. 赢得大家对被告的同情

276. 副检察长驳斥玛丝洛娃的律师时，认为玛丝洛娃曾受一个（　　）的引诱者的腐蚀，正说明她引诱了许许多多的男人。

A. 至今逍遥法外　　　　B. 凭空想象
C. 贵族青年　　　　　　D. 得意洋洋

277. 下面正确形容玛丝洛娃的辩护律师在法庭上的表现的是（　　）。

A. 胆怯　　B. 据理力争　　C. 神气活现　　D. 秉公执法

278. 下列恰当形容副检察长的词是（　　）。

A. 善良　　B. 忧郁　　C. 秉公执法　　D. 刚愎自用

279. 玛丝洛娃的辩护律师在法庭上的表现是（　　）。

A. 据理力争　　B. 神气活现　　C. 秉公执法　　D. 语无伦次

280. 下列属于法庭上投毒命案被告们的自我辩护的是（　　）。

A. 玛丝洛娃认为自己没有罪，是冤枉的
B. 玛丝洛娃说自己什么都不知道

C. 玛丝洛娃什么也没有说

D. 西蒙说自己有罪

281. 听了法庭上投毒命案被告们的自我辩护后,作为陪审员的聂赫留朵夫的反应是(　　)。

A. 勉强忍住抽噎　　　　　B. 坦然

C. 幸灾乐祸　　　　　　　D. 放声痛哭

282. 聂赫留朵夫想到要是法庭里人人都知道他的罪行,他就会丢尽脸面。这种(　　)压倒了他的内心斗争。

A. 负罪感　　B. 恐惧　　C. 惭愧　　D. 内疚

283. (　　)一开始讲话,玛丝洛娃就目不转睛地盯住他,仿佛怕听漏一个字。

A. 庭长　　B. 聂赫留朵夫　　C. 书记官　　D. 副检察长

284. 多年后,作为陪审员的聂赫留朵夫在法庭上再次见到作为被告的玛丝洛娃时,他心里产生了(　　)情绪,但他还不愿受它支配。

A. 爱慕　　B. 悔恨　　C. 补偿　　D. 侥幸

285. 下列符合法庭上投毒命案被告们的自我辩护的有(　　)。

A. 玛丝洛娃认为自己没有罪,是冤枉的

B. 玛丝洛娃说自己什么都不知道

C. 玛丝洛娃放声痛哭

D. 西蒙说自己是冤枉的

286. 多年后,作为陪审员的聂赫留朵夫在法庭上再次见到作为被告的玛丝洛娃时,他对自己以前的行为造成的后果(　　)了解。

A. 十分　　B. 不　　C. 不是很　　D. 不想

287. 作为陪审员的聂赫留朵夫看到了玛丝洛娃后想道,在以往的十二年里,有一块可怕的幕布一直遮住他的眼睛,使他看不见那件罪行和犯罪后所过的全部生活。下列准确描述了这种生活的词语是(　　)。

A. 充实　　B. 自满　　C. 高尚　　D. 幸福

288. 陪审员在讨论同(　　)有关的第三个问题时引起了一场激烈争论。

A. 玛丝洛娃　　B. 聂赫留朵夫　　C. 包奇科娃　　D. 卡尔津金

289. 聂赫留朵夫根据法庭审讯和他对玛丝洛娃的了解,深信她在盗窃钱财和(　　)两方面都没有罪。

　　A. 毒死人命　　B. 卖淫　　C. 渎职　　D. 虐待老人

290. 对玛丝洛娃的问题激烈争论后,首席陪审员的意见逐渐取得优势。他的意见是(　　)。

　　A. 玛丝洛娃有罪,但并非蓄意杀人

　　B. 玛丝洛娃无罪

　　C. 玛丝洛娃只有盗窃钱财罪

　　D. 玛丝洛娃在盗窃钱财和毒死人命两方面都犯了罪

291. 下列符合法庭上投毒命案被告们的自我辩护的有(　　)。

　　A. 玛丝洛娃认为自己没有罪,是冤枉的

　　B. 玛丝洛娃说自己什么都不知道

　　C. 包奇科娃什么也没有说

　　D. 西蒙说自己是被冤枉的

292. 作为陪审员的聂赫留朵夫看到了玛丝洛娃后想道,在以往的十二年里,有一块可怕的幕布一直遮住他的眼睛,使他看不见那件罪行和犯罪后所过的全部生活。"那件罪行"是指(　　)。

　　A. 投毒命案　　　　　　B. 诱奸玛丝洛娃

　　C. 与家庭女教师通奸　　D. 渎职

293. 聂赫留朵夫根据法庭审讯和他对玛丝洛娃的了解,深信她在(　　)方面没有罪。

　　A. 卖淫　　B. 渎职　　C. 盗窃钱财　　D. 开设妓院

294. 遗传学、先天犯罪说、龙勃罗梭、塔尔德、进化论、生存竞争、催眠术、暗示说、沙尔科、颓废论,这些不仅当时很时髦,就是到今天也还是被看成学术上的新事物而在圈子里很流行的最新理论,是副检察长在(　　)时引用的。

　　A. 法庭上发言　　　　B. 和陪审员讨论

　　C. 写文章　　　　　　D. 和庭长讨论

295. 作为陪审员的聂赫留朵夫看到了玛丝洛娃后想道,在以往的十二年里,有一块可怕的幕布一直遮住他的眼睛,使他看不见那件罪行和犯罪后所过的全部生活。下列准确描述了这种生活的词语是( )。

　　A．悔恨　　　B．放荡　　　C．高尚　　　D．幸福

296．陪审员中,商人坚持为玛丝洛娃辩护,是因为( )。

　　A．坚持以事实为依据　　　B．贪恋玛丝洛娃的美色

　　C．玛丝洛娃贿赂了他　　　D．是玛丝洛娃的情人

297．陪审员一开始讨论时,对玛丝洛娃是否有罪、有什么罪看法不一,最后主要因为( ),大家都倾向于判玛丝洛娃有罪。

　　A．大家都累了　　　　　　B．被首席陪审员说服了

　　C．依据事实　　　　　　　D．首席陪审员口才好

298．在陪审团成员讨论玛丝洛娃一案时,作为陪审员的聂赫留朵夫脸上一阵白,一阵红。下面准确描述他的心理活动的有( )。

　　A．无地自容

　　B．想反驳,又怕替玛丝洛娃说话,大家就会立刻发现他同她的特殊关系

　　C．身体极为不适

　　D．无动于衷

299．陪审员中,一直保持沉默的盖拉希莫维奇因为被首席陪审员那种唯我独尊的口吻所激怒,突然对他进行反驳,正好说出了( )想说的话。

　　A．聂赫留朵夫　B．庭长　　　C．玛丝洛娃　　D．商人

300．陪审团成员讨论玛丝洛娃一案后,得出了结论。下列属于结论部分的是( )。

　　A．有罪,但并非蓄意杀人　　B．没有蓄意抢劫

　　C．无罪　　　　　　　　　　D．过失杀人

301．陪审团成员为玛丝洛娃一案争论得头昏脑涨,都很疲劳,谁也没有想到在答案里要加入一句( )。

　　A．没有蓄意抢劫　　　　　B．无罪

　　C．没有蓄意杀人　　　　　D．有罪,但没有蓄意杀人

302．作为陪审员的聂赫留朵夫看到了玛丝洛娃后想道,在以往的十二年里,有一块可怕的幕布一直遮住他的眼睛,使他看不见那件罪行

和犯罪后所过的全部生活。下面准确描述了这种生活的词语是(　　)。

A．闲散　　　　B．高尚　　　　C．幸福　　　　D．忏悔

303．在陪审团成员讨论玛丝洛娃一案时,作为陪审员的聂赫留朵夫脸上一阵白,一阵红。下面准确描述他的心理活动的有(　　)。

A．终于解脱了

B．觉得这事不能就此罢休,应该起来反驳

C．身体极为不适

D．无动于衷

304．陪审团成员讨论玛丝洛娃一案后,得出了结论。下列属于结论部分的是(　　)。

A．无罪　　　　　　　　　　B．没有蓄意盗窃财物

C．没有蓄意杀人　　　　　　D．有罪,但没有蓄意杀人

305．陪审团讨论后,聂赫留朵夫太激动了,没有发觉这个疏忽,答案就这样记录了下来,被送到法庭上了。"这个疏忽"指(　　)。

A．在答案里要加入一句:没有蓄意盗窃财物

B．在答案里要加入一句:没有蓄意杀人

C．在答案里要加入一句:有罪,但没有蓄意杀人

D．他没有签字

306．陪审团的最后结论,通过这个决定而不是通过那个决定,并非因为(　　)。

A．大家都同意这个决定

B．以事实为依据

C．法律条款

D．大家都绝对服从首席陪审员的意见

307．陪审团的最后结论,通过这个决定而不是通过那个决定,最主要是因为(　　)。

A．会议主持者的总结虽然长,但是偏偏漏掉平时讲惯了的那句话:是的,她有罪,但并非蓄意

B．上校讲的与案情无关的话太长,太乏味

C．大家都感到疲劳,想赶紧脱身,就一致同意那个可以早一点结束

的决定

D. 聂赫留朵夫当时太激动而疏忽了

308. 当陪审团把毒死人命案的讨论交给庭长时,庭长看完表格后的反应是（　　）。

A. 赞同　　　B. 反对　　　C. 吃惊　　　D. 不置可否

309. 陪审团的结论,意味着玛丝洛娃（　　）。

A. 无罪释放

B. 要被判服苦役,可她又没有罪

C. 因为有罪而被判服苦役

D. 因为有罪,却不用服苦役

310. 对玛丝洛娃的审判结果,当庭长对陪审团荒唐的结论征询那位和善的法官时,和善的法官解答的方法是（　　）。

A. 斩钉截铁地不同意陪审团的结论

B. 马上附和庭长,同意庭长的意见

C. 坚持依法认为玛丝洛娃无罪

D. 看看面前那份公文的号码能否被三除尽

311. 当首席陪审员宣读毒死人命案审判结果时,法庭上的官员,包括书记官、律师,甚至检察官的反应是（　　）。

A. 惊讶　　　B. 兴奋　　　C. 赞同　　　D. 若无其事

312. 当首席陪审员宣读毒死人命案陪审团讨论结果时,法庭上该案的三个被告的最初反应是（　　）。

A. 惊讶　　　B. 兴奋　　　C. 赞同　　　D. 若无其事

313. 对于玛丝洛娃的审判结果,副检察长感到意外的成功,并把这个成功归因于（　　）。

A. 正义的力量　　　　　　B. 法律的胜利

C. 他自己出色的口才　　　D. 罪有应得

314. 影响陪审团通过这个决定而不是通过那个决定的其他因素之一有（　　）。

A. 会议主持者的总结虽然长,但是偏偏漏掉平时讲惯了的那句话:是的,她有罪,但并非蓄意

B. 依据被告们的陈述以及副检察长的报告,依法做出了那个决定

C. 商人坚决替玛丝洛娃开脱罪名

D. 聂赫留朵夫据理力争

315. 当陪审团把毒死人命案的结论交给庭长时,庭长看完表格后感到惊讶的原因是( )。

A. 陪审员提出了"并非蓄意抢劫",却没有提出"并非蓄意杀人"

B. 陪审员提出了"并非蓄意抢劫"

C. 陪审员提出被告无罪

D. 陪审员提出了第一个保留条款

316. 当首席陪审员宣读毒死人命案审判结果时,法庭上该案的三个被告的最初反应说明他们( )。

A. 伏法认罪　　　　　　　　B. 不了解结果的利害关系

C. 自知罪孽深重　　　　　　D. 有一定的法律知识

317. 当法庭对毒死人命案做出审判之后,聂赫留朵夫心里最初的想法是( )。

A. 原以为玛丝洛娃如无罪开释并留在城里,他感到惴惴不安,不知如何对待她才好,如今可以一笔勾销同她保持任何关系的可能

B. 终于可以置玛丝洛娃于死地了

C. 本来想用与之结婚来补偿玛丝洛娃,现在既然她被判流放西伯利亚服苦役了,就可以摆脱这种思想包袱了

D. 终于可以摆脱玛丝洛娃的纠缠了

318. 当玛丝洛娃听到庭长宣读判决后的反应之一是( )。

A. 脸涨得通红　B. 伏法认罪　C. 惴惴不安　D. 若无其事

319. 聂赫留朵夫的两位姑妈认为卡秋莎"堕落"了的说明令他感到高兴的原因是( )。

A. 姑妈的说法实事求是

B. 仿佛替他开脱了罪责

C. 正好找借口摆脱卡秋莎

D. 证明了卡秋莎和她母亲一样生性淫荡

320. 当陪审团把毒死人命案的结论交给庭长时,庭长看完表格后

感到惊讶的原因是(　　)。

A. 陪审员提出了第一个保留条款,却没有提出第二个保留条款

B. 陪审员提出了第一个保留条款

C. 陪审员提出被告无罪

D. 陪审员提出了"并非蓄意抢劫"

321. 当法庭对毒死人命案做出审判之后,聂赫留朵夫的心灵里有一种卑劣的感情在蠢蠢活动。"卑劣的感情"指(　　)。

A. 按照审判结果,玛丝洛娃将去西伯利亚服苦役,这样就一笔勾销了同她保持任何关系的可能

B. 终于可以置玛丝洛娃于死地了

C. 本来想用与之结婚来补偿玛丝洛娃,现在既然她被判流放西伯利亚服苦役,就可以摆脱这种思想包袱了

D. 终于可以摆脱玛丝洛娃的纠缠了

322. 玛丝洛娃听到庭长宣读判决后的反应之一是(　　)。

A. 若无其事　　B. 大叫冤枉　　C. 伏法认罪　　D. 惴惴不安

323. 玛丝洛娃被判流放西伯利亚服苦役后,聂赫留朵夫决定要千方百计减轻她的苦难,于是返回法庭去找律师。首先请求律师(　　)。

A. 不要让任何人知道他在过问这个案子

B. 无论如何要救救玛丝洛娃

C. 要公平公正

D. 千方百计要救救她

324. 聂赫留朵夫找律师采取措施替玛丝洛娃辩护时,觉得最难以出口的话是(　　)。

A. 介绍案情的始末　　　　B. 办案的报酬和费用

C. 求人帮忙　　　　　　　D. 要求撤销原判

325. 当玛丝洛娃听到庭长宣读判决后的反应之一是(　　)。

A. 伏法认罪　　B. 惴惴不安　　C. 放声痛哭　　D. 默默无言

326. 影响陪审团通过决定玛丝洛娃命运的这个决定因素之一有(　　)。

A. 上校讲的与案情无关的话太长,太乏味

B. 商人坚决替玛丝洛娃开脱罪名
C. 依据被告们的陈述以及副检察长的报告,依法做出了那个决定
D. 陪审员聂赫留朵夫据理力争

327. 聂赫留朵夫找律师采取措施替玛丝洛娃辩护,当律师听到他说出的最难以出口的话时,律师看到了聂赫留朵夫的( )。

A. 高尚　　B. 幼稚　　C. 吝啬　　D. 悲天悯人

328. 聂赫留朵夫同律师刚谈过话,又采取了措施替玛丝洛娃辩护后,心情是( )。

A. 平静多了　　　　　B. 更加焦虑了
C. 更加迫不及待了　　D. 垂头丧气

329. 与律师谈过后,步行的路上,聂赫留朵夫因为( )又变得垂头丧气,心情郁闷了。

A. 办案的报酬和费用
B. 求人帮忙
C. 有关卡秋莎以及他对她的种种思绪和回忆
D. 要去见柯察金小姐

330. 陪审团的最后结论,通过这个决定而不是通过那个决定,最主要是因为( )。

A. 大家都感到疲劳,想赶紧脱身,就一致同意那个可以早一点结束的决定
B. 因为大家知道聂赫留朵夫和玛丝洛娃的关系,慑于他的社会地位,只好做出了这个决定
C. 聂赫留朵夫据理力争
D. 依据被告们的陈述以及副检察长的报告,依法做出了那个决定

331. 聂赫留朵夫应邀到柯察金家吃晚餐,一家人都围坐在饭桌旁,除了( )外。

A. 女主人　　B. 男主人　　C. 柯察金小姐　　D. 米西

332. 聂赫留朵夫应邀到柯察金家吃晚餐,米西用"他"这个词来表示( )。

A. 她对聂赫留朵夫的尊重

B. 她与聂赫留朵夫之间的亲密关系

C. 他们关系的随意

D. 对聂赫留朵夫的鄙视

333. 柯察金家的女主人躺着会客已经有八年了,从不出门,一向只接见( )。

A. 贵族们 　　　　　　　　B. 她的医生

C. 聂赫留朵夫　　　　　　D. 她所谓的"自己的朋友"

334. 米西很想出嫁,而且她喜欢聂赫留朵夫,她的想法是( )。

A. 他是属于她的　　　　　B. 她是属于他的

C. 他们互相爱慕　　　　　D. 聂赫留朵夫也爱她

335. 从法庭出来,聂赫留朵夫应邀到柯察金家吃晚餐,符合他当时心情的词有( )。

A. 兴高采烈　　B. 饶有兴趣　　C. 心事重重　　D. 充满感激

336. 关于柯察金夫人同( )的关系,有不少流言蜚语。

A. 聂赫留朵夫　　　　　　B. 模样漂亮的侍仆菲利普

C. 柯洛索夫　　　　　　　D. 医生

337. 在米西看来,她和聂赫留朵夫的关系倒不是说他已经明确答应过她什么,而是通过( )表明了。

A. 眼神　　　B. 亲吻　　　C. 拥抱　　　D. 信件

338. 从法庭出来,聂赫留朵夫应邀到柯察金家吃晚餐,步行回家的路上,反复想着的话是( )。

A. 又可耻,又可憎　　　　B. 我一定要娶米西

C. 我要和玛丝洛娃结婚　　D. 我一定不能娶米西

339. 聂赫留朵夫认为他同母亲最后一段时间的关系是( )。

A. 悲伤的　　　　　　　　B. 美好回忆

C. 不自然的,令人憎恨的　D. 互相争吵而不愉快的

340. 米西的母亲,公爵夫人,总是( ),免得人家看见她在做这种毫无诗意的俗事时的模样。

A. 坐着会客　　B. 单独吃饭　　C. 单独会客　　D. 躺着吃饭

341. 在米西看来,她和聂赫留朵夫的关系倒不是说他已经明确答

应过她什么,而是通过( )表明了。

A. 暗示　　　B. 亲吻　　　C. 拥抱　　　D. 信件

342. 从法庭出来,聂赫留朵夫应邀到柯察金家吃晚餐。用餐时,他感到自己对米西的态度是( )。

A. 摇摆不定的　B. 坚定的　　C. 明确的　　D. 亲切的

343. 从法庭出来,聂赫留朵夫应邀到柯察金家吃晚餐,步行回家后,聂赫留朵夫对自己进行了反省,认为当年的他和现在的他,实在相差太远了。下列准确描述"当年的他"的词有( )。

A. 以性格直爽为自豪　　　B. 平庸
C. 虚伪　　　　　　　　D. 愚蠢

344. 从法庭出来,聂赫留朵夫应邀到柯察金家吃晚餐,步行回家后,聂赫留朵夫对自己进行了反省,认为当年的他和现在的他,实在相差太远了。下列准确描述"当年的他"的词有( )。

A. 立誓永远说真话　　　B. 生气勃勃
C. 以性格直爽为自豪　　D. 虚伪

345. 从法庭出来,聂赫留朵夫应邀到柯察金家吃晚餐,步行回家后,聂赫留朵夫对自己进行了反省,他恍然大悟,近来对人,特别是对柯察金一家人的憎恶,归根到底都是对( )的憎恨。

A. 玛丝洛娃　B. 母亲　　C. 副检察长　D. 他自己

346. 从法庭出来,聂赫留朵夫应邀到柯察金家吃晚餐,符合他当时心情的词有( )。

A. 兴高采烈　B. 饶有兴趣　C. 愤愤不平　D. 充满感激

347. 聂赫留朵夫生平进行过好多次的( )。

A. 诱奸　　B. 心灵的净化　C. 复活　　D. 生命停滞

348. 聂赫留朵夫认为( )是内心生活停滞的原因。

A. 心灵里的污垢　　　　B. 外界的诱惑
C. 女人的诱惑　　　　　D. 物质的追求

349. 聂赫留朵夫在每次觉醒后,总是订出一些日常必须遵守的规则,希望能坚持新的生活,但每次他总是( )不知不觉又堕落下去,并且比以前陷得更深。

A. 坚持不下来 B. 因为懒惰
C. 经不住尘世的诱惑 D. 莫名其妙

350. 从法庭出来,聂赫留朵夫应邀到柯察金家吃晚餐,步行回家后,聂赫留朵夫对自己进行了反省,认为当年的他和现在的他,实在相差太远了。下列准确描述"现在的他"的词有( )。

A. 苟安 B. 立誓永远说真话
C. 生气勃勃 D. 以性格直爽为自豪

351. "他生活了一段时间,忽然觉得内心生活迟钝,甚至完全停滞。他就着手把灵魂里堆积着的污垢清除出去。"上述这样一种精神状态即( )。

A. 精神上的人 B. 兽性的人
C. 虚伪 D. 心灵的净化

352. 来自聂赫留朵夫( )的要求同他所过的生活太不协调了,他看到了这个矛盾。

A. 良心上的 B. 家庭的 C. 军队的 D. 社会地位

353. 这个差距是那么大,积垢是那么多,以致起初聂赫留朵夫对心灵净化丧失了信心。"这个差距"是指( )之间的差距。

A. 他与玛丝洛娃社会地位的差距
B. 生活现实和理想
C. 聂赫留朵夫良心上的要求同他所过的生活
D. 生活现实和书本上的描述

354. 下列属于聂赫留朵夫生平进行过的心灵净化阶段有( )。

A. 放弃学画,进入部队 B. 与米西了结关系
C. 直接替玛丝洛娃辩护 D. 大学三年级夏天到姑妈家去

355. 在法庭上见到( )后,聂赫留朵夫的心灵渐渐觉醒,他祈祷上帝帮助他并得到了满足,他感觉到自由。

A. 玛丝洛娃 B. 米西 C. 薇拉 D. 谢继妮娜

356. 从法庭出来,聂赫留朵夫应邀到柯察金家吃晚餐,步行回家后,聂赫留朵夫对自己进行了反省,认为当年的他和现在的他,实在相差太远了。下列准确描述"当年的他"的词有( )。

A. 平庸

B. 立誓永远说真话,并且恪守这个准则

C. 空虚

D. 苟安

357. 下列属于聂赫留朵夫生平进行过的心灵净化阶段有( )。

A. 辞去军职,出国学画　　　　B. 军队开始做文职工作时

C. 与米西了结关系　　　　　　D. 直接替玛丝洛娃辩护

358. 在法庭上见到玛丝洛娃后,聂赫留朵夫的心灵渐渐觉醒,他祈祷上帝帮助他并得到了满足,他感觉到( )。

A. 空虚　　　　　　　　　　　B. 善的全部力量

C. 渺小　　　　　　　　　　　D. 无能为力

359. 当聂赫留朵夫意识到自己的觉醒后,眼睛里饱含着泪水,有好的泪水,又有坏的泪水。"好的泪水"是指( )。

A. 终于找到上帝了

B. 这些年沉睡在他心中的精神的人终于觉醒了

C. 他终于知道自己是爱玛丝洛娃的了

D. 他认为自己有美德

360. 当聂赫留朵夫意识到自己的觉醒后,眼睛里饱含着泪水,有好的泪水,又有坏的泪水。"坏的泪水"是指( )。

A. 自怜自爱

B. 他终于知道自己是爱玛丝洛娃的了

C. 他终于意识到自己的伟大了

D. 终于找到上帝了

361. 下列准确描写玛丝洛娃从法庭上回到牢房的词有( )。

A. 人简直要瘫下来

B. 无所谓

C. 有点儿兴奋

D. 因为看到了聂赫留朵夫而高兴

362. 在玛丝洛娃听到意想不到的判决的最初一刹那,她以为听错了,无法把( )这个词同自己联系起来。

A．妓女　　　　B．杀人犯　　　C．苦役犯　　　D．盗窃犯

363．当聂赫留朵夫意识到自己的觉醒后,他为(　　)而不断欢呼。

A．自己的高尚　　　　　　　　B．终于找到了上帝

C．终于看到了自己的渺小　　　D．自己心灵里的变化

364．下列属于聂赫留朵夫生平进行过的心灵净化阶段有(　　)。

A．第二次到姑妈家住的一段时间

B．与米西了结关系

C．战争期间,他辞去文职,参加军队,甘愿以身殉国

D．直接替玛丝洛娃辩护

365．在法庭上见到玛丝洛娃后,聂赫留朵夫的心灵渐渐觉醒,他祈祷上帝帮助他并得到了满足,他感觉到(　　)。

A．勇气　　　　B．渺小　　　　C．无能为力　　　D．平庸

366．"求卡秋莎饶恕,必要时就同她结婚"这些想法产生的时间是(　　)。

A．作为陪审员,参加玛丝洛娃案审理后进行灵魂净化时

B．诱奸了卡秋莎的第二天

C．在部队服役时

D．第三次到姑妈家庄园时

367．当玛丝洛娃听到了意想不到的判决,她看见法官和陪审员脸上都那么一本正经、无动于衷,判决时都(　　),感到十分气愤。

A．若无其事　　　　　　　　B．十分严肃认真

C．义愤填膺　　　　　　　　D．口若悬河

368．在法庭上,当看到就连她的叫屈人家也不当一回事,又不能改变局面,哭了之后,玛丝洛娃觉得只好(　　)那个硬加到她头上的天大冤屈。

A．顺受　　　　B．反抗　　　　C．上诉　　　　D．找人改判

369．在法庭上见到玛丝洛娃后,聂赫留朵夫的心灵渐渐觉醒,(　　)在他的意识中觉醒了。

A．高尚　　　　　　　　　　B．贵族意识

C．爱情　　　　　　　　　　D．存在于他心中的上帝

370. 下列准确描写玛丝洛娃从法庭上回到牢房的选项有（　　）。

A. 因为看到了聂赫留朵夫而高兴

B. 回忆与聂赫留朵夫的美好过往

C. 无所谓

D. 饥饿难忍

371. 庭审结束后有人给玛丝洛娃送来三个卢布，送钱的是（　　）。

A. 庭长　　　　　　　　B. 陪审员中的商人

C. 妓院的掌班　　　　　D. 聂赫留朵夫

372. 庭审结束后，玛丝洛娃还得等待好多时候才能被遣送回牢房，是因为（　　）。

A. 聂赫留朵夫想留下她，和她见面

B. 负责派人遣送她回监狱的书记官把被告给忘了

C. 听到审判结果后，玛丝洛娃大闹法庭

D. 玛丝洛娃要先吸烟

373. 从法庭出来，聂赫留朵夫应邀到柯察金家吃晚餐，步行回家后，聂赫留朵夫对自己进行了反省，认为当年的他和现在的他，实在相差太远了。下列准确描述"当年的他"的选项有（　　）。

A. 空虚　　　B. 苟安　　　C. 生气勃勃　　　D. 虚伪

374. 在法庭上见到玛丝洛娃后，聂赫留朵夫的心灵渐渐觉醒，他祈祷上帝帮助他并得到了满足，他感觉到（　　）。

A. 渺小　　　B. 伟大　　　C. 空虚　　　D. 生趣

375. 下列准确描写玛丝洛娃从法庭上回到牢房后的状态的选项有（　　）。

A. 精神上受到了打击

B. 因为看到了聂赫留朵夫而高兴

C. 回忆与聂赫留朵夫的美好过往

D. 无所谓

376. 玛丝洛娃把香烟藏在（　　）带进了牢房。

A. 身上　　　B. 头发里　　　C. 面包里　　　D. 衣服里

377. 玛丝洛娃所在的牢房长九俄尺，宽七俄尺，却总共关着（　　）

个人。

  A．二   B．十五   C．一   D．三

  378．玛丝洛娃所在的牢房长九俄尺，宽七俄尺，除了大人外，还关着三个（ ）。

  A．孩子   B．男人   C．外国人   D．死囚犯

  379．玛丝洛娃所在的牢房里关着一个用斧头砍死亲夫的老太婆，她之所以杀死他，是因为（ ）。

  A．他赌博   B．他纠缠她的女儿

  C．他打她   D．他纠缠别的女人

  380．在牢房中，不仅喜爱玛丝洛娃，而且认为关心她、替她做事是自己本分的是（ ）。

  A．杀死了亲夫的老太婆

  B．十六岁就出嫁，结婚后想毒死丈夫，在交保出狱的八个月里和丈夫和好后已经十分恩爱，公公婆婆在法庭上竭力替她开脱的女人

  C．带头拦住被非法押走新兵所骑马的缰绳的女人

  D．被大家叫作"俏娘们"的女人

  381．在牢房里，"披着一头浅色的头发，只穿一件衬衫，眼神呆滞，用心听着男女囚犯对骂，低声学着说，仿佛要把它们记住似的"。上列文字描述的是（ ）。

  A．七岁的女孩   B．火红色头发的女人

  C．俏娘们   D．杀夫老太婆

  382．玛丝洛娃被遣送回牢房后，同牢房的犯人们对她的态度各异。刚开始问她问题时她（ ）。

  A．一一回答   B．什么也没有回答

  C．选择性地回答   D．只回答了费多霞的问题

  383．玛丝洛娃被遣送回牢房后，饥饿难忍，看见同牢的男孩眼睛直盯着她时，她（ ）。

  A．把小男孩呵斥了一顿

  B．避开小男孩的目光，只顾自己吃着面包

  C．掰下一块面包递给小男孩

D. 用手蒙上男孩的眼睛,叫他滚

384. 下列正确描写了玛丝洛娃从法庭被遣送回牢房后的情绪变化的选项有( )。

A. 怒气冲冲—抽烟—什么都不说—忍不住想哭—放声痛哭—喝酒—兴奋—兴致勃勃—可怜别人

B. 喝酒—抽烟—什么都不说—兴奋—兴致勃勃—可怜别人—忍不住想哭—放声痛哭

C. 什么都不说—忍不住想哭—抽烟—怒气冲冲—喝酒—兴奋—兴致勃勃—可怜别人—放声痛哭

D. 什么都不说—忍不住想哭—放声痛哭—抽烟—怒气冲冲—喝酒—兴奋—兴致勃勃—可怜别人

385. 聂赫留朵夫收到首席贵族夫人玛丽雅的来信。这封信他期待已久,对他特别重要。玛丽雅与聂赫留朵夫的关系是( )。

A. 曾经有过私情,玛丽雅曾经引诱过聂赫留朵夫

B. 玛丽雅曾经是聂赫留朵夫的家庭教师

C. 玛丽雅曾经是聂赫留朵夫家的女仆

D. 聂赫留朵夫曾经引诱过玛丽雅

386. 聂赫留朵夫收到首席贵族夫人玛丽雅的来信。这封信他期待已久,对他特别重要。这封信的主要意思是( )。

A. 聂赫留朵夫被释放了

B. 玛丽雅给了他充分自由

C. 引诱聂赫留朵夫继续两人的私情

D. 玛丽雅是自由党人

387. 经过心灵的净化后的第二天,聂赫留朵夫想把事情的一切真相告诉别人的想法有所改变,但是他认为对( )什么事情都不该隐瞒。

A. 米西 B. 玛丽雅的丈夫
C. 卡秋莎 D. 玛丽雅

388. 下列如实描述了经过心灵的净化后,第二天聂赫留朵夫心里的想法的是( )。

A．要到监牢里去一次,把事情都告诉卡秋莎

B．如果有必要就和米西结婚

C．给卡秋莎一大笔钱以赎罪

D．继续瞒着玛丽雅的丈夫和玛丽雅保持私情

389．经过心灵的净化后,聂赫留朵夫有一个令他感到特别亲切的想法。这个想法是(　　)。

A．如果有必要就和米西结婚

B．给卡秋莎一大笔钱以赎罪

C．不惜牺牲一切同卡秋莎结婚来达到道德上的完善

D．不惜牺牲一切同玛丽雅结婚来达到道德上的完善

390．当聂赫留朵夫向他的女佣宣布,他不再需要这座住宅,不再需要她的伺候时,女佣很(　　)。

A．高兴　　　　　　　　　B．惊讶

C．理解　　　　　　　　　D．正常,因为他们心照不宣

391．下列如实描述了经过心灵的净化后,第二天聂赫留朵夫心里想法的是(　　)。

A．给卡秋莎一大笔钱以赎罪

B．继续瞒着玛丽雅的丈夫和玛丽雅保持私情

C．如果有必要的话,就同卡秋莎结婚

D．如果有必要就和米西结婚

392．聂赫留朵夫和他的女佣之间有件心照不宣的事情是(　　)。

A．保留大住宅是为了结婚用的　　B．他会和卡秋莎结婚

C．他迟早会退租这座大住宅的　　D．他不会和柯察金小姐结婚的

393．聂赫留朵夫决定退租这座大住宅,要女佣暂且像他妈妈在世时那样把它们收拾好,等(　　)来处理。

A．柯察金小姐　　　　　　B．玛丝洛娃

C．他姐姐娜塔莎　　　　　D．他从国外回来

394．下列如实描述了经过心灵的净化后,第二天聂赫留朵夫心里想法的是(　　)。

A．如果有必要就和米西结婚

B. 给卡秋莎一大笔钱以赎罪

C. 继续瞒着玛丽雅的丈夫和玛丽雅保持私情

D. 请求卡秋莎的饶恕

395. 经过心灵的净化后,当聂赫留朵夫告诉他的女仆,既然是他害了卡秋莎,他就应该尽一切力量帮助她,他的女仆劝慰他。下列属于女仆劝慰内容的有(　　)。

A. 聂赫留朵夫没有什么了不起的大错,那种事谁都免不了

B. 和卡秋莎结婚是弥补她的好办法

C. 自己犯的错就要自己弥补

D. 给卡秋莎一大笔钱来弥补他年轻时犯下的错误

396. 自(　　)那时起,聂赫留朵夫就不再憎恨别人。

A. 见到玛丝洛娃

B. 认识到自己的卑劣因而憎恨自己

C. 到柯察金家赴晚餐

D. 他从国外回来

397. 经过心灵的净化后,聂赫留朵夫在去法院的路上,一想到这儿,心情异常激动,泪水忍不住夺眶而出。下列正确表述了聂赫留朵夫心里想法的有(　　)。

A. 想到怎样跟卡秋莎见面

B. 这一切本来就无所谓,都会被忘记的

C. 大家还不是都这样过

D. 不必把一切责任都揽在自己身上

398. 作为陪审员,在审讯撬锁盗窃案时,副检察长像审理毒死人命案一样,提出一些古怪的问题,他的目的都是(　　)。

A. 让被告受最严厉的惩罚　　B. 维护法律的威严

C. 显示自己的才学　　D. 彰显自己的口才

399. 聂赫留朵夫在参加撬锁盗窃案的陪审员工作时,一心思考这问题,已经不在听法庭上的审问了。他感到奇怪的是,这种情况以前他怎么没有发现,别人怎么也没有看到。"这种情况"是指(　　)。

A. 一个极其普通的人,之所以落到如此地步,无非因为他处在产生

这种人的环境里

B．不必把一切责任都揽在自己身上，没有什么了不起的大错，那种事谁都免不了

C．没有受到良好的教育是一切罪恶的源泉

D．作为陪审员，他不听法庭上的审问

400．聂赫留朵夫思考道："我们不但没有采取任何措施，来消除产生这种人的环境，还一味鼓励产生这种人的机构……我们不仅不取消这类机构，还认为它们是必不可少的，对它们进行鼓励和调节。"下列不属于上述"机构"的有（　　）。

A．酒店　　　　B．工厂　　　　C．学校　　　　D．妓院

401．经过心灵的净化后，当聂赫留朵夫告诉他的女仆，既然是他害了卡秋莎，他就应该尽一切力量帮助她，他的女仆劝慰他。下列属于女仆劝慰内容的有（　　）。

A．和卡秋莎结婚是弥补她的好办法

B．不必把一切责任都揽在自己身上

C．自己犯的错就要自己弥补

D．给卡秋莎一大笔钱来弥补他年轻时犯下的错误

402．经过心灵的净化后，聂赫留朵夫在去法院的路上，一想到这儿，心情异常激动，泪水忍不住夺眶而出。下列正确表述了聂赫留朵夫心里想法的有（　　）。

A．怎样把心里话都讲给卡秋莎听

B．这一切本来就无所谓，都会被忘记的

C．大家还不是都这样过

D．不必把一切责任都揽在自己身上

403．聂赫留朵夫在参加撬锁盗窃案的陪审员工作时，一心思考这问题，已经不在听法庭上的审问了。他感到奇怪的是，这种情况以前他怎么没有发现，别人怎么也没有看到。"这种情况"是指（　　）。

A．没有受到良好的教育是一切罪恶的源泉

B．丰衣足食、生活富裕、受过教育的人，非但不去设法消除促使人堕落的原因，还要惩罚他，想以此来纠正这类事情

C. 他不听法庭上的审问

D. 不必把一切责任都揽在自己身上,没有什么了不起的大错,那种事谁都免不了

404. 聂赫留朵夫等到法庭第一次宣布审讯暂停,就站起身来,走到过道里,决心(　　)。

A. 为玛丝洛娃辩护　　　　B. 说出一切真相

C. 逃避现实,什么也不想了　D. 再也不回法庭了

405. 聂赫留朵夫打听到检察官办公室在什么地方,就去找他,要求(　　)。

A. 为玛丝洛娃辩护　　　　B. 为撬锁盗窃案被告辩护

C. 辞去书记官一职　　　　D. 同被告玛丝洛娃见面

406. 下列属于聂赫留朵夫为了见玛丝洛娃,请求检察官时告诉检察官的话有(　　)。

A. 她没有罪,我才是罪魁祸首

B. 因为她曾经是他姑妈的女仆

C. 因为她曾经是她姑妈的养女

D. 他想给玛丝洛娃一笔钱

407. 经过心灵的净化后,当聂赫留朵夫告诉他的女仆,既然是他害了卡秋莎,他就应该尽一切力量帮助她,他的女仆劝慰他。下列属于女仆劝慰内容的有(　　)。

A. 这一切本来就无所谓,都会被忘记的

B. 自己犯的错就要自己弥补

C. 给卡秋莎一大笔钱来弥补他年轻时犯下的错误

D. 和卡秋莎结婚是弥补她的好办法

408. 经过心灵的净化后,聂赫留朵夫在去法院的路上,一想到这儿,心情异常激动,泪水忍不住夺眶而出。下列正确表述了聂赫留朵夫心里想法的有(　　)。

A. 怎样向卡秋莎认罪

B. 这一切本来就无所谓,都会被忘记的

C. 大家还不是都这样过

D. 不必把一切责任都揽在自己身上

409. 聂赫留朵夫在参加撬锁盗窃案的陪审员工作时，一心思考这问题，已经不在听法庭上的审问了。他感到奇怪的是，这种情况以前他怎么没有发现，别人怎么也没有看到。"这种情况"是指（　　）。

A. 我们不但没有采取任何措施，来消除产生这种人的环境，还一味鼓励产生这种人的机构

B. 他不听法庭上的审问

C. 不必把一切责任都揽在自己身上，没有什么了不起的大错，那种事谁都免不了

D. 没有受到良好的教育是一切罪恶的源泉

410. 聂赫留朵夫不认为作为陪审员参加审理案件是（　　）。

A. 蠢事　　　　　　　　B. 可怕的

C. 可憎的　　　　　　　D. 维护法律尊严的

411. 下列属于聂赫留朵夫为了见玛丝洛娃，请求检察官时告诉检察官的话有（　　）。

A. 因为玛丝洛娃曾经是他姑妈的女仆

B. 因为她曾经是她妈妈的养女

C. 他想给玛丝洛娃一笔钱

D. 他想跟她结婚

412. 经过心灵的净化后，聂赫留朵夫在去法院的路上，一想到这儿，心情异常激动，泪水忍不住夺眶而出。下列正确表述了聂赫留朵夫心里想法的有（　　）。

A. 为了赎罪愿意同卡秋莎结婚

B. 这一切本来就无所谓，都会被忘记的

C. 大家还不是都这样过

D. 不必把一切责任都揽在自己身上

413. 聂赫留朵夫等到法庭第一次宣布审讯暂停，就站起身来，走到过道里，决定不参与庭审。这是审理（　　）时他的决定。

A. 玛丝洛娃案　　　　　B. 毒死人命案

C. 撬锁盗窃案　　　　　D. 贩卖私酒案

414. 下列属于聂赫留朵夫为了见玛丝洛娃,请求检察官时告诉检察官的话有(　　)。

　　A. 他想给玛丝洛娃一笔钱

　　B. 因为我玩弄了她,害她落到现在这种地步

　　C. 因为她曾经是他姑妈的女仆

　　D. 因为她曾经是她姑妈的养女

415. 经过心灵的净化后,当聂赫留朵夫告诉他的女仆,既然是他害了卡秋莎,他就应该尽一切力量帮助她,他的女仆劝慰他。下列属于女仆劝慰内容的有(　　)。

　　A. 大家还不是都这样过

　　B. 给卡秋莎一大笔钱来弥补他年轻时犯下的错误

　　C. 和卡秋莎结婚是弥补她的好办法

　　D. 自己犯的错就要自己弥补

416. 经过心灵的净化后,聂赫留朵夫在去法院的路上,一想到这儿,心情异常激动,泪水忍不住夺眶而出。下列正确表述了聂赫留朵夫心里想法的有(　　)。

　　A. 为了赎罪他什么都愿意做

　　B. 这一切本来就无所谓,都会被忘记的

　　C. 大家还不是都这样过

　　D. 不必把一切责任都揽在自己身上

417. 聂赫留朵夫向检察官提出不再参加审讯的声明,理由是(　　)。

　　A. 他身体不适

　　B. 他的社会身份不适合做陪审员

　　C. 他讨厌庭长

　　D. 一切审判不仅无益,而且不道德

418. 检察长最终给聂赫留朵夫开了一张到(　　)探视被告玛丝洛娃的许可证。

　　A. 解犯监狱　　B. 拘留所　　C. 法庭　　D. 西伯利亚

419. 在正式宣判前,玛丝洛娃照理应关在拘留所里,可是聂赫留朵

夫从检察官那里出来,乘车直奔拘留所,拘留所却根本没有玛丝洛娃这个人,所长告知,她准在老的( ),聂赫留朵夫就到那里去了。

A. 妓院　　　B. 解犯监狱　　C. 法庭　　　D. 西伯利亚

420. 玛丝洛娃没有被关在应该关押的拘留所,是因为( )。

A. 检察官忘记了

B. 书记官的疏忽

C. 宪兵夸大其词,把她关进了更加严格的监狱

D. 发生了一个政治事件,由于宪兵夸大其词,弄得拘留所已经关满了人

421. 聂赫留朵夫到解犯监狱后向看守出示了检察长的许可证,但看守说没有( )准许不能放他进去。

A. 副检察长　　B. 典狱长　　C. 庭长　　　D. 皇帝

422. 聂赫留朵夫第一次探监没有成功,就回家了。想到明天将同玛丝洛娃见面,他的心情是( )。

A. 十分沮丧　　B. 十分担忧　　C. 十分激动　　D. 十分恐惧

423. 聂赫留朵夫第一次探监没有成功,就回家了。他一回到家,做的第一件事情是( )。

A. 看书

B. 看有关法律方面的书籍

C. 给卡秋莎写信

D. 记日记

424. 卡秋莎在庭审结束押解回监狱后的夜里,久久不能入睡,想着心事,她想,到了萨哈林岛(库页岛)后,绝不能( )。

A. 再做妓女了　　　　　　B. 再犯毒死人命案

C. 嫁给聂赫留朵夫　　　　D. 嫁个苦役犯

425. 卡秋莎在庭审结束押解回监狱后的夜里,久久不能入睡,她想到许许多多人,就是没有想到( )。

A. 她自己　　　　　　　　B. 聂赫留朵夫

C. 庭长　　　　　　　　　D. 妓院里爱上的那个大学生

426. 对于玛丝洛娃来说,下列属于因为回忆起来太痛苦而从来不

回想的内容是( )。

A．她在西伯利亚和政治犯在一起

B．她的童年

C．她在法庭上的情景

D．妓院里爱上的那个大学生

427．玛丝洛娃在法庭上没有认出聂赫留朵夫不是因为( )。

A．如今的聂赫留朵夫已经令她认不出了

B．她从来没有想到过他

C．她在心里把她同他发生过的事全部彻底地埋葬掉了

D．诱奸了她之后，他从军队回来，却没有拐到姑妈家去看她

428．卡秋莎在庭审结束押解回监狱后的夜里，久久不能入睡。她想到许许多多人，但是她的童年，她的少女时代，特别是她对聂赫留朵夫的爱情，她从来不回想，因为( )。

A．她已经彻彻底底地遗忘了　　B．回想起来太痛苦

C．回想起来觉得不太真实　　　D．她从来不相信记忆

429．玛丝洛娃在法庭上没有认出聂赫留朵夫是因为( )。

A．她最后一次看见他时，他还是个军人，没有留胡须，只蓄有两撇小胡子，蜷曲的头发很短很浓密，如今却留着大胡子，显得很老成

B．聂赫留朵夫竭力避免让她认出来

C．她在基塔耶娃妓院里爱上了一个大学生

D．她在心里把她同他发生过的事全部埋葬掉了

430．在那个夜晚之前，卡秋莎满心希望聂赫留朵夫回来。"那个夜晚"是指( )。

A．复活节前的那个夜晚

B．复活节的那个夜晚

C．案发的那个夜晚

D．他从军队回来，却没有拐到姑妈家去看她的那个可怕的黑夜

431．对于玛丝洛娃来说，下列属于因为回忆起来太痛苦而从来不回想的内容是( )。

A．她在西伯利亚的生活　　　B．她的少女时代

C．她在法庭上的情景　　　　　　D．妓院里爱上的那个大学生

432．玛丝洛娃在法庭上没有认出聂赫留朵夫是因为（　　）。

　　A．她从来没有想到过他

　　B．聂赫留朵夫竭力避免让她认出来

　　C．她在基塔耶娃妓院里爱上了一个大学生

　　D．现在的聂赫留朵夫已经老得认不出来了

433．在诱奸了卡秋莎之后,聂赫留朵夫从军队回来,两位姑妈都要求他顺路来一次,可是他回电说不能来,因为（　　）。

　　A．他怕卡秋莎缠着他　　　　　　B．要如期赶回彼得堡

　　C．他不想见到卡秋莎　　　　　　D．因为他知道卡秋莎怀孕了

434．在诱奸了卡秋莎之后,聂赫留朵夫从军队回来,两位姑妈都要求他顺路来一次,可是他回电说不能来。卡秋莎知道了这事,决定到（　　）去同他见面。

　　A．法庭　　　　B．彼得堡　　　　C．火车站　　　　D．军队

435．对于玛丝洛娃来说,下列属于因为回忆起来太痛苦而从来不回想的内容是（　　）。

　　A．她在监狱医院的生活　　　　　B．她在法庭上的情景

　　C．她对聂赫留朵夫的爱情　　　　D．妓院里爱上的那个大学生

436．"一个黑暗的风雨交作的秋夜。温暖的大颗雨点时下时停。田野里,看不清脚下的路；树林里像炕里一样黑魆魆的。卡秋莎在树林里迷失了方向。"上述描写发生在（　　）。

　　A．卡秋莎被送到西伯利亚之后

　　B．在送往西伯利亚的火车站

　　C．复活节卡秋莎去教堂做祈祷的路上

　　D．怀孕了的卡秋莎试图到火车站见聂赫留朵夫之时

437．在一个黑暗的风雨交加的秋夜,卡秋莎一跑到站台,立刻从头等车厢的窗子里看见了他。"他"指（　　）。

　　A．她在妓院里爱上的大学生　　　B．聂赫留朵夫

　　C．申包克　　　　　　　　　　　D．西蒙松

438．对于卡秋莎来说,在那个夜晚以后,一切都变了。未来的孩子

纯粹成了累赘。"那个夜晚"指(　　)。

　　A．复活节前的那个夜晚

　　B．复活节的那个夜晚

　　C．案发的那个夜晚

　　D．她冒雨到火车站见到聂赫留朵夫,而他却没有看到她的那个黑暗的秋夜

　　439．"他在灯光雪亮的车厢里,坐在丝绒软椅上,有说有笑,喝酒玩乐,可我呢,在这儿,在黑暗的泥地里,淋着雨,吹着风,站着哭。"这里的"他"指(　　)。

　　A．她在妓院里爱上的大学生　　B．西蒙松

　　C．申包克　　　　　　　　　　D．聂赫留朵夫

　　440．"他在灯光雪亮的车厢里,坐在丝绒软椅上,有说有笑,喝酒玩乐,可我呢,在这儿,在黑暗的泥地里,淋着雨,吹着风,站着哭。"这里的"我"指(　　)。

　　A．柯察金小姐　B．玛丝洛娃　C．米西　　D．娜塔莎

　　441．风雨交加的秋夜,在车站,因为(　　),打消了卡秋莎不惜以死来向聂赫留朵夫报复的念头,平静下来。

　　A．腹中她与聂赫留朵夫的孩子的颤抖

　　B．陪她一起来的玛莎的劝慰

　　C．一列火车开过来,差点轧到她

　　D．陪她来的玛莎死命相救

　　442．下列正确描述卡秋莎从火车站回到姑妈家庄园的情景的选项有(　　)。

　　A．筋疲力尽　　B．满腔愤恨　　C．甜蜜幸福　　D．痛哭不止

　　443．从那天起,玛丝洛娃的心灵上发生了一场大变化,结果就变成后来的玛丝洛娃这个样子了。"那天"是指(　　)。

　　A．复活节前的那个夜晚

　　B．复活节的那个夜晚

　　C．她冒雨到火车站见到聂赫留朵夫,而他却没有看到她的那个黑暗的秋夜

D. 聂赫留朵夫诱奸她的那个夜晚

444. 从车站回来后,玛丝洛娃的心灵上发生了一场大变化,结果就变成后来的玛丝洛娃这个样子了。"心灵上发生的大变化"是指( )。

A. 此前,她认为聂赫留朵夫是她所认识的人中最好的一个,此后,他是最坏的一个

B. 此前她不相信世界上有真爱,此后她断定有真爱

C. 此后人人嘴里说着上帝,说着善,无非只是为了骗别人罢了

D. 以前她爱聂赫留朵夫,此后她恨他

445. 从车站回来后,玛丝洛娃认为她的全部遭遇都证实了这一点。"这一点"指( )。

A. 此前她不相信世界上有真爱,此后她断定有真爱

B. 以前她爱聂赫留朵夫,此后她恨他

C. 她认为聂赫留朵夫是她所认识的人中最坏的一个

D. 人人嘴里说着上帝,说着善,无非只是为了骗别人罢了

446. 玛丝洛娃经历了心灵上的大变化后,离开了姑妈家的庄园。她遇到的一切人,凡是女人都把她当作( )。

A. 花瓶　　　B. 贱妇　　　C. 敌人　　　D. 摇钱树

447. 下列描述与卡秋莎从火车站回到姑妈家庄园的情景不符的选项有( )。

A. 浑身溅满泥浆　　　　B. 筋疲力尽

C. 浑身湿透　　　　　　D. 甜蜜幸福

448. 从车站回来,玛丝洛娃的心灵上发生了一场大变化,结果就变成了后来的玛丝洛娃这个样子了。"心灵上发生的大变化"是指( )。

A. 以前她自己相信善,并且以为别人也相信善,此后她断定谁也不相信善

B. 此前,她认为聂赫留朵夫是她所认识的人中最好的一个,此后,他是最坏的一个

C. 以前她爱聂赫留朵夫,此后她恨他

D. 此前她不相信世界上有真爱,此后她断定有真爱

449. 玛丝洛娃经历了心灵发生的大变化后,离开了姑妈家的庄园。她遇到的一切人,凡是男人都把她当作(　　)。

　　A. 贱妇　　　B. 摇钱树　　　C. 玩物　　　D. 女神

450. 从车站回来后,玛丝洛娃的心灵上发生了一场大变化,结果就变成后来的玛丝洛娃这个样子了。"心灵上发生的大变化"是指(　　)。

　　A. 此前,她认为聂赫留朵夫是她所认识的人中最好的一个,此后,他是最坏的一个

　　B. 此前她不相信世界上有真爱,此后她断定有真爱

　　C. 以前她爱聂赫留朵夫,此后她恨他

　　D. 从此她相信人人活着都为了自己,为了自己的欢乐,一切有关上帝和善的话都是骗骗人的

451. 与玛丝洛娃一起被关在女监里的人有(　　)。

　　A. 费多霞　　B. 诵经士　　C. 克雷里卓夫　　D. 薇拉

452. 女看守把女犯人领到教堂里,女犯人个个都包着囚犯的白头巾,穿着白衣裙,只有少数几个穿着自己的花衣服。这些少数女人是(　　)。

　　A. 死刑犯　　　　　　　　B. 政治犯
　　C. 来参观女犯做礼拜的　　D. 跟随丈夫去流放的

453. 在监狱里被剃阴阳头的是(　　)。

　　A. 政治犯　　B. 苦役犯　　C. 拘留犯　　D. 流放犯

454. 在监狱里专门为安慰和教训迷途弟兄而做的礼拜一幕中描写到,"司祭把杯子端到隔板后面,在那里喝干杯子里的血,吃完上帝的身体,兴高采烈,精神抖擞地从隔板后面走出来"。这里"杯子里的血"和"上帝的身体"分别指(　　)。

　　A. 面包和葡萄酒　　　　　B. 动物的血和肉
　　C. 葡萄酒和面包　　　　　D. 祭祀用的动物的血和肉

455. 在监狱里专门为安慰和教训迷途弟兄而做的礼拜一幕中,司祭一面(　　),一面把十字架和自己的手凑到犯人嘴边和鼻子旁,犯人

们就竭力去吻十字架和司祭的手。

A．替犯人祈祷　　　　　B．同情地看着犯人
C．诵读经书　　　　　　D．跟典狱长谈话

456．在监狱礼拜一幕中，在场的人，谁也没有想到，司祭声嘶力竭地反复叨念和用种种古怪字眼颂扬的耶稣本人，恰好（　　）这里所做的一切事情。

A．禁止　　　B．嘲弄　　　C．赞美　　　D．宣扬

457．在监狱礼拜一幕中，在场的人，谁也没有想到，司祭声嘶力竭地反复叨念和用种种古怪字眼颂扬耶稣本人的做法违背了基督的教义，因为（　　）。

A．司祭的做法不符合教规
B．司祭没有按照正确的仪式做礼拜
C．耶稣禁止人们喝他的血，吃他的肉
D．耶稣禁止对人进行审判、监禁、折磨、侮辱和惩罚

458．监狱的司祭心安理得地做着一切，只是因为他相信非有这样的信仰不可。使他确立这种信心的，主要是他（　　）。

A．相信面包会变成身体
B．相信说许多空话会有益于灵魂
C．真的吃了上帝身上的一块肉
D．靠礼拜可以收入钱财，养家活口

459．监狱里带领大家做礼拜的诵经士也相信他做的一切，而且信心比司祭更坚定，是因为他（　　）。

A．知道教义的实质
B．相信面包会变成身体
C．知道香火、诵经、普通祈祷和带赞美诗的祈祷都有一定的价格
D．真的吃了上帝身上的一块肉

460．典狱长和看守，他们虽然从来不知道也不研究教义和教堂里各种圣礼的意义，却相信非有这样的信仰不可，因为（　　）。

A．这种信仰可以为他们残酷的职务辩解
B．他们做过尝试，借助祈求、祷告、蜡烛，在今世得到了好处

C. 看透了这类玩意儿

D. 相信这套做法既然得到有学问的人和总主教的赞同,总是很有道理的

461. 玛丝洛娃在监狱礼拜时,相信(　　)。

A. 司祭的做法不符合教规

B. 这种包金的圣像、蜡烛、金杯、法衣、十字架、反复叨念的"至亲至爱的耶稣"和"饶恕吧",都蕴藏着神秘的力量,依靠这种力量就可以在今世和来世得到好处

C. 耶稣禁止对人使用任何暴力,并说他是来释放一切囚犯,使他们获得自由的

D. 这种信仰可以为典狱长他们残酷的职务辩解

462. 下面如实反映玛丝洛娃在监狱做礼拜时的心情的词是(　　)。

A. 虔诚　　　B. 厌烦　　　C. 玩世不恭　　　D. 复杂

463. 当玛丝洛娃和费多霞跟随领圣餐的人们往前走时,她看见典狱长后面的看守中间有一个矮小的农民,长着浅褐色头发,留着淡白胡子。这人就是(　　)。

A. 费多霞的丈夫　　　　　B. 聂赫留朵夫

C. 克雷里卓夫　　　　　　D. 西蒙松

464. 在监狱礼拜一幕中,在场的人,谁也没有想到,司祭声嘶力竭地反复叨念和用种种古怪字眼颂扬耶稣本人的做法违背了基督的教义,因为(　　)。

A. 耶稣禁止人们喝他的血,吃他的肉

B. 耶稣禁止对人使用任何暴力,并说他是来释放一切囚犯,使他们获得自由的

C. 司祭没有按照正确的仪式做礼拜

D. 司祭的做法不符合教规

465. 聂赫留朵夫第二次到监狱探视卡秋莎,在等待进入时,来了一辆橡胶轮胎的轻便马车,车上坐着一个大学生和一个戴面纱的小姐,他们是来(　　)。

A. 探监的　　　　　　　　B. 做礼拜的

C. 散发施舍物的 　　　　　　D. 打探情报的

466. 在监狱的二道门里面有一个称为聚会厅的房子,聂赫留朵夫怎么也没有料到,壁龛里竟会有( )巨像。

A. 耶稣钉在十字架上的 　　B. 沙皇本人的
C. 典狱长的 　　　　　　　D. 耶稣的

467. 聂赫留朵夫情不自禁地把耶稣同自由人联系起来,却怎么也无法把他同( )联系在一起。

A. 沙皇本人　B. 典狱长　　C. 探监的　　D. 囚犯

468. 在聂赫留朵夫第二次到监狱探视卡秋莎时,想到即将同她的见面,心情是( )。

A. 摇摆不定的　B. 幸福的　　C. 沮丧的　　D. 爱怜的

469. 典狱长和看守,他们虽然从来不知道也不研究教义和教堂里各种圣礼的意义,却相信非有这样的信仰不可,因为( )。

A. 他们做过尝试,借助祈求、祷告、蜡烛,在今世得到了好处
B. 看透了这类玩意儿
C. 相信这套做法既然得到有学问的人和总主教的赞同,总是很有道理的
D. 这样才可以心安理得地拼命折磨人

470. 下列生动地描写了( )的情景:几百个人的叫嚷声汇合成震耳欲聋的声音,房间被一道铁丝网隔成两半,人们像苍蝇钉在糖上那样紧贴在铁丝网上。大家都想看清对方的脸,说出要说的话,但他们的声音互相干扰,因此大家都放开嗓门叫,要压倒别人的声音。

A. 征兵送别 　　　　　　　B. 监狱探监
C. 流放途中 　　　　　　　D. 彼得堡的法庭上

471. 聂赫留朵夫"心里感到说不出的痛苦,觉得自己软弱无能,同整个世界格格不入。他在精神上感到极其厌恶,难过得仿佛晕船一般",聂赫留朵夫在( )时产生了这种状态。

A. 第二次到监狱探视卡秋莎,亲眼看到了可怕的探监现场后
B. 第一次到监狱探视卡秋莎,被卡秋莎奚落后
C. 在卡秋莎一案的庭审

D. 在决定与卡秋莎一起流放西伯利亚

472. 聂赫留朵夫与卡秋莎首次监狱重逢,卡秋莎从两个女犯中间挤过来,惊讶地盯着聂赫留朵夫,(　　)认出他来。

A. 立刻　　B. 没有　　C. 假装　　D. 假装没有

473. 聂赫留朵夫到监狱里第一次探视玛丝洛娃的主要目的是(　　)。

A. 向她认罪,甚至同她结婚来赎罪

B. 告诉她他一直爱着她

C. 了解关于他们的孩子的情况

D. 因为一直爱着她,要和她结婚

474. 当聂赫留朵夫第一次在监狱见到卡秋莎时,她听不清聂赫留朵夫在说些什么,但是因为(　　),使她突然想起来他。

A. 他动听的声音　　　　B. 他年轻英俊的相貌

C. 他说话时脸上的那副神情　　D. 他贵族的气质

475. 聂赫留朵夫第(　　)次去监狱探视卡秋莎,成功地见到了卡秋莎。

A. 一　　B. 二　　C. 三　　D. 四

476. 卡秋莎在监狱里第一次见到聂赫留朵夫,在最初的一刹那,他的出现令她感到(　　)。

A. 震惊　　B. 太痛苦　　C. 难以接受　　D. 欣喜若狂

477. 在聂赫留朵夫第二次到监狱探视卡秋莎时,想到即将同她的见面,心情是(　　)。

A. 摇摆不定的　B. 幸福的　　C. 沮丧的　　D. 胆怯的

478. 卡秋莎在监狱里第一次见到聂赫留朵夫,在最初的一刹那,他的出现使(　　)。

A. 使她回想起她从不回想的往事

B. 使她难以接受

C. 使她欣喜若狂

D. 让她觉得有利可图

479. 当玛丝洛娃回想往事感到痛苦,就照例把这些往事从头脑里驱除,竭力用(　　)特种迷雾把它遮住。

A. 失忆的　　　　　　　B. 小心翼翼的
C. 博爱的　　　　　　　D. 堕落生活的

480. 因为(　　)的缘故,玛丝洛娃在监狱里第一次见到聂赫留朵夫时,她向他妖媚地笑了笑。

A. 现在的聂赫留朵夫只是一个阔老爷,像她这样的女人总是要尽量从他们身上多弄到些好处
B. 聂赫留朵夫仍然英俊潇洒,充满魅力
C. 为了掩饰内心卑鄙的想法
D. 想与聂赫留朵夫重归于好

481. 卡秋莎在监狱里第一次见到聂赫留朵夫,在最初的一刹那情感之后,她想到了(　　),想到了接二连三的屈辱和苦难,她感到痛苦,但无法理解这事。

A. 那时醉人的幸福　　　　B. 她爱错了人
C. 他那难以理解的残酷　　D. 他是一个衣冠禽兽

482. 玛丝洛娃在监狱里第一次见到聂赫留朵夫时,她向他妖媚地笑了笑。下列选项中符合人物心理的选项有(　　)。

A. 眼前的聂赫留朵夫已不是她爱过的那个人
B. 她模模糊糊地想起那个充满感情和理想的新奇天地
C. 反正她也从来没有爱过他
D. 她想到了当时那些醉人的幸福

483. 当玛丝洛娃的眼睛紧盯着副典狱长和聂赫留朵夫那只紧捏着(　　)的手,聂赫留朵夫的内心产生了动摇。

A. 钞票　　B. 探监证　　C. 释放令　　D. 她的手

484. 在监狱里,在多年后第一次面对面后,见到聂赫留朵夫时,玛丝洛娃向他妖媚地笑了笑,沉默了一会儿,考虑着怎样(　　)。

A. 利用他弄到些好处　　　B. 回答他的问题
C. 解释自己成了一个妓女　D. 解释关于孩子死了的问题

485. 玛丝洛娃在监狱里第一次见到聂赫留朵夫时,她向他提出的其中一个请求是(　　)。

A．承诺和她结婚　　　　　　B．要十个卢布
C．原谅她成了一个妓女　　　D．马上让她出狱

486．聂赫留朵夫在监狱里第一次见到了玛丝洛娃，请求她饶恕，但是在(　　)之后，没敢说想同她结婚的想法。

A．看到她容颜不在

B．穷困潦倒

C．接触到她粗野可怕、拒人于千里之外的目光后

D．想到她当过妓女

487．卡秋莎在监狱里第一次见到聂赫留朵夫，在最初的一刹那，她把坐在她面前的这个人同她一度爱过的那个青年联系起来，但接着觉得(　　)，就不再这样做。

A．不可思议　　B．太痛苦　　C．有利可图　　D．有点无聊

488．玛丝洛娃在监狱里第一次见到聂赫留朵夫时，她向他妩媚地笑了笑。下列选项中符合人物心理的选项有(　　)。

A．眼前的聂赫留朵夫仍然是她爱过的那个人

B．她模模糊糊地想起那个充满感情和理想的新奇天地

C．聂赫留朵夫之流在需要的时候可以玩弄像她这样的女人，而像她这样的女人也总要尽量从他们身上弄到些好处

D．她想到了当时那些醉人的幸福

489．玛丝洛娃在监狱里第一次见到聂赫留朵夫时，她向他提出的其中一个请求是(　　)。

A．承诺和她结婚　　　　　　B．花大价钱请好律师
C．原谅她成了一个妓女　　　D．马上让她出狱

490．当聂赫留朵夫在监狱里第一次见到玛丝洛娃并请求她饶恕时，下列选项符合她当时情况的有(　　)。

A．震惊了　　　　　　　B．鄙夷不屑
C．欣喜若狂　　　　　　D．流出了幸福的泪水

491．当聂赫留朵夫在监狱里第一次见到玛丝洛娃却遭到她向他要钱时，他的内心刹那间发生了动摇。"这种动摇"具体指(　　)。

A．不确定是否要向她请求饶恕，甚至以同她结婚来赎罪

B. 他不确定是否要给她钱

C. 不确定自己是否真的爱她

D. 不确定自己是否应该到西伯利亚去

492. 聂赫留朵夫和玛丝洛娃第一次在监狱里相见,玛丝洛娃向聂赫留朵夫提出要钱时,下列符合聂赫留朵夫当时心理描写的选项有(　　)。

A. 这个女人就是一个地地道道的妓女了

B. 这个女人已经无可救药了

C. 这个女人太贪婪了

D. 这个女人太可怕了

493. 聂赫留朵夫和玛丝洛娃第一次在监狱里相见,玛丝洛娃向聂赫留朵夫提出要钱后,在刹那间的动摇后,这种情况不仅没有使他疏远她,反而产生了一种特殊的新的力量。聂赫留朵夫觉得他应该在(　　)唤醒她。

A. 给她足够多的钱之后　　B. 精神上

C. 金钱上　　D. 爱情的力量上

494. 聂赫留朵夫第二次探监,只对玛丝洛娃说出了(　　)话。

A. 请她饶恕的　　B. 要和她结婚的

C. 请她饶恕,并要与她结婚的　　D. 他爱她的

495. 聂赫留朵夫和玛丝洛娃第一次在监狱里相见,玛丝洛娃向聂赫留朵夫提出要钱时,下列符合聂赫留朵夫当时心理描写的选项有(　　)。

A. 这个女人已经丧失生命了

B. 这个女人就是一个地地道道的妓女了

C. 这个女人太可恶了

D. 这个女人太可怕了

496. 第一次在监狱里见面,聂赫留朵夫接触到玛丝洛娃的目光,发觉其中有一种粗野可怕、拒人于千里之外的神色,他不敢开口了。下列选项中属于"他"本来想开口说的话是(　　)。

A. 这个女人太可怜了

B. 要和她结婚

C．同她一起流放

D．这个女人就是一个地地道道的妓女了

497．在《复活》中，男女主人公第一次在监狱里见面时，男主人公请求女主人公的饶恕。这里女主人公指（　　）。

A．费多霞　　B．薇拉　　C．谢继妮娜　　D．玛丝洛娃

498．在《复活》中，男女主人公第一次在监狱里见面时，男主人公请求女主人公的饶恕。这里男主人公指（　　）。

A．西蒙松　　　　　　B．费多霞的丈夫

C．聂赫留朵夫　　　　D．克雷里卓夫

499．"她没有听他说话，却一会儿瞧瞧他那只手，一会儿瞧瞧副典狱长。等副典狱长一转身，她连忙把手伸过去，抓住钞票，把它塞在腰带里。"上述描写的人物是（　　）。

A．玛丝洛娃　　B．费多霞　　C．谢继妮娜　　D．薇拉

500．聂赫留朵夫第二次到监狱，觉得她身上有一样东西，同他水火不相容，使她永远保持现在这种样子，并且不让他闯进她的内心世界。这里"她"是指（　　）。

A．费多霞　　B．谢继妮娜　　C．薇拉　　D．玛丝洛娃

501．聂赫留朵夫第一次在监狱里见到玛丝洛娃，没敢对玛丝洛娃说出的话是指（　　）。

A．这个女人太可怜了

B．要和她结婚

C．同她一起流放

D．这个女人就是一个地地道道的妓女了

502．"她没有听他说话，却一会儿瞧瞧他那只手，一会儿瞧瞧副典狱长。等副典狱长一转身，她连忙把手伸过去，抓住钞票，把它塞在腰带里。"上述描写发生的时间和地点是（　　）。

A．聂赫留朵夫第一次探监

B．聂赫留朵夫参加陪审团时

C．聂赫留朵夫第二次探监

D．在流放西伯利亚的途中

503. "他对她毫无所求,只希望她不要像现在这样,希望她能觉醒,能恢复她的本性。"这里"他"指(　　)。

　　A. 聂赫留朵夫　B. 克雷里卓夫　C. 西蒙松　　D. 典狱长

504. "他对她毫无所求,只希望她不要像现在这样,希望她能觉醒,能恢复她的本性。"这里"她"指(　　)。

　　A. 费多霞　　B. 谢继妮娜　C. 薇拉　　　D. 玛丝洛娃

505. 下列选项中,(　　)是聂赫留朵夫第一次在监狱与玛丝洛娃重逢快结束时,对玛丝洛娃说的话。

　　A. 我要和你结婚　　　　　B. 您就是我的亲妹妹
　　C. 您对我来说比妹妹还亲哪　D. 请饶恕我吧

506. 聂赫留朵夫和玛丝洛娃第一次在监狱里相见,玛丝洛娃向聂赫留朵夫提出要钱时,下列不符合聂赫留朵夫当时心理描写的选项有(　　)。

　　A. 这个女人已经丧失生命了

　　B. 这个女人已经无可救药了

　　C. 对这个女人的看法产生了动摇

　　D. 这个女人现在是一个地地道道的妓女了

507. 《复活》中,男女主人公第一次重逢,聂赫留朵夫以为卡秋莎见到他,知道他要为她出力并且感到悔恨,一定会(　　)。

　　A. 高兴　　　　B. 骄傲　　　C. 和他结婚　D. 感激他

508. 聂赫留朵夫在监狱里第一次见到玛丝洛娃,对她产生了以前不曾有过的感情。下列符合这种感情的是(　　)。

　　A. 希望她能恢复她的本性　　B. 想疏远她
　　C. 一心想和她结婚　　　　　D. 有了一丝厌恶

509. 《复活》中,男女主人公第一次重逢,聂赫留朵夫以为卡秋莎见到他,知道他要为她出力并且感到悔恨,一定会(　　)。

　　A. 骄傲　　　　B. 感动　　　C. 和他结婚　D. 感激他

510. 第一次与玛丝洛娃重逢的时候,令聂赫留朵夫万万没有料到的是(　　)。

　　A. 原来的那个卡秋莎已经不存在了

B. 现在的卡秋莎比以前更迷人了

C. 卡秋莎提出要和他结婚

D. 卡秋莎不同意和他结婚

511.《复活》中,男女主人公第一次重逢,聂赫留朵夫以为卡秋莎见到他,知道他要为她出力并且感到悔恨,一定会恢复原来那个卡秋莎的面目。"原来那个卡秋莎的面目"具体是指卡秋莎的(　　)本性。

  A. 风骚 B. 善良 C. 迷人 D. 活泼

512. 聂赫留朵夫在监狱里第一次见到玛丝洛娃,对她产生了以前不曾有过的感情。下列符合这种感情的是(　　)。

  A. 对她毫无所求 B. 一心想和她结婚

  C. 想疏远她 D. 后悔当初与她相识

513.《复活》中,男女主人公第一次重逢,聂赫留朵夫以为卡秋莎见到他,知道他要为她出力并且感到悔恨,一定会(　　)。

  A. 得意

  B. 恢复原来那个卡秋莎的面目

  C. 和他结婚

  D. 感激他

514. 第一次重逢的时候,当聂赫留朵夫发现只剩下现在的玛丝洛娃时,他感到(　　)。

  A. 恐惧 B. 高兴 C. 解脱 D. 欣慰

515. 第一次重逢,使聂赫留朵夫感到惊讶的主要是玛丝洛娃不以自己的身份为耻,似乎还觉得心满意足,甚至引以为荣。这里的"身份"准确的是指(　　)。

  A. 囚犯的身份 B. 妓女的身份

  C. 女佣的身份 D. 苦役犯的身份

516. 在沦为妓女的玛丝洛娃眼里,凡是男人,表面上都装作在为别的事忙碌,其实都一味渴望着这件事。"这件事"是指(　　)。

  A. 要生活,要家庭、孩子,要过人的生活

  B. 一心想和她结婚

  C. 过高尚的生活

D. 同富有魅力的女人性交

517. 在当了妓女的玛丝洛娃的世界观中,她认为自己是一个( )人物。

A. 卑贱的　　　B. 可怜的　　　C. 无足轻重的　　D. 重要的

518. 玛丝洛娃成了一个妓女并被判处服苦役,然而她也有她的世界观。下列选项中符合玛丝洛娃世界观的有( )。

A. 不论遇到什么事,她总是理智地反复思考,然后做出决定,一旦做出决定,就坚决实行

B. 凡是男人,无一例外,都认为同富有魅力的女人性交就是人生最大的乐事

C. 我要生活,我要家庭、孩子,我要过人的生活

D. 不仅不因男人欣赏她的美貌而快乐,并且有点恐惧,她对谈情说爱甚至觉得嫌恶和害怕

519. 聂赫留朵夫在监狱里第一次见到玛丝洛娃,对她产生了以前不曾有过的感情。下列符合这种感情的是( )。

A. 只希望她不要像现在这样　　　B. 想疏远她

C. 后悔当初与她相识　　　　　　D. 一心想和她结婚

520. 第一次重逢的时候,当聂赫留朵夫发现只剩下现在的玛丝洛娃时,他感到( )。

A. 惊奇　　　B. 高兴　　　C. 解脱　　　D. 欣慰

521. 玛丝洛娃成了一个妓女并被判处服苦役,然而她也有她的世界观。下列选项中符合玛丝洛娃世界观的有( )。

A. 茫茫尘世无非是好色之徒聚居的渊薮,他们从四面八方窥伺她,不择手段去占有她

B. 我要生活,我要家庭、孩子,我要过人的生活

C. 不仅不因男人欣赏她的美貌而快乐,并且有点恐惧,她对谈情说爱甚至觉得嫌恶和害怕

D. 不论遇到什么事,她总是理智地反复思考,然后做出决定,一旦做出决定,就坚决实行

522. 聂赫留朵夫在监狱里第一次见到玛丝洛娃,对她产生了以前

不曾有过的感情。下列符合这种感情的是(　　)。

　　A. 希望她能觉醒　　　　　　B. 有了一丝厌恶
　　C. 一心想和她结婚　　　　　D. 想疏远她

　　523. 玛丝洛娃成了一个妓女并被判处服苦役,然而她也有她的世界观。下列选项中符合玛丝洛娃世界观的有(　　)。

　　A. 不论遇到什么事,她总是理智地反复思考,然后做出决定,一旦做出决定,就坚决实行
　　B. 我要生活,我要家庭、孩子,我要过人的生活
　　C. 不仅不因男人欣赏她的美貌而快乐,并且有点恐惧,她对谈情说爱甚至觉得嫌恶和害怕
　　D. 她是一个富有魅力的女人,可以满足,也可以不满足男人们的欲望,因此她是一个重要的不可缺少的人物

　　524. 在当了妓女的玛丝洛娃的世界观中,她认为自己是一个(　　)人物。

　　A. 卑贱的　　　　　　　　　B. 可怜的
　　C. 不可缺少的　　　　　　　D. 令人感到羞耻的

　　525.《复活》中,男女主人公第一次重逢,聂赫留朵夫以为卡秋莎见到他,知道他要为她出力并且感到悔恨后,一定会有如下表现。下列不符合聂赫留朵夫对玛丝洛娃判断的是(　　)。

　　A. 高兴　　　　　　　　　　B. 恢复原来那个卡秋莎的面目
　　C. 感动　　　　　　　　　　D. 得意

　　526. 当了妓女后的玛丝洛娃把她的人生观看得高于一切。她不能不珍重它,因为(　　)。

　　A. 她过去的生活和现在的生活全部都证实这种观点是正确的
　　B. 原来的玛丝洛娃已经不存在了
　　C. 具有同样人生观的人圈子比较大,人数比较多
　　D. 一旦抛弃这样的人生观,她就会丧失生活在人间的意义

　　527. 玛丝洛娃本能地依附于具有同样人生观的人。当她发觉聂赫留朵夫要把她拉到另一个世界里去时,她的反应是(　　)。

　　A. 顺从　　　B. 高兴　　　C. 抵制　　　D. 听之任之

528．玛丝洛娃竭力避免回忆年轻时的事和她同聂赫留朵夫最初关系的原因有（　　）。

　　A．丧失了记忆力　　　　　　B．丧失了现在快乐的生活

　　C．丧失了自尊心　　　　　　D．已经丧失了当年的美貌

529．为了不丧失自己的生活意义，做了妓女的玛丝洛娃本能地依附于（　　）的人。

　　A．上流社会的达官贵人　　　B．社会的底层人物

　　C．一心想和她结婚的人　　　D．具有和她同样人生观的人

530．《复活》中，当玛丝洛娃和聂赫留朵夫第一次重逢后，玛丝洛娃认为现在的聂赫留朵夫对她来说已不是她一度以纯洁的爱情爱过的人，而只是（　　）。

　　A．一个阔老爷　　　　　　　B．一个普通男人

　　C．一个陪审员　　　　　　　D．一个曾经认识的人

531．玛丝洛娃竭力避免回忆年轻时的事和她同聂赫留朵夫最初关系的原因有（　　）。

　　A．丧失了生活的地位　　　　B．丧失了记忆力

　　C．丧失了现在快乐的生活　　D．丧失了现有的财富

532．《复活》中，当玛丝洛娃和聂赫留朵夫第一次重逢后，玛丝洛娃竭力避免回忆年轻时的事和她同聂赫留朵夫最初的关系，原因是那些往事的回忆（　　）。

　　A．同她现在的生活关系不大　B．同她现在的人生观一致

　　C．令她感到红颜已逝　　　　D．同她现在的世界观格格不入

533．当聂赫留朵夫在监狱里告诉玛丝洛娃要和她结婚来赎罪时，下列符合玛丝洛娃的描写有（　　）。

　　A．眼睛发呆　　　　　　　　B．感动得哭了

　　C．愤愤地皱起眉头　　　　　D．幸福地笑了

534．下列不属于玛丝洛娃竭力避免回忆年轻时的事和她同聂赫留朵夫最初关系的原因有（　　）。

　　A．丧失了自尊心　　　　　　B．丧失了记忆力

　　C．丧失了自信心　　　　　　D．丧失了生活的地位

535.《复活》中,当玛丝洛娃和聂赫留朵夫第一次重逢后,下列符合玛丝洛娃对聂赫留朵夫的认识的选项是(　　)。

A. 现在的聂赫留朵夫仍然是她一度纯洁爱过的人

B. 聂赫留朵夫没有变,仍然是一个高尚的人

C. 只是一个阔老爷

D. 聂赫留朵夫仍然爱她,并且要和她结婚

536. 下列选项中符合玛丝洛娃对于年轻时以及她同聂赫留朵夫最初关系的回忆的选项有(　　)。

A. 因时间关系渐渐淡忘了　　B. 时时记起甜蜜回忆

C. 已从记忆里抹掉　　　　　D. 不知不觉地忘记了

537. 玛丝洛娃竭力避免回忆年轻时的事和她同聂赫留朵夫最初关系的原因有(　　)。

A. 已经丧失了当年的美貌　　B. 丧失了现在快乐的生活

C. 丧失了自信心　　　　　　D. 丧失了与上流社会接触的机会

538. 下列选项中符合玛丝洛娃对于年轻时以及她同聂赫留朵夫最初关系的回忆的选项有(　　)。

A. 因时间关系渐渐淡忘了

B. 时时记起甜蜜的回忆

C. 不知不觉地忘记了

D. 原封不动地深埋在记忆里,严密封存

539. 聂赫留朵夫和玛丝洛娃监狱里第一次重逢后,聂赫留朵夫本打算做却因阿格拉斐娜的竭力劝说暂时没有做成的事情是(　　)。

A. 和玛丝洛娃结婚　　　　　B. 改变生活方式

C. 和玛丝洛娃一起流放　　　D. 把土地分给农民

540.《复活》中,当玛丝洛娃和聂赫留朵夫第一次重逢后,下列符合玛丝洛娃对聂赫留朵夫的认识的选项是(　　)。

A. 和他只能维持她和一切男人那样的关系

B. 现在的聂赫留朵夫仍然是她一度纯洁爱过的人

C. 聂赫留朵夫没有变,仍然是一个高尚的人

D. 聂赫留朵夫仍然爱她,并且要和她结婚

541.《复活》中,借律师之口说道:有位作家说,"把自己身上的一块肉留在墨水缸里"——这句话源于下列作家(　　)。

A. 莎士比亚　　B. 巴尔扎克　　C. 普希金　　D. 托尔斯泰

542.《复活》中,当玛丝洛娃和聂赫留朵夫第一次重逢后,下列不符合玛丝洛娃对聂赫留朵夫的认识的选项是(　　)。

A. 可以而且应该利用他

B. 他变成了一个高尚的人

C. 只是一个阔老爷

D. 和他只能维持她和一切男人那样的关系

543. 当聂赫留朵夫为玛丝洛娃的案子找到律师法纳林并问他,枢密院是否会纠正这个错误,律师的回答是(　　)。

A. "这要看到时候审理这个案子的是哪些老废物了"

B. "他们会公正执法的"

C. "枢密院会根据对案情的重新调查来确定"

D. "枢密院的人都是真正懂法律的人,他们不会胡乱断案的"

544. 一天,在监狱里,各个牢房里的人群情愤激,纷纷谈论着一件事,就是有两个男犯那天将受到(　　)惩罚。

A. 绞刑　　B. 笞刑　　C. 苦役　　D. 流放

545. 下列选项中如实描述聂赫留朵夫第三次探监看到的玛丝洛娃的有(　　)。

A. 脸色红红的　　　　B. 痛苦不堪的

C. 憔悴的　　　　　　D. 表情严肃的

546.《复活》中,当玛丝洛娃和聂赫留朵夫第一次重逢后,下列符合玛丝洛娃对聂赫留朵夫的认识的选项是(　　)。

A. 他已经堕落成了一个卑贱的人

B. 可以而且应该利用他

C. 他变成了一个高尚的人

D. 聂赫留朵夫仍然爱她,并且要和她结婚

547. 一天,在监狱里,各个牢房里的人群情愤激,纷纷谈论着一件事,就是有两个男犯那天将受到惩罚,女监里的一个女犯对玛丝洛娃说,

"这件事得告诉他"。这里的"他"指( )。

  A. 典狱长   B. 副典狱长   C. 聂赫留朵夫   D. 西蒙松

548. 玛丝洛娃和聂赫留朵夫第二次见面,玛丝洛娃( )地向聂赫留朵夫打招呼。

  A. 胆怯   B. 羞怯   C. 大胆   D. 严肃

549. 下列选项中如实描述聂赫留朵夫第三次探监看到的玛丝洛娃的有( )。

  A. 精神抖擞的   B. 痛苦不堪的
  C. 憔悴的   D. 表情严肃的

550.《复活》中,男女主人公第二次监狱里相见,玛丝洛娃表现出和第一次完全不一样的态度是因为( )。

  A. 她想通了   B. 她精神上复活了
  C. 又恢复到从前那个玛丝洛娃了   D. 她喝醉酒了

551. 玛丝洛娃和聂赫留朵夫第二次见面,玛丝洛娃( )地向聂赫留朵夫打招呼。

  A. 快乐   B. 胆怯   C. 羞怯   D. 傲慢

552. 下列选项中如实描述聂赫留朵夫第三次探监看到的玛丝洛娃的有( )。

  A. 愁眉苦脸的   B. 摇头晃脑的   C. 痛苦不堪的   D. 憔悴的

553. "屋子里光线很亮,聂赫留朵夫第一次近距离看清她的脸:眼睛边上有鱼尾纹,嘴唇周围也有皱纹,眼皮浮肿。"上述描写中的"她"是指( )。

  A. 费多霞   B. 玛丝洛娃   C. 薇拉   D. 谢继妮娜

554. 下列选项中如实描述聂赫留朵夫第三次探监看到的玛丝洛娃的有( )。

  A. 表情严肃的   B. 甜蜜可爱的
  C. 愁眉苦脸的   D. 不住地微笑的

555. 下列选项中属于聂赫留朵夫第二次在监狱里见到玛丝洛娃时做的事情有( )。

  A. 让玛丝洛娃在上诉状上签字

B. 他将改变生活方式,搬到旅店里去住了

C. 告诉她将和她一起流放到西伯利亚

D. 他将把他的土地分给农民

556. 聂赫留朵夫第二次在监狱里见到玛丝洛娃,终于说出了上次没有说出的话。这句话是指(　　)。

A. 请求玛丝洛娃的饶恕

B. 告诉她将和她一起流放到西伯利亚

C. 他将把他的土地分给农民

D. 告诉玛丝洛娃决定以和她结婚的实际行动来赎罪

557. 聂赫留朵夫第二次在监狱里见到玛丝洛娃,对她见到他表现出来的那副(　　)样子,感到有点奇怪。

A. 严肃的　　　B. 活泼的　　　C. 愁眉苦脸的　D. 忧郁的

558. 下列选项中不属于聂赫留朵夫第二次在监狱里见到玛丝洛娃时做的事情的是(　　)。

A. 要是这个状子不管用,就去告御状

B. 告诉玛丝洛娃决定以和她结婚的实际行动来赎罪

C. 他将改变生活方式,搬到旅店里去住了

D. 让玛丝洛娃在上诉状上签字

559. "屋子里光线很亮,聂赫留朵夫第一次近距离看清她的脸:眼睛边上有鱼尾纹,嘴唇周围也有皱纹,眼皮浮肿。"上述描写发生的时间是(　　)。

A. 玛丝洛娃流放西伯利亚后

B. 玛丝洛娃流放西伯利亚前一天

C. 聂赫留朵夫第二次探监

D. 聂赫留朵夫第三次探监

560. 下列选项中属于聂赫留朵夫第二次在监狱里见到玛丝洛娃时做的事情有(　　)。

A. 告诉玛丝洛娃决定以和她结婚的实际行动来赎罪

B. 他将改变生活方式,搬到旅店里去住了

C. 告诉她将和她一起流放到西伯利亚

D. 他将把他的土地分给农民

561. 当聂赫留朵夫第一次近距离看清卡秋莎的脸:眼睛边上有鱼尾纹,嘴唇周围也有皱纹,眼皮浮肿时,他对她的态度是(　　)。

　　A. 越发讨厌她了　　　　　　B. 越发想疏远她了
　　C. 越发怜悯她了　　　　　　D. 后悔当初与她相识

562. 下列选项中属于聂赫留朵夫第二次在监狱里见到玛丝洛娃时做的事情有(　　)。

　　A. 告诉她将和她一起流放到西伯利亚
　　B. 他将把他的土地分给农民
　　C. 要是这个状子不管用,就去告御状
　　D. 他将改变生活方式,搬到旅店里去住了

563. 玛丝洛娃第二次在监狱见到聂赫留朵夫,向他提出了(　　)的要求。

　　A. 承诺和她结婚
　　B. 要钱
　　C. 要是这个状子不管用,就去告御状
　　D. 帮同监的老婆子和她儿子说情

564. 当聂赫留朵夫在监狱里告诉玛丝洛娃决定再也不离开她,并且说到一定做到时,下列符合玛丝洛娃描述的选项是(　　)。

　　A. 大声笑起来
　　B. 一脸严肃
　　C. 默默地什么也没有说
　　D. 不住地流泪

565. 当聂赫留朵夫在监狱里告诉玛丝洛娃要和她结婚来赎罪时,下列符合玛丝洛娃的描写有(　　)。

　　A. 感动得哭了　　　　　　　B. 开心地笑了
　　C. 恐惧　　　　　　　　　　D. 激动得说不出话来

566. 聂赫留朵夫和玛丝洛娃第二次在监狱里见面,玛丝洛娃迫不及待地把对聂赫留朵夫的一肚子怨气都发泄了出来。下面属于她对聂赫留朵夫发泄的话有(　　)。

95

A．要是这个状子不管用，那你就去告御状

B．我讨厌你

C．当初有个好律师就好了

D．我那个辩护人是个十足的笨蛋

567．当聂赫留朵夫在监狱里告诉玛丝洛娃决定再也不离开她，并且说到一定做到时，下列符合玛丝洛娃描述的选项是（　　）。

A．激动得说不出话来

B．默默地什么也没有说

C．不相信他能做到

D．感动得哭了

568．玛丝洛娃的同监女犯们对于聂赫留朵夫到监狱探视玛丝洛娃这件事的看法，下列选项正确的是（　　）。

A．玛丝洛娃要走运了

B．聂赫留朵夫真是一个高尚的人

C．当初有个好律师就好了

D．聂赫留朵夫真是不可理喻

569．监狱重逢，当聂赫留朵夫告诉玛丝洛娃要为她出力时，玛丝洛娃的回答是（　　）。

A．有钱人想什么有什么　　　B．我什么也不需要您帮忙

C．您真是一个高尚的人　　　D．你确实应该帮帮我

570．聂赫留朵夫和玛丝洛娃第二次在监狱里见面，玛丝洛娃迫不及待地把对聂赫留朵夫的一肚子怨气都发泄了出来。下面属于她对聂赫留朵夫发泄的话有（　　）。

A．我讨厌你那副眼镜

B．我要你马上和我结婚

C．当初有个好律师就好了

D．我那个辩护人是个十足的笨蛋

571．玛丝洛娃的同监女犯们对于聂赫留朵夫到监狱探视玛丝洛娃这件事的看法，下列选项正确的是（　　）。

A．当初有个好律师就好了

B. 有钱人想什么有什么

C. 聂赫留朵夫真是不可理喻

D. 聂赫留朵夫真是一个高尚的人

572. 监狱重逢,当聂赫留朵夫坚持告诉玛丝洛娃要为她出力时,玛丝洛娃的回答是(　　)。

A. 那是您的事　　　　　　B. 当初没有错爱您

C. 您真是一个高尚的人　　D. 有钱人想什么有什么

573. "玛丝洛娃没有回答同伴们的话,却在床铺上躺下来。她那双斜睨的眼睛呆呆地望着墙角,她就这样一直躺到傍晚。"上述描述发生的时间是(　　)。

A. 聂赫留朵夫说要和她一起流放后

B. 和聂赫留朵夫第一次重逢后

C. 她被判服苦役后

D. 和聂赫留朵夫在监狱里第二次重逢后

574. 聂赫留朵夫和玛丝洛娃第二次在监狱见面,玛丝洛娃迫不及待地把对聂赫留朵夫的一肚子怨气都发泄了出来。下面不属于她对聂赫留朵夫发泄的话有(　　)。

A. 你今世利用我作乐

B. 来世还想利用我来拯救你自己

C. 我讨厌你这副又肥又丑的嘴脸

D. 我要你马上和我结婚

575. 分别时,聂赫留朵夫对玛丝洛娃说他明天再来,玛丝洛娃一句话也没有回答,也没有对他瞧一眼,就跟着看守走出去了。这个场景发生在他们第(　　)次见面。

A. 二　　　　B. 一　　　　C. 三　　　　D. 四

576. 与聂赫留朵夫监狱第二次重逢回到牢房后,玛丝洛娃的内心展开了(　　)活动。

A. 矛盾的　　　　　　　B. 充满期待的

C. 痛苦的　　　　　　　D. 不可告人的

577. "玛丝洛娃没有回答同伴们的话,却在床铺上躺下来。她那双斜睨的眼睛呆呆地望着墙角,她就这样一直躺到傍晚。"上述描述发生的时间是(　　)。

A．聂赫留朵夫说要和她一起流放后

B．聂赫留朵夫说要和她结婚来赎罪后

C．和聂赫留朵夫第一次重逢后

D．她被判服苦役后

578．聂赫留朵夫和玛丝洛娃第二次在监狱里见面,玛丝洛娃迫不及待地把对聂赫留朵夫的一肚子怨气都发泄了出来。下面属于她对聂赫留朵夫发泄的话有(　　)。

A．要是这个状子不管用,那你就去告御状

B．你今世利用我作乐,来世还想利用我来拯救你自己

C．当初有个好律师就好了

D．我那个辩护人是个十足的笨蛋

579．玛丝洛娃和聂赫留朵夫第二次见面回到牢房后,想到聂赫留朵夫说的话,那番话使她回到了她无法理解而对之(　　)的世界。

A．满怀期待　　　　　　B．满怀仇恨

C．敬而远之　　　　　　D．懵懵懂懂的

580．《复活》中,男女主人公第二次见面后,让玛丝洛娃感到痛苦的原因是(　　)。

A．她从一个纯洁善良的姑娘变成了一个要被流放的苦役犯,实在太痛苦了

B．她从一个纯洁善良的姑娘变成了一个让人唾弃的妓女,实在太痛苦了

C．现在她已经无法把往事搁在一边,浑浑噩噩地过日子了,而要清醒地生活下去又实在太痛苦了

D．想到当年聂赫留朵夫诱奸了她,实在太痛苦了

581．下列选项中,正确描述玛丝洛娃和聂赫留朵夫第二次见面回到牢房后的表现的有(　　)。

A．没有回答同监女犯们的话

B．失声痛哭

C．绘声绘色描述和聂赫留朵夫的见面

D．哈哈大笑

582．聂赫留朵夫和玛丝洛娃第二次在监狱里见面,玛丝洛娃迫不及待地把对聂赫留朵夫的一肚子怨气都发泄了出来。下面属于她对聂赫留朵夫发泄的话有(　　)。

A．我讨厌你这副又肥又丑的嘴脸

B．我要你马上和我结婚

C．怎么又弄出个上帝来了？您说的话总是不对头

D．当初您要是记得上帝就好了

583．直到现在,聂赫留朵夫才了解自己的全部罪孽。"直到现在"具体是指(　　)。

A．复活节的第二天　　　　B．到西伯利亚之后

C．在庭审时,见到玛丝洛娃　D．第二次重逢

584．下列选项中,正确描述玛丝洛娃和聂赫留朵夫第二次见面回到牢房后的表现的有(　　)。

A．内心痛苦

B．哈哈大笑

C．绘声绘色描述和聂赫留朵夫的见面

D．无所谓

585．直到现在,聂赫留朵夫才看到他怎样摧残了这个女人的心灵,他也才懂得怎样伤害了她。"这个女人"指(　　)。

A．玛丝洛娃　B．薇拉　　C．米西　　D．费多霞

586．下列选项中,不是发生在玛丝洛娃和聂赫留朵夫第二次重逢后的事件有(　　)。

A．聂赫留朵夫了解了自己的全部罪孽

B．聂赫留朵夫懂得自己怎样伤害了玛丝洛娃

C．玛丝洛娃回到了那个她无法理解而对之满怀仇恨的世界

D．聂赫留朵夫觉得应该在精神上唤醒玛丝洛娃

587．下列选项中,发生在玛丝洛娃和聂赫留朵夫第二次重逢后的事件有(　　)。

A. 聂赫留朵夫了解了自己的全部罪孽

B. 聂赫留朵夫觉得应该在精神上唤醒玛丝洛娃

C. 聂赫留朵夫下定决心陪同玛丝洛娃流放到西伯利亚去

D. 玛丝洛娃考虑怎样利用聂赫留朵夫

588．"以前聂赫留朵夫一直孤芳自赏，连自己的忏悔都很得意，如今他觉得这一切简直可怕。"导致聂赫留朵夫思想上发生上述变化的具体时间是（　　）。

A. 第二次到监狱探视卡秋莎后

B. 到西伯利亚之后

C. 看到牢房的真实情况后

D. 认识了政治犯后

589．下列选项中，正确描述玛丝洛娃和聂赫留朵夫第二次见面回到牢房后的表现的有（　　）。

A. 因为想到聂赫留朵夫要和她结婚而十分兴奋

B. 绘声绘色描述和聂赫留朵夫的见面

C. 眼睛呆呆地望着墙角，就这样一直躺到傍晚

D. 和同监女犯们热烈讨论是否要和聂赫留朵夫结婚

590．下列选项中，发生在玛丝洛娃和聂赫留朵夫第二次重逢后的事件有（　　）。

A. 玛丝洛娃回到了那个她无法理解而对之满怀仇恨的世界

B. 聂赫留朵夫诱奸了玛丝洛娃

C. 玛丝洛娃考虑怎样利用聂赫留朵夫

D. 聂赫留朵夫下定决心陪同玛丝洛娃流放到西伯利亚去

591．下列选项中，正确描述玛丝洛娃和聂赫留朵夫第二次见面回到牢房后的表现的有（　　）。

A. 买酒痛饮

B. 哈哈大笑

C. 绘声绘色描述和聂赫留朵夫的见面

D. 失声痛哭

592．下列选项中，发生在玛丝洛娃和聂赫留朵夫第二次重逢后的

事件有（　　）。

　　A. 聂赫留朵夫觉得应该在精神上唤醒玛丝洛娃

　　B. 玛丝洛娃考虑怎样利用聂赫留朵夫

　　C. 聂赫留朵夫诱奸了玛丝洛娃

　　D. 聂赫留朵夫懂得自己怎样伤害了玛丝洛娃

593. 聂赫留朵夫"觉得再也不能把玛丝洛娃抛下不管，但又无法想象他们的关系将会有怎样的结局"。这样的心理活动发生的时间是（　　）。

　　A. 第二次在监狱里探视到卡秋莎后

　　B. 到西伯利亚之后

　　C. 看到牢房的真实情况后

　　D. 认识了政治犯后

594. 聂赫留朵夫从监狱出来，有人递给他一封信。写信人身份是（　　）。

　　A. 苦役犯　　　　　　　　B. 女政治犯

　　C. 贵族女子　　　　　　　D. 监狱的看守

595. 聂赫留朵夫与薇拉相识是缘于（　　）。

　　A. 聂赫留朵夫在一次舞会上帮了她的忙

　　B. 谢肉节的聚会上，聂赫留朵夫帮了她的忙

　　C. 聂赫留朵夫资助薇拉办农民学校

　　D. 聂赫留朵夫资助薇拉进高等学校念书

596. 对于聂赫留朵夫对薇拉的帮助，他当时的军官同伴们的态度是（　　）。

　　A. 有人赞扬，有人反对　　B. 认为他行为高尚

　　C. 鼓励他继续帮助她　　　D. 当作桃色新闻取笑他

597. 聂赫留朵夫从监狱出来，有人递给他一封信。传递信的人的身份是（　　）。

　　A. 专管政治犯的看守　　　B. 专管刑事犯的看守

　　C. 革命党人　　　　　　　D. 典狱长

598. 聂赫留朵夫从监狱出来，有人递给他一封信。传递信的人的

身份是( )。

A．专管刑事犯的看守　　　　B．革命党人
C．副典狱长　　　　　　　　D．密探

599．薇拉因革命活动而坐牢,特别是因为( ),聂赫留朵夫觉得应该见见她。

A．薇拉要还他钱
B．她答应帮他出主意,来改善玛丝洛娃的处境
C．聂赫留朵夫自己也是一个革命者
D．聂赫留朵夫曾经也是一个革命者

600．聂赫留朵夫从监狱出来,虽然心里害怕,还是更坚强地下定决心,一定要把开了头的事做下去。他要做的事情不包括下列选项中的( )。

A．找人要求准许探望玛丝洛娃
B．找人要求准许探望明肖夫母子
C．找人要求准许探望薇拉
D．找人要求准许探望西蒙松,并好好和他谈谈

601．聂赫留朵夫一面走出监狱,一面看刚刚在监狱门口有人递给他的一封信。信是( )写来的。

A．玛丝洛娃　　B．谢继妮娜　　C．薇拉　　D．卡秋莎

602．聂赫留朵夫之所以要求探望明肖夫母子,是因为( )。

A．他们是家乡的旧相识　　　　B．他们是亲戚关系
C．玛丝洛娃要他去　　　　　　D．薇拉要他去

603．聂赫留朵夫之所以要求探望薇拉,是因为( )。

A．她可能帮玛丝洛娃的忙　　　B．他们是亲戚关系
C．他们曾经是情人　　　　　　D．薇拉要还借他的钱

604．聂赫留朵夫找到在( )时就认识的省行政长官玛斯连尼科夫,要求探望犯人。

A．上大学　　B．团里服役　　C．庭审　　D．家乡

605．玛斯连尼科夫给聂赫留朵夫开了一张( )后,后者就可以进监狱探视犯人了。

A．许可证 B．一般通行证
C．一般许可证 D．特别通行证

606．玛斯连尼科夫告诉聂赫留朵夫，管理维持监狱里的秩序，他用（　　）的方法。

A．高压 B．以暴制暴 C．恩威兼施 D．以柔克刚

607．省行政长官玛斯连尼科夫告诉聂赫留朵夫说："我喜爱这工作。你将会看到他们在那边过得很好，大家都很满意。""他们"是指（　　）。

A．仅仅指政治犯 B．去世的人
C．监狱的犯人 D．社会底层的人

608．聂赫留朵夫第四次到监狱探视玛丝洛娃，得到的回答是（　　）。

A．玛丝洛娃今天不便会客

B．玛丝洛娃生病了

C．玛丝洛娃拒绝见他

D．玛丝洛娃已经被发配西伯利亚了

609．聂赫留朵夫要求见的明肖夫母子俩被控犯了（　　）罪。

A．抢劫 B．投毒杀人 C．纵火 D．偷盗

610．虽然典狱长允许聂赫留朵夫在安静的聚会室同明肖夫见面，但是聂赫留朵夫坚持在（　　）见面。

A．典狱长家 B．小会客室 C．监狱外 D．牢房

611．聂赫留朵夫第四次探监，通过牢房的（　　）看到了里面可怕的景象。

A．小洞 B．没有铁栅的窗户
C．大门 D．走廊

612．"推开牢门，一个脖子细长、肌肉发达的年轻人，生有一双和善的圆眼睛，留着一撮小胡子，站在床铺旁，现出惊惧的神色，慌忙穿上囚袍，眼睛盯着来人。"上列描述中的年轻人是（　　）。

A．政治犯西蒙松 B．被控犯纵火罪的明肖夫
C．政治犯克雷里卓夫 D．费多霞的丈夫

613．聂赫留朵夫第四次探监，之所以不再往其他牢房里看，是因为

他感到了(　　)。

　　A．恶心　　　　B．无聊　　　　C．害怕　　　　D．无趣

　　614．下列形容词中准确描述聂赫留朵夫第四次探监,看到的男牢房里犯人表情的是(　　)。

　　A．玩世不恭的　　B．满足的　　C．享受的　　D．恐惧的

　　615．因为(　　),聂赫留朵夫第四次到监狱没能见到玛丝洛娃。

　　A．聂赫留朵夫喝醉酒了　　　　B．玛丝洛娃喝醉酒了

　　C．聂赫留朵夫没有通行证　　　D．玛丝洛娃拒绝见他

　　616．下列形容词中准确描述聂赫留朵夫第四次探监,看到的男牢房里犯人表情的是(　　)。

　　A．木然的　　　B．万念俱灰的　C．满足的　　　D．享受的

　　617．聂赫留朵夫到监狱探望明肖夫结束后,在监狱的走廊里遇到了四十名左右因为(　　)而被关押的犯人。

　　A．没有通行证　　　　　　　　B．丢失了身份证

　　C．没有合法身份　　　　　　　D．没有身份证

　　618．下列选项中,与明肖夫纵火案相关的描述正确的有(　　)。

　　A．明肖夫婚后不久,妻子被酒店老板霸占

　　B．明肖夫贪图保险费,自己放了火,把罪名硬栽在酒店老板的头上

　　C．明肖把酒店老板夫得头破血流

　　D．明肖夫为了报夺妻之仇,烧了酒店老板的院子

　　619．第四次探监,在行政长官玛斯连尼科夫口中过得很好的监狱里的犯人们,聂赫留朵夫看到的真实情况是(　　)。

　　A．铺草垫的低矮床铺

　　B．犯人们的基本人权得到保证

　　C．犯人们都满怀希望地积极改造

　　D．通风良好的、卫生的牢房

　　620．聂赫留朵夫第四次到监狱,看见许多犯人仔细打量着他,不禁产生了一种异样的感觉。下列正确描述这种异样的感觉的选项有(　　)。

　　A．对这些犯人感到恐惧和惶惑

B. 同情这些坐牢的人

C. 对自己关心他们而感到得意

D. 为自己身为贵族而感到庆幸

621. 下列选项中,与明肖夫纵火案相关的描述正确的有(　　)。

A. 酒店老板雇人把明肖夫打得头破血流

B. 明肖夫贪图保险费,自己放了火,把罪名硬栽在酒店老板的头上

C. 明肖把酒店老板夫打得头破血流

D. 在母亲的怂恿下,明肖夫放火烧了酒店老板的院子

622. 第四次探监,在行政长官玛斯连尼科夫口中过得很好的监狱里的犯人们,聂赫留朵夫看到的真实情况是(　　)。

A. 通风良好的、卫生的牢房

B. 钉有粗铁条的窗子

C. 犯人们的基本人权得到保证

D. 犯人们都满怀希望地积极改造

623. 下列选项中,与明肖夫纵火案相关的描述正确的有(　　)。

A. 明肖夫贪图保险费,自己放了火,把罪名硬栽在酒店老板的头上

B. 明肖把酒店老板夫打得头破血流

C. 明肖夫到处申诉告状不得

D. 明肖夫为了报夺妻之仇,烧了酒店老板的院子

624. 第四次探监,在行政长官玛斯连尼科夫口中过得很好的监狱里的犯人们,聂赫留朵夫看到的真实情况是(　　)。

A. 涂抹得一塌糊涂的又潮又脏的墙壁

B. 犯人们的基本人权得到保证

C. 犯人们都满怀希望地积极改造

D. 通风良好的、卫生的牢房

625. 聂赫留朵夫第四次到监狱,看见许多犯人仔细打量着他,不禁产生了一种异样的感觉。下列正确描述这种异样的感觉的选项有(　　)。

A. 对自己关心他们而感到得意

B. 为自己身为贵族而感到庆幸

C. 为自己对这一切冷眼旁观而感到害臊

D. 对这些犯人感到恐惧和惶惑

626. 从(　　)口中,聂赫留朵夫知道监狱里的两个犯人被用树条抽打,受到了体罚。

A. 副典狱长　　　　　　　　B. 典狱长

C. 省行政长官玛斯连尼科夫　D. 犯人明肖夫

627. 下列选项中,与明肖夫纵火案相关的描述正确的有(　　)。

A. 明肖夫到处恶人先告状

B. 酒店老板买通了长官,官方就一直庇护他

C. 明肖夫为了报夺妻之仇,烧了酒店老板的院子

D. 明肖夫贪图保险费,自己放了火,把罪名硬栽在酒店老板的头上

628. 第四次探监,在行政长官玛斯连尼科夫口中过得很好的监狱里的犯人们,聂赫留朵夫看到的真实情况是(　　)。

A. 犯人们都满怀希望地积极改造

B. 通风良好的、卫生的牢房

C. 身穿囚服,受尽折磨,平白无故被抓起来的犯人

D. 犯人们的精神面貌很好

629. 聂赫留朵夫第四次到监狱,看见许多犯人仔细打量着他,不禁产生了一种异样的感觉。下列正确描述这种异样的感觉的选项有(　　)。

A. 对自己关心他们而感到得意

B. 为自己身为贵族而感到庆幸

C. 对这些犯人感到恐惧和惶惑

D. 对关押犯人的人感到恐惧和惶惑

630. 聂赫留朵夫第四次探监,没有按计划见到的人是(　　)。

A. 玛丝洛娃　　　　　　　B. 纵火犯明肖夫

C. 政治犯薇拉　　　　　　D. 政治犯西蒙松

631. 当聂赫留朵夫质疑副典狱长,体罚已经废止时,副典狱长的回答是(　　)。

A. 是的,废止了　　　　　B. 剥夺公权的人不在其内

C. 没有废止　　　　　　　　D. 监狱里没有体罚了

632. 下列选项中,与明肖夫纵火案相关的描述正确的有(　　)。

A. 明肖夫贪图保险费,自己放了火,把罪名硬栽在酒店老板的头上

B. 明肖夫把酒店老板打得头破血流

C. 在母亲的怂恿下,明肖夫放火烧了酒店老板的院子

D. 酒店老板贪图保险费,自己放了火,把罪名硬栽在明肖夫母子头上

633. 在监狱办公室,聂赫留朵夫见到一个在牢里生下的女政治犯的孩子,这个孩子不久就要跟他母亲到(　　)去了。

A. 国外　　　B. 彼得堡　　　C. 西伯利亚　　　D. 乡下

634. "身材矮小,又瘦又黄,头发剪得很短,生着一双善良的大眼睛,步态蹒跚地从后门走进来",上述描写的人物是(　　)。

A. 玛丝洛娃　　　B. 费多霞　　　C. 谢继妮娜　　　D. 薇拉

635. 当聂赫留朵夫再次在监狱里见到薇拉,说"没想到您现在会弄成这个样子"时,薇拉的回答是(　　)。

A. 我自己也没有料到

B. 我倒觉得挺好,好得不能再好了

C. 我讨厌自己现在这副模样

D. 革命就会变成这个样子

636. 薇拉因革命活动而坐牢,特别是因为(　　),聂赫留朵夫觉得应该见见她。

A. 是老朋友

B. 薇拉曾经在经济上帮助过他

C. 他曾经接济过她

D. 她答应帮他出主意改善玛丝洛娃的处境

637. 聂赫留朵夫第四次到监狱,看见许多犯人仔细打量着他,不禁产生了一种异样的感觉。下列错误描述这种异样的感觉的选项有(　　)。

A. 对这些犯人感到恐惧和惶惑

B. 对关押犯人的人感到恐惧和惶惑

C. 为自己对这一切冷眼旁观而感到害臊

D. 同情这些坐牢的人

638. 聂赫留朵夫"瞧着她那细的可怜的脖子和她稀疏的蓬乱的头发,弄不懂她为什么要做这种事,讲这种事。他可怜她,绝不像他可怜庄稼汉明肖夫那样"。这里的"她"指(　　)。

　　A. 玛丝洛娃　　　B. 费多霞　　　C. 米西　　　D. 薇拉

639. "她分明自认为是个女英雄,为了他们事业的成功不惜牺牲生命。其实她未必能说清楚他们的事业究竟是怎么一回事,事业成功又是怎么一回事。"上述描述中的"她"是指(　　)。

　　A. 谢继妮娜　　　B. 舒斯托娃　　　C. 薇拉　　　D. 玛丝洛娃

640. 根据薇拉的讲述,舒斯托娃的被捕是因为(　　)。

　　A. 薇拉出卖了她

　　B. 在她家里搜出别人交给她保管的书籍和文件

　　C. 叛徒的出卖

　　D. 开枪击毙宪兵

641. 下列选项中,不属于女政治犯薇拉请求在狱中见聂赫留朵夫的原因有(　　)。

　　A. 设法说情让她的革命同伴与父母见一次面

　　B. 告诉聂赫留朵夫关于玛丝洛娃不可告人的身世秘密

　　C. 弄到必要的参考书,使她的革命同伴可以在狱中进行学术研究

　　D. 要求交游广阔的聂赫留朵夫设法把舒斯托娃释放出狱

642. 下列选项中,属于女政治犯薇拉请求在狱中见聂赫留朵夫的原因有(　　)。

　　A. 要求交游广阔的聂赫留朵夫设法把她自己释放出狱

　　B. 设法说情让她的革命同伴与父母见一次面

　　C. 她知道聂赫留朵夫和玛丝洛娃的关系,为了达到出狱的目的,要挟聂赫留朵夫

　　D. 设法弄到必要的参考书,使她可以在狱中进行学术研究

643. 聂赫留朵夫可怜薇拉是因为(　　)。

　　A. 她头脑里充满糊涂思想

B. 薇拉又瘦又黄

C. 薇拉没有如愿进入高等学院读书

D. 薇拉那双善良的大眼睛

644. 聂赫留朵夫可怜庄稼汉明肖夫是因为（　　）。

A. 明肖夫完全被冤枉关在恶臭的牢房里

B. 明肖夫被酒店老板打得头破血流

C. 明肖夫的母亲也被关进牢里

D. 明肖夫的妻子被酒店老板霸占

645. 下列选项中，属于女政治犯薇拉请求在狱中见聂赫留朵夫的原因有（　　）。

A. 弄到必要的参考书，使她的革命同伴可以在狱中进行学术研究

B. 她知道聂赫留朵夫和玛丝洛娃的关系，为了达到出狱的目的，要挟聂赫留朵夫

C. 设法弄到必要的参考书，使她可以在狱中进行学术研究

D. 要求交游广阔的聂赫留朵夫设法把她自己释放出狱

646. 关于玛丝洛娃，在狱中的薇拉给聂赫留朵夫的建议是（　　）。

A. 千万不要和玛丝洛娃结婚

B. 为玛丝洛娃说情，把她转移出政治犯牢房

C. 至少让玛丝洛娃到医院去当一名护士

D. 设法把她释放出狱

647. 关于玛丝洛娃，在狱中的薇拉给聂赫留朵夫的建议是（　　）。

A. 替玛丝洛娃说情，把她转移出政治犯牢房

B. 替玛丝洛娃说情，把她转移到政治犯牢房

C. 鉴于玛丝洛娃的身世，千万不要和她结婚

D. 设法把她释放出狱

648. 聂赫留朵夫每次到（　　）都会感到精神上极度恶心，又逐渐发展成为生理上的恶心。

A. 监狱　　　B. 彼得堡　　　C. 法院　　　D. 姑妈家

649. 聂赫留朵夫和薇拉见面时，在监狱里目睹了（　　）与亲人分别。

A. 刑事犯　　　B. 政治犯　　　C. 苦役犯　　　D. 典狱长

650. 下列选项中,属于女政治犯薇拉请求在狱中见聂赫留朵夫的原因有(　　)。

A. 她知道聂赫留朵夫和玛丝洛娃的关系,为了达到出狱的目的,要挟聂赫留朵夫

B. 设法弄到必要的参考书,使她可以在狱中进行学术研究

C. 告诉聂赫留朵夫关于玛丝洛娃不可告人的身世秘密

D. 要求交游广阔的聂赫留朵夫设法把舒斯托娃释放出狱

651. 下列选项中,关于谢继妮娜的正确选项有(　　)。

A. 生有一双绵羊般的眼睛　　　B. 一个私生女

C. 女佣兼养女　　　D. 满脑子糊涂思想

652. 下列选项中,关于老典狱长的正确选项有(　　)。

A. 飞扬跋扈　　B. 心狠手辣　　C. 心地善良　　D. 阴险狡诈

653. 在监狱探视薇拉时,聂赫留朵夫看到一对情侣,晚上就在监狱里结婚,然后(　　)。

A. 她跟他一起到西伯利亚去　　　B. 他跟她一起到西伯利亚去

C. 一起赴刑场　　　D. 一起自杀

654. 下列选项中,关于谢继妮娜的不正确选项有(　　)。

A. 被判服苦役　　　B. 将军的女儿

C. 连蜘蛛也没有弄死过一只　　　D. 一个私生女

655. 明肖夫无缘无故饱受煎熬,真是可怕。但最可怕的不是肉体上的痛苦,而是(　　)。

A. 对善和上帝不再相信　　　B. 他的母亲也被牵连入狱

C. 他的妻子被他人霸占　　　D. 他被无辜判刑

656. 聂赫留朵夫有两件事要求玛斯连尼科夫,其中一件是(　　)。

A. 把薇拉释放出狱

B. 解决那一百三十名囚犯因身份证过期而坐牢的事

C. 不要把玛丝洛娃流放到西伯利亚

D. 把玛丝洛娃释放出狱

657. 聂赫留朵夫在玛斯连尼科夫家遇到了米西。米西对他说了

"您去看看妈妈吧。她很想见见您呢"后她的脸红了,原因是(　　)。

A. 她爱上了他

B. 她感到不好意思

C. 她心里明白自己在撒谎,而且他也懂得这一层

D. 米西性格很腼腆害羞

658. 下列选项中,关于谢继妮娜的正确选项有(　　)。

A. 被判服苦役　　　　　　B. 头脑里充满糊涂思想

C. 一个私生女　　　　　　D. 女佣兼养女

659. 聂赫留朵夫觉得最可怕的是那个年老体弱、心地善良的(　　),不得不拆散人家的母子和父女,而他们都是亲骨肉,就同他和她的子女一样。

A. 副典狱长　　　　　　　B. 老典狱长

C. 老看守　　　　　　　　D. 省行政长官

660. 聂赫留朵夫第四次探监后,决定去向一个他瞧不起的人求情,虽然很难堪,但要达到目的,这是唯一的途径,他只得硬着头皮去做。这个他"瞧不起的人"是指(　　)。

A. 他的姐夫　　　　　　　B. 他的前同事

C. 他的大学同学　　　　　D. 和他一起出庭的陪审员

661. 玛斯连尼科夫送一位贵宾一直送到楼下。这位显要的军界客人说市里要举办摸彩会,为孤儿院募捐,这是太太小姐们做的一件有意义的事,因为(　　)。

A. 可以改善孤儿们的生活条件

B. 太太小姐既可以借此机会玩一番,又可以募捐到钱

C. 可以募捐到钱改善孤儿们的伙食

D. 可以募捐到钱

662. 下列选项中,关于谢继妮娜的正确选项有(　　)。

A. 女佣兼养女　　　　　　B. 革命党人

C. 头脑里充满糊涂思想　　D. 一个私生女

663. 下列选项中,不属于聂赫留朵夫第四次探监后感到可怕的事情是(　　)。

A. 明肖夫无辜饱受煎熬并因此对善和上帝不再相信

B. 薇拉满脑子糊涂思想

C. 玛丝洛娃因为喝醉酒不能与他见面

D. 一对情侣要一起自杀

664. 聂赫留朵夫有两件事要求玛斯连尼科夫,其中一件是( )。

A. 把玛丝洛娃调到医院去

B. 把玛丝洛娃释放出狱

C. 把薇拉释放出狱

D. 不要把玛丝洛娃流放到西伯利亚

665. 在( )以后,聂赫留朵夫体会到一种获得新生的庄严而欢乐的心情。

A. 当了陪审员

B. 法庭审判以后,第一次探望卡秋莎

C. 法庭审判以后,第二次探望卡秋莎

D. 探望了政治犯薇拉

666. 下列选项中,关于谢继妮娜的正确选项有( )。

A. 因主动承认枪击宪兵而被捕 B. 一个私生女

C. 女佣兼养女 D. 满脑子糊涂思想

667. 下列选项中,聂赫留朵夫第四次探监后感到可怕的事情是( )。

A. 一百多个人只因为身份证上有几个字不对,就受尽屈辱和苦难

B. 薇拉由一个美丽的姑娘变成一个又瘦又黄、步态蹒跚的人

C. 薇拉满脑子糊涂思想

D. 玛丝洛娃因为喝醉酒不能与他见面

668. 副省长的夫人自称为( )。

A. 省长夫人 B. 副省长夫人 C. 夫人 D. 将军夫人

669. 下列选项中,关于谢继妮娜的正确选项有( )。

A. 女佣兼养女 B. 满脑子糊涂思想

C. 一个私生女 D. 一辈子没有拿过枪

670. 到彼得堡去要求释放舒斯托娃是受( )之托。

A. 玛丝洛娃 B. 谢继妮娜
C. 薇拉 D. 舒斯托娃的母亲

671. 下列选项中,聂赫留朵夫第四次探监后感到可怕的事情是(　　)。

A. 薇拉满脑子糊涂思想
B. 玛丝洛娃因为喝醉酒不能与他见面
C. 薇拉由一个美丽的姑娘变成一个又瘦又黄、步态蹒跚的人
D. 看守麻木不仁,折磨同胞兄弟,还满以为在做一项重大有意义的工作

672. 副省长夫人即玛斯连尼科夫的妻子对聂赫留朵夫夸耀她丈夫的(　　),而事实上抽打犯人的命令就是他发出的。

A. 善良　　B. 权威　　C. 善解人意　　D. 低调

673. 下列选项中,不符合聂赫留朵夫第四次探监后感到可怕的事情的是(　　)。

A. 年老体弱、心地善良的监狱长官,不得不拆散人家的亲骨肉
B. 看守麻木不仁,折磨同胞兄弟,还满以为在做一项重大有意义的工作
C. 明肖夫无缘无故饱受煎熬
D. 玛丝洛娃因为喝醉酒不能与他见面

674. 当聂赫留朵夫就一百三十个人因身份证过期而被关了一个月的事情问询省行政长官玛斯连尼科夫时,后者的表情是(　　)。

A. 吃惊,因为从来没有听说过　　B. 得意于自己的管理有方
C. 焦虑和恼怒　　D. 假装不知道

675. 当聂赫留朵夫就监狱里发生了体罚的事情问询省行政长官玛斯连尼科夫时,后者的表情是(　　)。

A. 兴高采烈　　B. 惊惶不安　　C. 脸色阴沉　　D. 得意洋洋

676. "人就好像河流,河水都一样,到处都相同,但每一条河都是有的地方河身狭窄,水流湍急,有的地方河身宽阔,水流缓慢,有的地方河水清澈,有的地方河水浑浊,有的地方河水冰凉,有的地方河水温暖。"《复活》中上面这段文字用以类比(　　)。

A. 人与人之间的友谊　　　　B. 人的本性
C. 河流的多样性　　　　　　D. 人与人之间的关系

677. 聂赫留朵夫的心情发生了重大变化，一种获得新生的庄严而欢乐的心情已经一去不返，代替它的是最近一次会面后产生的情绪。"最近一次会面"是指（　　）。

A. 法庭审判以后，第二次探望玛丝洛娃
B. 法庭审判以后，第三次探望玛丝洛娃
C. 第一次探望政治犯
D. 和前同事玛斯连尼科夫的见面

678. 当聂赫留朵夫发现自己对卡秋莎产生了恐惧甚至嫌恶的情绪后，下列选项中符合他的决定的有（　　）。

A. 回到贵族圈子里去　　　　B. 不再抛弃她
C. 改变同她结婚的决心　　　D. 离开贵族圈子

679. 聂赫留朵夫和玛丝洛娃重逢后的第三次见面发生在（　　）。

A. 律师办公室　　　　　　　B. 监狱办公室
C. 女监探望室　　　　　　　D. 典狱长的家里

680. 聂赫留朵夫和玛丝洛娃重逢后的第三次见面，下列正确描述玛丝洛娃模样的词是（　　）。

A. 兴奋　　B. 文静　　C. 狂躁　　D. 木讷

681. 法庭审判结束，见到卡秋莎以后，聂赫留朵夫体会到一种（　　）的心情。

A. 重新爱上玛丝洛娃　　　　B. 青春重现
C. 痛苦不堪　　　　　　　　D. 获得新生的庄严而欢乐

682. 聂赫留朵夫和玛丝洛娃重逢后的第三次见面，下列正确描述玛丝洛娃的选项是（　　）。

A. 狂躁　　B. 木讷　　C. 害羞　　D. 得意

683. 聂赫留朵夫第三次到监狱探望玛丝洛娃，典狱长的态度不如上次热情，原因是（　　）。

A. 典狱长阴险狡诈
B. 典狱长求聂赫留朵夫办的事情他没有办到

C. 玛丝洛娃又喝醉酒了

D. 聂赫留朵夫同玛斯连尼科夫的两次谈话产生了不良后果

684. 聂赫留朵夫的心情发生了重大变化,和前次见到玛丝洛娃相比,代替它的是第二次在监狱会面后产生的(　　)的情绪。

  A. 欢乐   B. 庄严

  C. 恐惧甚至嫌恶她   D. 彻底爱上她

685. 聂赫留朵夫同玛斯连尼科夫的两次谈话产生了不良后果。"不良后果"是指(　　)。

  A. 上级指示典狱长对聂赫留朵夫要特别警惕

  B. 禁止聂赫留朵夫探监

  C. 玛丝洛娃被因此判刑

  D. 聂赫留朵夫可以探监,但是不能探望玛丝洛娃

686. 聂赫留朵夫第三次在狱中见到玛丝洛娃,玛丝洛娃首先(　　)。

  A. 向他要钱买酒喝

  B. 请他原谅自己上次说的不好的话

  C. 要求他答应马上和她结婚

  D. 要求把她调到医院工作

687. "不过您还是离开我的好"这句话是聂赫留朵夫第(　　)次在狱中见到玛丝洛娃,玛丝洛娃对他说出口的。

  A. 一   B. 二   C. 三   D. 四

688. "不过您还是离开我的好",当玛丝洛娃对聂赫留朵夫说出这句话时,聂赫留朵夫在她的眼睛里看到的是(　　)的神色。

  A. 充满爱意   B. 十分可怜   C. 紧张愤恨   D. 调皮可爱

689. 当卡秋莎对聂赫留朵夫说出"您还是离开我的好"时,下列符合聂赫留朵夫对这句话的正确理解的有(　　)。

  A. 她由于他加于她的屈辱恨他   B. 她心里爱上了别的人

  C. 她是在试探他   D. 她已经冷酷无情了

690. 当聂赫留朵夫发现自己对卡秋莎产生了恐惧甚至嫌恶的情绪后,下列选项中符合他的决定的有(　　)。

A. 抛弃她 B. 回到贵族圈子里去
C. 改变同她结婚的决心 D. 不改变同她结婚的决心

691. 当卡秋莎对聂赫留朵夫说出"您还是离开我的好"时,下列符合聂赫留朵夫对这句话的正确理解的有( )。
A. 她心里爱上了别的人 B. 她不能饶恕他
C. 她是在试探他 D. 她是一个出尔反尔的女人

692. 玛丝洛娃( )地再次拒绝聂赫留朵夫,这就使后者恢复了原先那种严肃、庄重和爱恋的心情。
A. 歇斯底里 B. 期期艾艾 C. 风趣幽默 D. 平心静气

693. 聂赫留朵夫求情把玛丝洛娃调到医院去工作,对此,玛丝洛娃是如何回应典狱长的?( )
A. 要我去给那些病鬼倒便壶,我才不干呢
B. 谢谢典狱长的照顾
C. 代我谢谢聂赫留朵夫的帮忙和照顾
D. 要是您要我去,我就去

694. 当卡秋莎对聂赫留朵夫说出"您还是离开我的好"时,下列符合聂赫留朵夫对这句话的正确理解的是( )。
A. 她已经冷酷无情了 B. 有一种美好而重要的因素
C. 她心里爱上了别的人 D. 她已经彻底绝望了

695. 当玛丝洛娃( )聂赫留朵夫的帮助,这就立刻消除了聂赫留朵夫的种种疑虑,恢复了原先那种严肃、庄重和爱恋的心情。
A. 终于接受了 B. 平静地再次拒绝了
C. 愤恨地再次拒绝了 D. 平静地接受

696. 聂赫留朵夫求情把玛丝洛娃调到医院去工作,对此,玛丝洛娃是如何回应聂赫留朵夫的?( )
A. 我的事情你不要管
B. 我的事情您不要管
C. 要是您要我去,那我就去
D. 要我去给那些病鬼倒便壶,我才不干呢

697. 聂赫留朵夫第五次探监,下列符合玛丝洛娃对聂赫留朵夫做

出的回应有(　　)。

　　A. 不再喝酒了　　　　　　　　B. 出狱就和他结婚

　　C. 不去医院工作　　　　　　　D. 和他一起去西伯利亚流放

　　698. 聂赫留朵夫第五次探监,虽然他问玛丝洛娃还需要什么,她回答说什么也不需要,却很关心(　　)的事情。

　　A. 同监犯中那个无辜的老太婆母子

　　B. 政治犯薇拉

　　C. 西蒙松

　　D. 聂赫留朵夫是否真的愿意和她结婚

　　699. 当卡秋莎对聂赫留朵夫说出"您还是离开我的好"时,下列不符合聂赫留朵夫对这句话的正确理解的是(　　)。

　　A. 她由于他加于她的屈辱恨他　　B. 一种美好而重要的因素

　　C. 她不能饶恕他　　　　　　　　D. 她是在试探他

　　700. 聂赫留朵夫第五次探监,特别认真地对玛丝洛娃表达如果她愿意,就和她结婚,如果不愿意,她被发送到哪里,他也就跟着到哪里。玛丝洛娃对他的话回应是(　　)。

　　A. 您是一个高尚的人

　　B. 您是一个知错就改的人

　　C. 那是您的事

　　D. 这事关系到我们俩,要好好考虑考虑

　　701. 聂赫留朵夫第五次探监,分别前,他默默瞧了瞧卡秋莎的眼睛。她的眼睛在(　　)。

　　A. 流泪　　　　　　　　　　　　B. 发呆

　　C. 喷出愤怒的火花　　　　　　　D. 微笑

　　702. 聂赫留朵夫第五次探监后,觉得玛丝洛娃简直换了一个人,他消除了原来的种种疑虑,产生了一种崭新的感觉,那就是(　　)。

　　A. 相信爱情的力量是不可战胜的

　　B. 相信爱的力量是不可战胜的

　　C. 社会彻底毁了一个曾经那么纯洁无邪的姑娘

　　D. 玛丝洛娃已经不是从前那个具有善良本性的人了

703. 玛丝洛娃第三次见到聂赫留朵夫之后回到牢房中,面对狱友喝酒的要求,她的反应是(　　)。

A. 拒绝喝酒　　　　　　　　B. 赞同喝酒

C. 只答应少喝点,不能喝醉了　　D. 马上去买酒

704. 对于聂赫留朵夫说的跟着她,无论她被发送到哪里的承诺,玛丝洛娃对狱友解释是(　　)。

A. 他是个傻瓜

B. 那是他的事

C. 他去就去,不去就不去,我可不求他

D. 坚决拒绝他的承诺

二、多项选择题

1. 下列各项中,对作品故事情节的叙述正确的选项有(　　)。

A. 玛丝洛娃的身世极其平凡。她是一个未婚的女农奴的私生子生的第六个孩子

B. 玛丝洛娃在聂赫留朵夫的姑妈家的庄园一直生活到十六岁,然后就上了大学,离开了庄园

C. 玛丝洛娃离开庄园后,不得不重新找工作。她到林务官家干活。林务官虽然有老婆,但是第一天其就缠住她不放。玛丝洛娃虽然竭力回避他,但还是被他占有了

D. 就在玛丝洛娃没有任何依靠,生活无着的时候,一个为妓院物色姑娘的牙婆找到了她

E. 申包克在诱奸玛丝洛娃后,想到上流社会的人都这么干时,他便心安理得了

2. 下列各项中,对作品故事情节的叙述有误的选项是(　　)。

A. 聂赫留朵夫坐上马车离开库兹明斯科耶,前往他从姑妈名下继承下来的那个田庄——就是他和卡秋莎相识的那个地方。对于这个田庄上的土地,他也想用库兹明斯科耶的那种办法加以处理。此外,他还要打听当年他抛弃卡秋莎后她和她孩子的情况

B. 聂赫留朵夫从小由他母亲抚养成长。在他大学三年级的时候到

姑妈家的庄园快乐而平静地住了一个月,当年他才十九岁,是个十分纯洁的青年

C. 聂赫留朵夫找到检察官,要求同玛丝洛娃见面,检察官给他写了一个许可证。聂赫留朵夫又声明他不能作为陪审员继续参加审讯了,检察官也准许了

D. 聂赫留朵夫成年后,他把母亲遗留给他的一块面积不大的地产租给了农民,通过收取租金度日

E. 聂赫留朵夫进了近卫军,跟门第高贵的同僚们一起花天酒地,输了很多钱,弄得他母亲到处借钱,很是生气

3. 下列各项中,对作品故事情节的叙述正确的选项是(　　)。

A. 庭长一开始说话,玛丝洛娃就不耐烦地打岔,聂赫留朵夫担心跟她的目光相遇,就一直低着头

B. 陪审员们在讨论玛丝洛娃投毒命案时,大家争论得头昏脑涨,都很疲劳,谁也没有想到在结论里要加上一句:是有罪,但并非蓄意杀人

C. 玛丝洛娃庭审结束后,直到傍晚六点才回到牢房,人简直要瘫下来

D. 法院开庭审判玛丝洛娃的案件,聂赫留朵夫作为贵族代表参加陪审,他没有认出玛丝洛娃,但是玛丝洛娃立刻就认出了他,玛丝洛娃不禁羞愧难当。

E. 年轻的聂赫留朵夫和卡秋莎在巴诺伏庄园相爱后,因为战争,两人失散多年后又相聚了

4. 下列各项中,对作品故事情节的叙述正确的选项是(　　)。

A. 聂赫留朵夫趁他的部队开赴前线,中途要经过他姑妈家的庄园,主要是他很想看看卡秋莎,就在三月底耶稣受难日到达了庄园

B. 押赴西伯利亚的犯人起程了。那是个天气炎热的七月,有的犯人经不起烈日暴晒,当场中暑倒毙了。在聂赫留朵夫的帮助下,玛丝洛娃被调到政治犯行列。她认识了革命者西蒙松并与他相爱

C. 聂赫留朵夫原定在姑妈家只停留一天一夜,但见了卡秋莎,就决定多待两天,过了复活节再走

D. 聂赫留朵夫像梦游似的随着英国人在监狱里走来走去,他感到

疲乏和绝望,终于鼓起勇气自杀了

　　E. 多年后聂赫留朵夫作为陪审员,在法庭上意外见到了已经成了命案犯的玛丝洛娃,玛丝洛娃立刻认出他来

　5. 下列各项中,对作品故事情节的叙述不正确的两项是(　　)。

　　A. 聂赫留朵夫在陪审员席上认出了玛丝洛娃,他十分震惊。他相信她在盗窃钱财和毒死人命两方面都没有罪。他回想起勾引玛丝洛娃的经过,但并不认为自己是造成她不幸的罪人,良心从没受到谴责

　　B. 玛丝洛娃被判刑后,聂赫留朵夫认为法庭做出的判决是不公平的。他去找律师法纳林,准备把案件告到高级法院

　　C. 聂赫留朵夫第一次见到玛丝洛娃,是在他从部队服役归来。当时他住在姑妈家。两位姑妈十分疼爱他这个侄儿兼遗产继承人,聂赫留朵夫也很爱她们,喜欢她们淳朴的旧式生活

　　D. 大门打开后,先出来的是服苦役的男犯人,一律穿着同样的灰色长裤和长囚衣,拖着锁链。接着是流刑犯,装束一样。随后是女犯人,带头的是女苦役犯,穿灰色外衣,戴着灰色头巾,接着是女流刑犯,以及自愿随丈夫上路的女人,各自穿着城里或者乡下的衣服

　　E. 根据陪审员的决定得出的结论是:玛丝洛娃没有盗窃,没有抢劫,却无缘无故毒死了一个人。庭长认为这结论很荒唐,但严厉的法官一定要判玛丝洛娃有罪,庭长怕耽误约会,便匆忙结案。最后法庭宣判玛丝洛娃押赴西伯利亚服苦役四年

　6. 下列各项中,对作品故事情节的叙述不正确的两项是(　　)。

　　A. 聂赫留朵夫第三次见玛丝洛娃,典狱长虽然准许他们会面,但是要求在女监探望室。典狱长虽然心地善良,但这次对待聂赫留朵夫的态度不如上次热情

　　B. 聂赫留朵夫生平进行过好多次"灵魂的净化"即指这样一种精神状态:他生活了一段时间,忽然觉得内心生活迟钝,甚至完全停滞。他就着手把灵魂里堆积着的污垢清除出去

　　C. 在监狱医院,聂赫留朵夫很紧张,因为对他来说,决定命运的时刻到了。他下定决心把打算和玛丝洛娃结婚的想法向她和盘托出

　　D. "她那双眼睛,在苍白无光的脸庞衬托下显得格外的乌黑发亮,

虽然有点浮肿,但十分灵活。其中一只眼睛稍微有点斜视。"这是对玛丝洛娃的外貌描写。脸色苍白是长期坐牢的人的通病,但乌黑明亮的眼睛是她的特征。

　　E. 在政治犯中,玛丝洛娃特别喜欢谢继妮娜。谢继妮娜出身贫苦,早就加入革命党。在一次秘密印刷活动中,她为了掩护其他革命者,开枪打死了一名宪兵而被捕。

　7. 该不该同柯察金小姐结婚这个问题也像聂赫留朵夫当年遇到的许多问题一样,怎么也无法解决。聂赫留朵夫想结婚的原因是(　　)。

　　A. 获得家庭的温暖

　　B. 过合乎道德的生活

　　C. 家庭和孩子能充实他目前这种空虚的生活

　　D. 聂赫留朵夫爱柯察金小姐

　　E. 柯察金小姐爱聂赫留朵夫

　8. 该不该同柯察金小姐结婚这个问题也像聂赫留朵夫当年遇到的许多问题一样,怎么也无法解决。聂赫留朵夫不想结婚的原因是(　　)。

　　A. 唯恐失去自由

　　B. 柯察金小姐不爱他

　　C. 他不爱柯察金小姐

　　D. 对女人这种神秘的生物抱着一种莫名的恐惧

　　E. 家人不同意

　9. 聂赫留朵夫不愿意同柯察金小姐结婚的特殊原因是(　　)。

　　A. 对女人这种神秘的生物抱着一种莫名的恐惧

　　B. 她今年已经二十七岁,因此以前一定谈过恋爱

　　C. 和柯察金小姐比较,他更爱卡秋莎

　　D. 他很可能找到比柯察金小姐好得多因而同他更相配的姑娘

　　E. 柯察金小姐不爱他

　10. 聂赫留朵夫愿意同柯察金小姐结婚的特殊原因是(　　)。

　　A. 家庭和孩子能充实他空虚的生活

　　B. 她认为他是个出类拔萃的人物,因此他认为只有她才了解他

C. 他认为她是个出类拔萃的人物,因此他认为只有他才了解她

D. 她出身名门,处处与众不同

E. 两家门当户对

11. 负责"毒死人命案"提出公诉的副检察长在庭审前没来得及阅读该案案卷,下面属于他审案前的活动有( )。

A. 通宵没有睡觉

B. 给同事饯行,喝了很多酒

C. 打牌一直打到半夜两点

D. 到妓院去玩女人

E. 通宵学习

12. 下列属于玛丝洛娃案件陪审员的是( )。

A. 文官　　　　B. 退役上校　　　C. 公爵

D. 商人　　　　E. 中尉

13. 聂赫留朵夫在法庭上见到自称柳波芙的女犯人后,心里已经毫不怀疑,断定她就是那个他一度热恋过的姑娘,姑妈家的( )。

A. 马车夫　　　B. 管家　　　　　C. 家庭教师

D. 养女　　　　E. 侍女

14. 在法庭上,聂赫留朵夫想起当年在情欲的冲动下诱奸了卡秋莎,后来又抛弃了她,从此以后,他再也不去想她,因为( )。

A. 想到这件事实在太痛苦

B. 这件事使他原形毕露

C. 这件事表明他这个以正派自居的人一点不正派

D. 他对那个女人的行为简直就是下流

E. 那个女人的行为简直就是下流

15. 庭审时,接受法庭庭长审问时,玛丝洛娃回答了的问题有( )。

A. 职业　　　　B. 信仰　　　　　C. 家庭

D. 身份　　　　E. 姓氏

16. 当书记官起立,宣读起诉书时,法官们的表现是( )。

A. 认真听书记官宣读

B. 边听边记录

C. 一会儿把身体靠在椅背上,一会儿搁在桌上

D. 一会儿闭上眼睛,一会儿睁开眼睛

E. 交头接耳

17. 下列属于玛丝洛娃听书记官宣读起诉书的表现的有(　　)。

A. 一动不动望着书记官,听他宣读

B. 全身抖动,似乎想进行反驳

C. 脸涨得通红,然后又沉重地叹气

D. 扑哧一笑,迅速向周围扫一眼

E. 交头接耳,无所谓

18. 下列属于聂赫留朵夫听书记官宣读起诉书的表现是(　　)。

A. 一会儿闭上眼睛,一会儿睁开眼睛

B. 摘下夹鼻眼镜,望着玛丝洛娃

C. 内心展开了一场复杂而痛苦的活动

D. 与其他人交头接耳

E. 一会儿把身体靠在椅背上,一会儿搁在桌上

19. 下列属于起诉书指控玛丝洛娃所犯罪行的有(　　)。

A. 经过预谋,谋财害命

B. 经过预谋窃取某商人现款

C. 经过预谋窃取某商人戒指一枚

D. 以毒药掺酒灌醉某商人,致其死亡

E. 卖淫

20. 聂赫留朵夫大学三年级那年住在乡下姑妈家,而没有同以往一样和母亲姐姐一起在莫斯科郊区他母亲的大庄园里,是因为(　　)。

A. 姐姐出嫁了　　　　　　　B. 姐姐出国了

C. 母亲出国了　　　　　　　D. 母亲去世了

E. 他想见卡秋莎

21. 因为(　　),大学三年级时,作为大地主的儿子的聂赫留朵夫把他从父亲名下继承的土地赠送给了农民。

A. 懂得了土地私有制的残酷和荒谬

B. 看重道德

C. 认为因道德而自我牺牲是最高的精神享受

D. 母亲去世了

E. 父亲去世了

22. 在聂赫留朵夫大学三年级住在姑妈家的夏天的升天节,年轻人一起玩游戏,聂赫留朵夫亲吻了卡秋莎之后,他们之间的关系就变了。这种关系不是指(   )。

A. 纯洁无邪的少女和一个花花公子之间的特殊关系

B. 纯洁无邪的青年和一个水性杨花的少女之间的特殊关系

C. 两个纯洁无邪的年轻人相互吸引的特殊关系

D. 同居了

E. 发生了肉体上的关系

23. 聂赫留朵夫住在姑妈家的那个夏天,不属于他的玛丽雅姑妈担心的是(   )。

A. 聂赫留朵夫和卡秋莎发生暧昧关系

B. 聂赫留朵夫写不出论文

C. 卡秋莎提出过高的彩礼要求

D. 聂赫留朵夫会毫不迟疑地和卡秋莎结婚

E. 卡秋莎缠上聂赫留朵夫

24. 聂赫留朵夫住在姑妈家的那个夏天,对于他和卡秋莎的关系,玛丽雅姑妈的担心是多余的,因为(   )。

A. 聂赫留朵夫也像一切纯洁的人谈恋爱那样,不自觉地爱着卡秋莎

B. 他对她的这种不自觉的爱情就保证了他们不致堕落

C. 聂赫留朵夫没有在肉体上占有卡秋莎的欲望

D. 聂赫留朵夫一想到可能同卡秋莎发生肉体上的关系就心惊胆战

E. 卡秋莎另有所爱

25. 聂赫留朵夫与卡秋莎第一次相见时,聂赫留朵夫是一个(   )的青年。

A. 正派

B. 富有自我牺牲精神

C. 乐意为一切高尚事业献身

D. 彻头彻尾的利己主义

E. 觉得女人神秘而迷人

26. 聂赫留朵夫与卡秋莎第一次相见时,聂赫留朵夫是一个(　　)的青年。

A. 认为除了亲人和朋友的妻子,女人是他领略过的最好的玩乐用具

B. 彻头彻尾的利己主义

C. 觉得女人神秘而迷人

D. 挥霍金钱

E. 乐意为一切高尚事业献身的

27. 聂赫留朵夫与卡秋莎第二次相见时,聂赫留朵夫是一个(　　)的青年。

A. 乐意为一切高尚事业献身

B. 正派

C. 以为精力充沛的强壮的兽性的"我"才是自己

D. 觉得女人神秘而迷人

E. 认为除了亲人和朋友的妻子,女人是他领略过的最好的玩乐用具

28. 聂赫留朵夫与卡秋莎第一次相见时,聂赫留朵夫是一个(　　)的青年。

A. 认为接触大自然,接触前人是重要

B. 认为上帝创造的世界是个谜

C. 觉得女人神秘而迷人

D. 不需要钱,放弃名下地产给佃户

E. 认为精神的生命才是真正的"我"

29. 聂赫留朵夫住在姑妈家的那个夏天,下列属于他的两个姑妈担心的内容是(　　)。

A. 聂赫留朵夫写不出论文

B. 卡秋莎缠上聂赫留朵夫

C. 聂赫留朵夫会毫不迟疑地和卡秋莎结婚

D. 卡秋莎提出过高的彩礼要求

E. 聂赫留朵夫和卡秋莎发生暧昧关系

30. 下列不属于聂赫留朵夫听书记官宣读起诉书的表现是(　　)。

A. 摘下夹鼻眼镜,望着玛丝洛娃

B. 与其他人交头接耳

C. 一会儿把身体靠在椅背上,一会儿搁在桌上

D. 双手换一种姿势,往四下里看了看,又盯住书记官

E. 一会儿闭上眼睛,一会儿睁开眼睛

31. 聂赫留朵夫与卡秋莎第一次相见时,聂赫留朵夫是一个(　　)的青年。

A. 乐意为一切高尚事业献身

B. 觉得女人神秘而迷人

C. 认为精神的生命才是真正的"我"

D. 彻头彻尾的利己主义

E. 正派

32. 聂赫留朵夫与卡秋莎第二次相见时,聂赫留朵夫是一个(　　)的青年。

A. 挥霍金钱

B. 彻头彻尾的利己主义

C. 认为除了亲人和朋友的妻子,女人是他领略过的最好的玩乐用具

D. 认为社会制度和跟同事们的交际活动是重要的

E. 认为精力充沛的强壮的兽性的"我"才是他自己

33. 与第一次相比,第二次与卡秋莎相见的聂赫留朵夫身上发生了可怕的变化,只是由于他不再坚持自己的信念而相信别人的理论。而这是因为(　　)。

A. 要是坚持自己的信念,日子就太不好过

B. 要是坚持自己的信念,处理一切事情就不利于追求轻浮享乐的兽性的"我"

C. 要是坚持自己的信念,总会遭到人家的谴责

D. 他失恋了

E. 他当上了军官

34. 与第一次相比,第二次与卡秋莎相见的聂赫留朵夫身上发生了可怕的变化,只是由于他不再坚持自己的信念而相信别人的理论。而这是因为(　　)。

A. 要是相信别人的理论,就根本无须处理什么,一切问题都迎刃而解

B. 要是相信别人的理论,总会遭到人家的谴责

C. 要是相信别人的理论,处理一切事情就不利于追求轻浮享乐的兽性的"我"

D. 要是相信别人的理论,就能获得周围人们的赞扬

E. 要是相信别人的理论,日子就太不好过

35. 下列哪些现象,会遭到聂赫留朵夫周遭的人嘲笑或者为他担忧?(　　)

A. 思索上帝、真理、财富、贫穷等问题,阅读有关书籍并同人们谈论这些事

B. 看爱情小说

C. 讲淫秽笑话

D. 省吃俭用

E. 保持童贞,并且想保持到结婚

36. 下列哪些现象,会得到聂赫留朵夫周遭的人吹捧或者鼓励?(　　)

A. 思索上帝、真理、财富、贫穷等问题,阅读有关书籍并同人们谈论这些事

B. 从同事手中夺走女人

C. 保持童贞,并且想保持到结婚

D. 到法国剧院看轻松喜剧

E. 在打猎上挥金如土,在布置书房上穷奢极侈

37. 在有钱有势的军官才能进入的近卫军团里,军官们因为(　　)而格外堕落。

A. 接近皇室　　B. 喝酒　　　　　C. 看戏
D. 富裕　　　　E. 玩女人

38. 聂赫留朵夫与卡秋莎相识后第二次来到姑妈家,原因有（　　）。

A. 部队已经开赴前线,要中途经过姑妈家的庄园
B. 姑妈热情邀请
C. 很想看看卡秋莎
D. 又放暑假了
E. 大学毕业了

39. 聂赫留朵夫也像所有的人那样,身上同时存在这两个人。这"两个人"是指（　　）。

A. 精神的人　　B. 内向的人　　　C. 外向的人
D. 开心的人　　E. 兽性的人

40. 下列哪些现象,会遭到聂赫留朵夫周遭的人嘲笑或者为他担忧?（　　）

A. 省吃俭用
B. 保持童贞,并且想保持到结婚
C. 思索上帝、真理、财富、贫穷等问题,阅读有关书籍并同人们谈论这些事
D. 同卡秋莎的关系,并且可能同她结婚
E. 穿旧大衣,不喝酒

41. 下列哪些现象,会得到聂赫留朵夫周遭的人吹捧或者鼓励?（　　）

A. 看爱情小说
B. 讲淫秽笑话
C. 在打猎上挥金如土,在布置书房上穷奢极侈
D. 从同事手中夺走女人
E. 到法国剧院看轻松喜剧

42. 《复活》中,作者写道,男女之间的爱情总有达到顶点的时刻,这个"时刻"是指（　　）。

A. 既有自觉和理性的成分　　　　B. 又有肉欲的成分
C. 既没有自觉和理性的成分　　　D. 又有感情的成分
E. 也没有肉欲的成分

43. "这个基督复活节的夜晚,对聂赫留朵夫来说就是这样的时刻。""这样的时刻"是指(　　)。

A. 男女之间的爱情到达顶点
B. 既没有自觉和理性的成分,也没有肉欲的成分
C. 既有自觉和理性的成分,也有肉欲的成分
D. 有自觉和理性的成分,也有肉欲的成分
E. 有自觉和理性的成分,却没有肉欲的成分

44. "这一次的吻同前两次接吻完全不同。""前两次的吻"是指(　　)。

A. 谢肉节当晚聂赫留朵夫从教堂回来后的一吻
B. 聂赫留朵夫在过道里追上卡秋莎时的一吻
C. 第一次在姑妈家和卡秋莎分别时的一吻
D. 在丁香花坛后面情不自禁的一吻
E. 复活节在教堂里的接吻

45. 下列哪些现象,会遭到聂赫留朵夫周遭的人嘲笑或者为他担忧?(　　)

A. 看爱情小说
B. 省吃俭用,穿旧大衣,不喝酒
C. 从同事手中夺走女人
D. 同卡秋莎的关系,并且可能同她结婚
E. 讲淫秽笑话

46. 复活节后的傍晚,聂赫留朵夫蹑手蹑脚地跟着卡秋莎进了他隔壁的房间,卡秋莎一边干活,一边回头看了他一眼,微微一笑。下面恰当形容这种笑容的词有(　　)。

A. 轻松　　　　B. 可怜巴巴　　　　C. 愉快
D. 苦　　　　　E. 恐惧

47. 复活节后的傍晚,聂赫留朵夫蹑手蹑脚地跟着卡秋莎进了他隔

壁的房间,卡秋莎一边干活,一边回头看了他一眼,微微一笑。直到这时聂赫留朵夫心里还在进行斗争,有两种声音在响。这两种声音指的是( )。

A. 他对她真正的爱 B. 别错过自己的享乐
C. 河边冰块的坼裂声 D. 教堂的钟声
E. 她对他的爱

48. 复活节后的黄昏,聂赫留朵夫想从肉体上占有卡秋莎的想法没有得逞是因为( )。

A. 卡秋莎在躲避他
B. 卡秋莎一直在忙着干农活
C. 和卡秋莎同住的老女仆的刁难
D. 和卡秋莎同住的老女仆寸步不离地看住卡聂赫留朵夫
E. 和卡秋莎同住的老女仆寸步不离地看住卡秋莎

49. 复活节的黄昏过后,聂赫留朵夫来到女仆屋子窗外,一动不动地在窗外瞧了卡秋莎好一阵。下列恰当形容当时卡秋莎的表情的选项有( )。

A. 幸福的 B. 兴奋的 C. 苦恼的
D. 深思的 E. 得意的

50. 复活节的黄昏过后,聂赫留朵夫来到女仆屋子窗外,当听到敲窗户的声音时,卡秋莎的反应是( )。

A. 浑身打了个哆嗦 B. 满脸笑意
C. 脸上露出恐怖的神色 D. 轻快地去开门
E. 满心欢喜地期待

51. 复活节后的黄昏,当独自一人在女仆房间的卡秋莎听到有人敲窗,她走到窗前,认出是他时,下面恰当形容她的表情的词是( )。

A. 满脸笑意 B. 满心欢喜地期待
C. 甜蜜而期待 D. 神态异常严肃
E. 恐惧

52. 聂赫留朵夫诱奸了卡秋莎的那天晚上,卡秋莎离开他的房间走出去。下面恰当形容卡秋莎当时情况的词有( )。

A．甜蜜幸福　　　B．浑身哆嗦　　　C．一言不发

D．不搭理他的话　E．默默地离开

53．申包克应聂赫留朵夫之邀来到他的姑妈家。他的（　　）和对聂赫留朵夫的友爱博得了两位姑妈的欢心。

A．财富　　　　　B．殷勤　　　　　C．助人为乐

D．慷慨　　　　　E．诚实

54．在诱奸了卡秋莎之后，在姑妈家度过的最后一天里，聂赫留朵夫的内心有两种情感在搏斗。"两种情感"是指（　　）。

A．兽性爱所引起的充满情欲的回忆

B．彻底真正爱上了卡秋莎，并决心与她结婚

C．觉得自己做了一件很坏的事，必须为自己加以弥补

D．觉得自己做了一件很坏的事，必须对卡秋莎加以弥补

E．肉体上占有了卡秋莎，得到了满足

55．在诱奸了卡秋莎之后，下面属于聂赫留朵夫考虑到的问题是（　　）。

A．既然非走不可，索性让这种无法维持的关系一刀两断

B．他自己

C．要是人家知道他对她干的事，会不会责备她

D．应该送一些钱给卡秋莎

E．要是人家知道他对她干的事，会不会责备他

56．在诱奸了卡秋莎之后，下面不属于聂赫留朵夫考虑到的问题是（　　）。

A．要是人家知道他对她干的事，会不会责备他，会责备到什么程度

B．她现在的心情怎样

C．对她将来会产生什么后果

D．既然非走不可，索性让这种无法维持的关系一刀两断

E．他自己

57．在诱奸了卡秋莎之后，在姑妈家度过的最后一天里，聂赫留朵夫想到，应该送她一些钱。下面属于送钱给她的原因是（　　）。

A．遇到这种事，通常都是这么做的

B. 如果不给钱,人家会说他不是个正派人

C. 如果不给钱,卡秋莎会闹的

D. 为了她

E. 她可能需要钱

58. 聂赫留朵夫诱奸了卡秋莎之后,虽然有不安,但是他用周围的人的故事来安慰自己,认为"既然大家都这样做,那就是合情合理的"。这些人包括(　　)。

  A. 好友申包克同家庭女教师　　　B. 他的两个姑妈

  C. 格里沙叔叔　　　　　　　　　D. 西蒙松

  E. 聂赫留朵夫的父亲同农家女生了私生子

59. 在诱奸了卡秋莎之后,在聂赫留朵夫的内心深处,他认为自己的行为是(　　)。

  A. 很正常的　　B. 残酷的　　C. 无可指责的

  D. 卑鄙的　　　E. 恶劣的

60. 被聂赫留朵夫诱奸后,下面符合卡秋莎的情况的描述有(　　)。

  A. 卡秋莎怀孕了

  B. 一味想着怎样才能避免即将临头的羞辱

  C. 服侍两个老姑娘,顶撞她们,事后又觉得懊悔

  D. 自己都没有想到发脾气

  E. 要求辞工

61. 聂赫留朵夫作为陪审员在法庭上意外地发现作为被告的玛丝洛娃,他当时的考虑是(　　)。

  A. 他必须马上同玛丝洛娃结婚

  B. 他要补偿玛丝洛娃

  C. 这种事情不能让人家知道

  D. 她本人或者她的辩护人不要把这事和盘托出,使他当众出丑

  E. 他要赎罪

62. 在法庭上,聂赫留朵夫发现玛丝洛娃几次三番盯着那个胖女人,后来知道她是(　　)。

A. 证人　　　　　B. 她的同案犯　　　C. 她的母亲

D. 死去的商人的妻子

E. 玛丝洛娃所在妓院的掌班

63. 玛丝洛娃所在妓院的掌班对她的描述是(　　)。

A. 受过教育

B. 蛮有派头,出身上等人家

C. 法国书也看得懂

D. 有时稍微多喝几杯,但从来不放肆

E. 十足的好姑娘

64. 在法庭上,聂赫留朵夫以为玛丝洛娃认出了他,这时他的心情是(　　)。

A. 嫌恶　　　　B. 怜悯　　　　C. 悔恨

D. 欣慰　　　　E. 幸福

65. 庭审时,当聂赫留朵夫听着验尸报告,原来那种说不出的嫌恶感越发强烈了。这一切在他看来都是同一类事物。下列在聂赫留朵夫看来属于"同一类事物"的有(　　)。

A. 卡秋莎的一生

B. 从尸体鼻孔里流出来的脓液

C. 从眼眶里爆出来的眼球

D. 他聂赫留朵夫对她的行为

E. 卡秋莎做了妓女

66. 下列正确描述几个法官在庭审时的表现的有(　　)。

A. 副检察长一言不发,只是忧郁地瞪着前方

B. 庭长一心想快点结束,因为案件事实清楚

C. 戴金丝边眼镜的法官一言不发,只是忧郁地瞪着前方

D. 大胡子法官觉得体力不支

E. 庭长一心想快点结束后可以与情人约会

67. 下列恰当形容副检察长的词是(　　)。

A. 自命不凡　　　B. 热衷功名　　　C. 一心向上爬

D. 刚愎自用　　　E. 愚蠢

68. 玛丝洛娃的辩护律师在法庭上的表现是（　　）。

   A. 据理力争　　　　B. 胆怯　　　　　C. 神气活现

   D. 结结巴巴　　　　E. 语无伦次

69. 下列符合法庭上投毒命案被告们的自我辩护的有（　　）。

   A. 玛丝洛娃认为自己没有罪,是冤枉的

   B. 玛丝洛娃说自己什么都不知道

   C. 玛丝洛娃什么也没有说

   D. 玛丝洛娃据理力争,竭力自辩

   E. 玛丝洛娃放声痛哭

70. 听了法庭上投毒命案被告们的自我辩护后,不属于作为陪审员的聂赫留朵夫的反应的是（　　）。

   A. 勉强忍住抽噎　B. 坦然　　　　C. 无动于衷

   D. 放声痛哭　　　E. 掩饰泪水

71. 作为陪审员的聂赫留朵夫看到了玛丝洛娃后想道,在以往的十二年里,有一块可怕的幕布一直遮住他的眼睛,使他看不见那件罪行和犯罪后所过的全部生活。下列词语准确描述了这种生活的有（　　）。

   A. 充实　　　　　B. 自满　　　　　C. 闲散

   D. 放荡　　　　　E. 残忍

72. 聂赫留朵夫根据法庭审讯和他对玛丝洛娃的了解,深信她在（　　）和（　　）两方面都没有罪。

   A. 毒死人命　　　B. 卖淫　　　　　C. 渎职

   D. 虐待老人　　　E. 盗窃钱财

73. 陪审团成员讨论玛丝洛娃一案后,得出的结论是（　　）。

   A. 有罪　　　　　B. 没有蓄意抢劫　C. 蓄意杀人

   D. 没有蓄意盗窃财物　　　　　　　E. 没有蓄意杀人

74. 陪审团的最后结论,通过这个决定而不是通过那个决定,是因为（　　）。

   A. 会议主持者的总结虽然长,但是偏偏漏掉平时讲惯了的那句话:是的,她有罪,但并非蓄意

   B. 上校讲的与案情无关的话太长,太乏味

C. 大家都感到疲劳,想赶紧脱身,就一致同意那个可以早一点结束的决定

D. 聂赫留朵夫当时太激动而疏忽了

E. 依据被告们的陈述以及副检察长的报告,依法做出了那个决定

75. 下列不符合玛丝洛娃所在妓院的掌班对她的描述是( )。

A. 法国书也看得懂   B. 受过教育

C. 酗酒   D. 十足的好姑娘

E. 没有受过教育

76. 下列正确描述几个法官在庭审时的表现的有( )。

A. 庭长一心想快点结束后可以与情人约会

B. 大胡子法官觉得体力不支

C. 戴金丝边眼镜的法官一言不发,只是忧郁地瞪着前方

D. 副检察长故意长篇累牍,以达到显示自己的重要性以及非判刑不可的目的

E. 庭长一心想快点结束,因为案件事实清楚

77. 在陪审团成员讨论玛丝洛娃一案时,作为陪审员的聂赫留朵夫脸上一阵白,一阵红。下面准确描述他的心理活动的有( )。

A. 想反驳

B. 怕替玛丝洛娃说话,大家就会立刻发现他同她的特殊关系

C. 觉得这事不能就此罢休,应该起来反驳

D. 必须保持沉默

E. 早点结束讨论,自己好回避

78. 作为陪审员的聂赫留朵夫看到了玛丝洛娃后想道,在以往的十二年里,有一块可怕的幕布一直遮住他的眼睛,使他看不见那件罪行和犯罪后所过的全部生活。下列词语没有准确描述这种生活的有( )。

A. 闲散   B. 放荡   C. 残忍

D. 充实   E. 高尚

79. 当陪审团把毒死人命案的结论交给庭长时,庭长看完表格后感到惊讶的原因有( )。

A. 陪审员提出了第一个保留条款,却没有提出第二个保留条款

B. 陪审员提出了第一个保留条款

C. 陪审员提出了"并非蓄意抢劫",却没有提出"并非蓄意杀人"

D. 陪审员提出了"并非蓄意抢劫"

E. 陪审员提出被告无罪

80. 当法庭对毒死人命案做出审判之后,聂赫留朵夫的心灵里有一种卑劣的感情在蠢蠢活动。"卑劣的感情"指( )。

A. 原以为玛丝洛娃如无罪开释并留在城里,他感到惴惴不安,不知如何对待她才好

B. 终于可以置玛丝洛娃于死地了

C. 按照审判结果,玛丝洛娃将去西伯利亚服苦役,这样就一笔勾销了同她保持任何关系的可能

D. 终于可以摆脱玛丝洛娃的纠缠了

E. 本来想用与之结婚来补偿玛丝洛娃,现在既然她被判西伯利亚服苦役了,就可以摆脱这种思想包袱了

81. 玛丝洛娃听到庭长宣读判决后的反应是( )。

A. 脸涨得通红　　B. 大叫冤枉　　C. 哈哈大笑

D. 怒斥法庭　　　E. 放声痛哭

82. 在柯察金家用晚餐时,聂赫留朵夫看到了柯察金老头,让他想起了老头的残酷。下列证明柯察金的残酷的是( )。

A. 无缘无故鞭答人　　　　　　B. 谋杀了柯察金夫人

C. 绞死人　　　　　　　　　　D. 谋杀了柯察金小姐

E. 鞭打下人

83. 从法庭出来,聂赫留朵夫应邀到柯察金家吃晚餐,符合他当时心情的词有( )。

A. 兴高采烈　　B. 饶有兴趣　　C. 心事重重

D. 充满感激　　E. 愤愤不平

84. 在米西看来,她和聂赫留朵夫的关系倒不是说他已经明确答应过她什么,而是通过( )表明了。

A. 眼神　　　　B. 微笑　　　　C. 暗示

D. 拥抱　　　　E. 亲吻

85. 从法庭出来,聂赫留朵夫应邀到柯察金家吃晚餐,步行回家的路上,反复对自己说"又可耻又可憎"。下列属于聂赫留朵夫认为的又可耻又可憎的事情有(　　)。

   A. 他同米西的关系

   B. 他同母亲的关系

   C. 他同母亲最后一段时间的关系

   D. 他去找律师

   E. 他认识了卡秋莎

86. 从法庭出来,聂赫留朵夫应邀到柯察金家吃晚餐后步行回家后,聂赫留朵夫对自己进行了反省,认为当年的他和现在的他,实在相差太远了。下列准确描述当年的他的词有(　　)。

   A. 空虚　　　　B. 苟安　　　　C. 自由自在

   D. 愚蠢　　　　E. 生气勃勃

87. 聂赫留朵夫生平进行过的心灵净化有(　　)。

   A. 大学三年级夏天到姑妈家去

   B. 战争期间,他辞去文职,参加军队,甘愿以身殉国

   C. 辞去军职,出国学画

   D. 当陪审员,审理案件

   E. 与米西断绝关系

88. 在法庭上见到玛丝洛娃后,聂赫留朵夫的心灵渐渐觉醒,他感觉到(　　)。

   A. 自由　　　　B. 勇气　　　　C. 生趣

   D. 善的全部力量　E. 无能为力

89. 下列准确描写玛丝洛娃从法庭上回到牢房的词有(　　)。

   A. 两腿酸痛　　B. 精神上受到了打击

   C. 饥饿难忍　　D. 人简直要瘫下来

   E. 因为看到了聂赫留朵夫而高兴

90. 下列如实描述了经过心灵的净化后,第二天聂赫留朵夫心里的想法是(　　)。

   A. 要到监牢里去一次,把事情都告诉卡秋莎

B. 请求卡秋莎的饶恕

C. 如果有必要的话,就同卡秋莎结婚

D. 继续瞒着玛丽雅的丈夫和玛丽雅保持私情

E. 如果有必要就和米西结婚

91. 从法庭出来,聂赫留朵夫应邀到柯察金家吃晚餐,步行回家后,聂赫留朵夫对自己进行了反省,认为当年的他和现在的他,实在相差太远了。下列准确描述现在的他的词有(　　)。

A. 空虚　　　　　B. 苟安　　　　　C. 自由自在

D. 以性格直爽为自豪　　　　　　　E. 平庸

92. 在法庭上见到玛丝洛娃后,聂赫留朵夫的心灵渐渐觉醒,他感觉到(　　)。

A. 自己的高尚　B. 善的全部力量　C. 勇气

D. 生趣　　　　E. 自己的渺小

93. 从法庭出来,聂赫留朵夫应邀到柯察金家吃晚餐,步行回家后,聂赫留朵夫对自己进行了反省,认为当年的他和现在的他,实在相差太远了。下列准确描述当年的他的词有(　　)。

A. 以性格直爽为自豪　　　　　　　B. 平庸

C. 立誓永远说真话　　　　　　　　D. 空虚

E. 苟安

94. 经过心灵的净化后,当聂赫留朵夫告诉他的女管家,既然是他害了卡秋莎,他就应该尽一切力量帮助她,他的女管家劝慰他。下列属于劝慰内容的有(　　)。

A. 聂赫留朵夫没有什么了不起的大错,那种事谁都免不了

B. 不必把一切责任都揽在自己身上

C. 自己犯的错就要自己弥补

D. 这一切本来就无所谓,都会被忘记的

E. 大家还不是都这样过

95. 经过心灵的净化后,聂赫留朵夫在去法院的路上,一想到这些,心情异常激动,泪水忍不住夺眶而出。下列正确表述了聂赫留朵夫心里想法的有(　　)。

A. 想到怎样跟卡秋莎见面

B. 怎样把心里话都讲给卡秋莎听

C. 怎样向卡秋莎认罪

D. 为了赎罪他什么都愿意做

E. 为了赎罪愿意同卡秋莎结婚

96. 聂赫留朵夫在参加撬锁盗窃案的陪审员工作时,一心思考这问题,已经不在听法庭上的审问了。他感到奇怪的是,这种情况以前他怎么没有发现,别人怎么也没有看到。"这种情况"是指(　　)。

A. 一个极其普通的人,之所以落到如此地步,无非因为他处在产生这种人的环境里

B. 我们不但没有采取任何措施,来消除产生这种人的环境,还一味鼓励产生这种人的机构

C. 我们这些丰衣足食、生活富裕、受过教育的人,非但不去设法消除促使人堕落的原因,还要惩罚他,想以此来纠正这类事情

D. 他不听法庭上的审问

E. 不必把一切责任都揽在自己身上,没有什么了不起的大错,那种事谁都免不了

97. 下列属于聂赫留朵夫为了见玛丝洛娃,请求检察官时告诉检察官的话有(　　)。

A. 她没有罪,我才是罪魁祸首

B. 因为我玩弄了她,害她落到现在这种地步

C. 因为玛丝洛娃曾经是他姑妈的女仆

D. 因为她曾经是她姑妈的养女

E. 想跟她结婚

98. 下列属于玛丝洛娃因为回忆起来太痛苦而从来不回想的内容是(　　)。

A. 她做洗衣工的生活

B. 她的童年

C. 她的少女时代

D. 她对聂赫留朵夫的爱情

E．她在法庭上的情景

99．玛丝洛娃在法庭上没有认出聂赫留朵夫是因为（　　）。

A．她最后一次看见他时，他还是个军人，没有留胡须，只蓄有两撇小胡子，蜷曲的头发很短很浓密，如今却留着大胡子，显得很老成

B．她从来没有想到过他

C．她在心里把她同他发生过的事全部埋葬掉了

D．聂赫留朵夫很巧妙地避开了她的目光

E．聂赫留朵夫竭力避免让她认出来

100．下列正确描述卡秋莎从火车站回到姑妈家庄园的情景的词有（　　）。

A．筋疲力尽　　　　　　　B．浑身溅满泥浆

C．痛哭不止　　　　　　　D．浑身湿透

E．满腔愤恨

101．从车站回来后，玛丝洛娃的心灵上发生了一场大变化，结果就变成了后来的玛丝洛娃这个样子了。"心灵上发生的大变化"是指（　　）。

A．以前她自己相信善，并且以为别人也相信善

B．此后她断定谁也不相信善

C．此后人人嘴里说着上帝，说着善，无非只是为了骗骗人罢了

D．以前她爱聂赫留朵夫，此后她恨他

E．此前，她认为聂赫留朵夫是她所认识的人中最好的一个，此后，他是最坏的一个

102．经过心灵的净化后，聂赫留朵夫在去法院的路上，一想到这些，心情异常激动，泪水忍不住夺眶而出。下列正确表述了聂赫留朵夫心里想法的有（　　）。

A．为了赎罪愿意同卡秋莎结婚

B．想到怎样跟卡秋莎见面

C．把卖掉房子的钱给卡秋莎以赎罪

D．向卡秋莎解释他没有再来看她的原因

E．不必把一切责任都揽在自己身上

103．在监狱礼拜一幕中，在场的人，谁也没有想到，司祭声嘶力竭

地反复叨念和用种种古怪字眼颂扬的耶稣本人,恰好禁止这里所做的一切事情。主要是他不但禁止( ),而且禁止( )。

A. 喝他的血

B. 吃他的肉

C. 对人进行审判、监禁、折磨、侮辱和惩罚

D. 对人使用任何暴力,并说他是来释放一切囚犯,使他们获得自由的

E. 以基督的名义对基督本人嘲弄

104. 典狱长和看守,他们虽然从来不知道也不研究教义和教堂里各种圣礼的意义,却相信非有这样的信仰不可,因为( )。

A. 最高当局和沙皇本人都信奉它

B. 这种信仰可以为他们残酷的职务辩解

C. 可以心安理得地拼命折磨人

D. 他们做过尝试,借助祈求、祷告、蜡烛,在今世得到了好处

E. 看透了这类玩意儿

105. 从法庭出来,聂赫留朵夫应邀到柯察金家吃晚餐,步行回家后,聂赫留朵夫对自己进行了反省,认为当年的他和现在的他,实在相差太远了。下列准确描述现在的他的词有( )。

A. 空虚 B. 苟安 C. 平庸

D. 虚伪 E. 愚蠢

106. 与玛丝洛娃一起被关在女监里的人有( )。

A. 贩卖私酒的 B. 反抗募兵的 C. 犯纵火罪的老太婆

D. 诵经士的女儿 E. 俏娘们

107. 玛丝洛娃在监狱里第一次见到聂赫留朵夫,在最初的一刹那,他的出现使她感到( )。

A. 震惊 B. 无法理解 C. 难以接受

D. 欣喜若狂 E. 使她回想起她从不回想的往事

108. 因为( )缘故,玛丝洛娃在监狱里第一次见到聂赫留朵夫时,她向他妖媚地笑了笑。

A. 眼前的聂赫留朵夫已不是她爱过的那个人

B. 她认为聂赫留朵夫之流在需要的时候可以玩弄像她这样的女人

C. 她认为像她这样的女人也总要尽量从他们身上弄到些好处

D. 她想到了当时那些醉人的幸福

E. 她模模糊糊地想起那个充满感情和理想的新奇天地

109. 聂赫留朵夫在监狱里第一次探视玛丝洛娃的主要目的是（   ）。

A. 向她认罪

B. 告诉她他一直爱着她

C. 了解关于他们孩子的情况

D. 同她结婚来赎罪

E. 因为一直爱着她，要和她结婚

110. 聂赫留朵夫和玛丝洛娃第一次在监狱里相见，玛丝洛娃向聂赫留朵夫提出了（   ）等要求。

A. 承诺和她结婚　　　　　　B. 要十个卢布

C. 原谅她成了一个妓女　　　D. 马上让她出狱

E. 花大价钱请好律师

111. 聂赫留朵夫在监狱里第一次见到玛丝洛娃，对她产生了以前不曾有过的感情，这种感情是指（   ）。

A. 对她毫无所求

B. 只希望她不要像现在这样

C. 希望她能觉醒

D. 希望她能恢复她的本性

E. 一心想和她结婚

112. 《复活》中，男女主人公第一次重逢，聂赫留朵夫以为卡秋莎见到他，知道他要为她出力并且感到悔恨，一定会（   ）。

A. 高兴　　　B. 骄傲　　　C. 感动

D. 得意　　　E. 恢复原来那个卡秋莎的面目

113. 从法庭出来，聂赫留朵夫应邀到柯察金家吃晚餐，步行回家后，聂赫留朵夫对自己进行了反省，认为当年的他和现在的他，实在相差太远了。下列准确描述当年的他的词有（   ）。

A. 立誓永远说真话 B. 生气勃勃

C. 以性格直爽为自豪 D. 自由自在

E. 立誓永远说真话,并且恪守这个准则

114. 第一次重逢的时候,当聂赫留朵夫发现原来那个卡秋莎已经不存在了,只剩下现在的玛丝洛娃时,他感到(　　)。

A. 恐惧 B. 高兴 C. 解脱

D. 欣慰 E. 惊奇

115. 玛丝洛娃成了一个妓女并被判处服苦役,然而她也有她的世界观。下列选项中符合玛丝洛娃世界观的有(　　)。

A. 茫茫尘世无非是好色之徒聚居的渊薮,他们从四面八方窥伺她,不择手段去占有她

B. 她是一个富有魅力的女人,可以满足,也可以不满足男人们的欲望,因此她是一个重要的不可缺少的人物

C. 凡是男人,无一例外,都认为同富有魅力的女人性交就是人生最大的乐事

D. 我要生活,我要家庭、孩子,我要过人的生活

E. 不仅不因男人欣赏她的美貌而快乐,并且有点恐惧,她对谈情说爱甚至觉得嫌恶和害怕

116. 聂赫留朵夫和玛丝洛娃第一次在监狱里相见,玛丝洛娃向聂赫留朵夫提出要钱时,下列符合聂赫留朵夫当时心理描写的选项有(　　)。

A. 这个女人已经丧失生命了

B. 这个女人已经无可救药了

C. 这个女人太可怜了

D. 这个女人太可怕了

E. 这个女人就是一个地地道道的妓女了

117. 在当了妓女的玛丝洛娃的世界观中,她认为自己是一个(　　)人物。

A. 卑贱的 B. 可怜的 C. 无足轻重的

D. 重要的 E. 不可缺少的

118. 玛丝洛娃竭力避免回忆年轻时的事和她同聂赫留朵夫最初的关系的原因有（　　）。

　　A. 丧失了现在幸福的生活　　　　B. 丧失了生活的地位

　　C. 丧失了记忆力　　　　　　　　D. 丧失了自信心

　　E. 丧失了自尊心

119.《复活》中，当玛丝洛娃和聂赫留朵夫第一次重逢后，玛丝洛娃对聂赫留朵夫的认识是（　　）。

　　A. 现在的聂赫留朵夫仍然是她一度纯洁爱过的人

　　B. 和他只能维持她和一切男人那样的关系

　　C. 他变成了一个高尚的人

　　D. 他已经堕落成了一个卑贱的人

　　E. 可以而且应该利用他

120. 下列选项中属于玛丝洛娃对于年轻时以及她同聂赫留朵夫最初关系的回忆有（　　）。

　　A. 时时记起甜蜜回忆

　　B. 已从记忆里抹掉

　　C. 不知不觉地忘记了

　　D. 原封不动地深埋在记忆里，严密封存

　　E. 因时间关系渐渐淡忘了

121. 下列选项中如实描述聂赫留朵夫第三次探监看到的玛丝洛娃的有（　　）。

　　A. 脸色红红的　　B. 精神抖擞的　　　C. 摇头晃脑的

　　D. 不住地微笑的　　E. 痛苦不堪的

122. 聂赫留朵夫探监，第二次在监狱见到玛丝洛娃，做了以下这些事情（　　）。

　　A. 让玛丝洛娃在上诉状上签字

　　B. 告诉玛丝洛娃决定以和她结婚的实际行动来赎罪

　　C. 告诉他将和她一起流放到西伯利亚

　　D. 要是这个状子不管用，就去告御状

　　E. 他将改变生活方式，搬到旅店里去住了

123. 当聂赫留朵夫在监狱里告诉玛丝洛娃要和她结婚来赎罪时，下列符合玛丝洛娃的描写有（　　）。

　　A．开心地笑了　　　B．恐惧　　　　　C．眼睛发呆

　　D．感动得哭了　　　E．愤愤地皱起眉头

124. 当聂赫留朵夫在监狱里告诉玛丝洛娃决定再也不离开她，并且说到一定做到时，下列符合玛丝洛娃描述的选项是（　　）。

　　A．大声笑起来

　　B．玛丝洛娃说自己什么都不知道

　　C．玛丝洛娃默默地什么也没有说

　　D．不住地流泪

　　E．玛丝洛娃不相信他能做到

125. 聂赫留朵夫和玛丝洛娃第二次在监狱见面，玛丝洛娃迫不及待地把对聂赫留朵夫的一肚子怨气都发泄了出来。下面属于她对聂赫留朵夫发泄的话有（　　）。

　　A．我讨厌你

　　B．我讨厌你那副眼镜

　　C．你今世利用我作乐

　　D．你来世还想利用我来拯救你自己

　　E．我讨厌你这副又肥又丑的嘴脸

126. 监狱重逢，当聂赫留朵夫告诉玛丝洛娃要为她出力时，玛丝洛娃的回答是（　　）。

　　A．那是您的事　　　　　　　B．当初没有错爱您

　　C．您真是一个高尚的人　　　D．有钱人想什么有什么

　　E．我什么也不需要您帮忙

127. 下列选项中，正确描述玛丝洛娃和聂赫留朵夫第二次见面回到牢房后的表现的有（　　）。

　　A．没有回答同监女犯们的话

　　B．内心痛苦

　　C．眼睁睁躺在板铺上直到傍晚

　　D．买酒痛饮

E. 与女监热烈讨论是否应该答应聂赫留朵夫的求婚

128. 下列选项中,发生在玛丝洛娃和聂赫留朵夫第二次重逢后的事件有( )。

A. 聂赫留朵夫了解了自己的全部罪孽

B. 玛丝洛娃回到了那个她无法理解而对之满怀仇恨的世界

C. 聂赫留朵夫诱奸了玛丝洛娃

D. 聂赫留朵夫懂得自己怎样伤害了玛丝洛娃

E. 聂赫留朵夫觉得应该在精神上唤醒玛丝洛娃

129. 聂赫留朵夫从监狱出来,有人递给他一封信。关于传递信的人的身份正确的选项有( )。

A. 专管刑事犯的看守 B. 革命党人
C. 专管政治犯的看守 D. 副典狱长
E. 密探

130. 聂赫留朵夫从监狱出来,虽然心里害怕,还是更坚强地下定决心,一定要把开了头的事做下去。他要做的事情包括( )。

A. 找人要求准许探望玛丝洛娃

B. 找人要求准许探望明肖夫母子

C. 找人要求准许探望薇拉

D. 找人要求准许探望西蒙松,并好好和他谈谈

E. 找人要求准许探望克雷里卓夫

131. 下列形容词中准确描述聂赫留朵夫第四次探监,看到男牢房里犯人的表情的有( )。

A. 玩世不恭的 B. 满足的 C. 享受的
D. 恐惧的 E. 万念俱灰的

132. 下列选项中,与明肖夫纵火案相关的描述正确的有( )。

A. 明肖夫婚后不久,妻子被酒店老板霸占

B. 酒店老板雇人把明肖夫打得头破血流

C. 明肖夫到处申诉告状

D. 酒店老板买通了长官,官方就一直庇护他

E. 酒店老板贪图保险费,自己放了火,把罪名硬栽到明肖夫母子

头上

133. 通过第四次探监,在行政长官玛斯连尼科夫口中过得很好的监狱里的犯人们,聂赫留朵夫看到的真实环境是( )。

A. 铺草垫的低矮床铺

B. 通风良好的卫生的牢房

C. 钉有粗铁条的窗子

D. 涂抹得一塌糊涂的又潮又脏的墙壁

E. 身穿囚服,受尽折磨,平白无故被抓起来的犯人

134. 聂赫留朵夫第四次到监狱,看见许多犯人仔细打量着他,不禁产生了一种异样的感觉。下列正确描述这种异样的感觉的选项有( )。

A. 为自己对这一切冷眼旁观而感到庆幸

B. 同情这些坐牢的人

C. 为自己对这一切冷眼旁观而感到害臊

D. 对关押犯人的人感到恐惧和惶惑

E. 对关押在这里的犯人感到恐惧和惶惑

135. 下列选项中,属于女政治犯薇拉请求在狱中见聂赫留朵夫的原因有( )。

A. 要求交游广阔的聂赫留朵夫设法把她自己释放出狱

B. 设法说情让她的革命同伴与父母见一次面

C. 弄到必要的参考书,使她的革命同伴可以在狱中进行学术研究

D. 她知道聂赫留朵夫和玛丝洛娃的关系,为了达到出狱的目的,要挟聂赫留朵夫

E. 要求交游广阔的聂赫留朵夫设法把舒斯托娃释放出狱

136. 关于玛丝洛娃,薇拉给聂赫留朵夫的建议有( )。

A. 替玛丝洛娃说情,把她转移到政治犯牢房

B. 替玛丝洛娃说情,把她转移到刑事犯牢房

C. 鉴于玛丝洛娃的身世,千万不要和她结婚

D. 设法把她释放出狱

E. 至少让玛丝洛娃到医院去当一名护士

137. 下列选项中,关于谢继妮娜的正确选项有(　　　)。

A. 生有一双绵羊般的眼睛

B. 将军的女儿

C. 连蜘蛛也没有弄死过一只

D. 一个私生女

E. 女佣兼养女

138. 下列选项中,聂赫留朵夫第四次探监后感到可怕的事情有(　　　)。

A. 明肖夫无辜饱受煎熬并因此对善和上帝不再相信

B. 一百多个人只因为身份证上有几个字不对,就受尽屈辱和苦难

C. 看守麻木不仁,折磨同胞兄弟,还满以为在做一项重大有意义的工作

D. 薇拉满脑子糊涂思想

E. 玛丝洛娃因为喝醉酒不能与他见面

139. 聂赫留朵夫有两件事要求玛斯连尼科夫,它们是(　　　)。

A. 把薇拉释放出狱

B. 解决那一百三十名囚犯因身份证过期而坐牢的事

C. 不要把玛丝洛娃流放到西伯利亚

D. 把玛丝洛娃调到医院去

E. 把玛丝洛娃释放出狱

140. 下列选项中,关于谢继妮娜的正确选项有(　　　)。

A. 被判服苦役

B. 革命党人

C. 因主动承认枪击宪兵而被捕

D. 一辈子没有拿过枪

E. 头脑里充满糊涂思想

141. 下列选项中,聂赫留朵夫第四次探监后感到可怕的事情有(　　　)。

A. 年老体弱、心地善良的监狱长官,不得不拆散人家的亲骨肉

B. 玛丝洛娃因为喝醉酒不能与他见面

C. 明肖夫无辜饱受煎熬并因此对善和上帝不再相信

D. 薇拉满脑子糊涂思想

E. 明肖夫无缘无故地把酒店老板的院子放火烧了

142. 当聂赫留朵夫发现自己对卡秋莎产生了恐惧甚至嫌恶的情绪后,他决定(　　)。

A. 抛弃她

B. 不再抛弃她

C. 改变同她结婚的决心

D. 不改变同她结婚的决心

E. 回到贵族圈子里去

143. 当卡秋莎对聂赫留朵夫说出"您还是离开我的好"时,下列符合聂赫留朵夫对这句话的正确理解的是(　　)。

A. 她由于他加于她的屈辱恨他

B. 她心里爱上了别的人

C. 她不能饶恕他

D. 她是在试探他

E. 其中有一种美好而重要的因素

144. 聂赫留朵夫和玛丝洛娃在监狱第一次见面后,让聂赫留朵夫感到惊奇的是(　　)。

A. 这么多年过去了,玛丝洛娃依然那么漂亮

B. 玛丝洛娃竟然认不出他了

C. 玛丝洛娃不以妓女身份为耻

D. 玛丝洛娃不以囚犯身份为耻

E. 玛丝洛娃让聂赫留朵夫觉得她对妓女身份感到心满意足

三、判断题

1. 距离第一次认识玛丝洛娃,直到若干年后,聂赫留朵夫升为军官,动身去部队,路过姑妈家,两人才再次相见。(　　)

2. 小说《复活》产生的渊源是作者托尔斯泰的朋友,法官柯尼,讲给他听的一件真实的事。(　　)

3. 托尔斯泰写《复活》前后花了十年(1889—1899)时间。当时他已经进入老年,世界观已经发生激变,他彻底否定了十月革命。(   )

4. 玛丝洛娃是一个独身的女农奴的私生子。(   )

5. 托尔斯泰把女主人公卡秋莎定为《复活》全书的枢纽,着力塑造这个艺术形象,她的一部血泪史是对统治阶级最有力的控诉和最无情的鞭挞。(   )

6. 尽管历尽了苦难,饱尝了心酸,卡秋莎并没有丧失可贵的人性。她始终是那样善良,那样厚道。即使在地狱一般的牢房里,她还是时时关心别人,帮助难友。(   )

7. 当牙婆要玛丝洛娃到城里一家最高级的妓院去做生意,玛丝洛娃选择"进行法律所容许而又报酬丰富的公开通奸"的原因之一是她想用这种方式享受生活。(   )

8. 玛丝洛娃的第一次庭审,庭长因为与去年夏天住在他家与他有过一段风流韵事的瑞士籍家庭教师约会而希望当天早点开庭,早点结束。(   )

9. 在聂赫留朵夫大学三年级住在姑妈家的夏天的升天节,年轻人一起玩游戏,聂赫留朵夫亲吻了卡秋莎之后,他们之间的关系就变了。(   )

10. 在《复活》中,男主人公聂赫留朵夫的艺术形象在地位上仅次于卡秋莎,但从揭示小说主题来看,他是全书的关键人物。(   )

11. 小说《复活》是一部单纯描写个人悲欢离合的爱情小说。(   )

12. 托尔斯泰只是借助玛丝洛娃的冤案,不断扩大批判的范围:荒唐的法庭,黑暗的监狱,苦难的农村和腐朽的上流社会,最后是黑幕重重的政府机构。(   )

13. 小说《复活》不是一部单纯描写个人悲欢离合的小说,而是一部再现1905年革命前夜俄国社会面貌的史诗。(   )

14. 从第一次在姑妈家认识卡秋莎起,聂赫留朵夫整整三年没有见到卡秋莎。(   )

15. 聂赫留朵夫这一形象比卡秋莎更复杂。(   )

16. 聂赫留朵夫在小说前半部,是被作者完全否定的贵族形象,但到了后半部,他却得到了作者的同情和赞扬。（ ）

17. 聂赫留朵夫在解救玛丝洛娃的行动中,逐步产生和增强了背叛上流社会的决心。（ ）

18. 小说《复活》在某种意义上可以说是19世纪俄国人民水深火热的受难图。（ ）

19. 省监狱办公室官员认为神圣而重要的,不是飞禽走兽和男女老幼都在享受的春色和欢乐,而是昨天接到的那份编号盖章、写明案由的公文。（ ）

20. 玛丝洛娃在第一次过堂受审时,觉察向她射来的一道道目光,大家在注意她,她觉得很难过。（ ）

21. 玛丝洛娃在第一次过堂受审时,觉察向她射来的一道道目光,大家在注意她,她觉得很高兴。这里的空气比牢房里清爽些,带有春天的气息,这也使她高兴。（ ）

22. 聂赫留朵夫第一次见到卡秋莎,是他在念大学三年级那年的夏天。（ ）

23. 玛丝洛娃的母亲,这个没有结过婚的女人年年都生一个孩子,并且按照乡下习惯,总是给孩子行洗礼,然后做母亲的不再给这个违背她的心愿来到人间的孩子喂奶,因为这会影响她干活。（ ）

24. 玛丝洛娃的母亲的第六个孩子是跟一个过路的吉卜赛人生的,庄园的老姑娘自愿做了这个孩子的教母,从此叫她再生儿。（ ）

25. 玛丝洛娃生母干活的庄园里的两个地主老姑娘心地善良,一心想把她培养成自己的养女。（ ）

26. 玛丝洛娃生母干活的庄园里的两个地主老姑娘中的姐姐玛丽雅·伊凡诺夫娜脾气比较急躁,想把玛丝洛娃训练成一名出色的侍女,因此对她很严格,遇到自己情绪不好,就罚她甚至打她。（ ）

27. 玛丝洛娃在满十六岁那年,两个老姑娘的侄儿,一个在大学念书的阔绰的公爵少爷来到她们家,卡秋莎暗暗爱上了他。（ ）

28. 两年后,老姑娘家的侄少爷出发远征,途径姑妈家,又待了四天。临行前夜,卡秋莎主动引诱了他。他走后五个月,她才断定自己怀

孕了。（　）

29．卡秋莎住到接生婆家里的时候，身上总共有一百二十七卢布，都是她在庄园干活自己挣的钱。（　）

30．卡秋莎住到接生婆家里的时候，身上总共有一百二十七卢布：二十七卢布是她自己挣的，一百卢布是引诱她的公爵少爷送的。（　）

31．离开庄园后，卡秋莎懂得省吃俭用，待人又厚道，总是有求必应，日子过得不错。（　）

32．玛丝洛娃住在作家替她租下的寓所里，却爱上了同院的一个快乐的店员，她没敢把这事告诉作家。（　）

33．玛丝洛娃早就抽上了香烟，而在她同店员姘居的后期和被他抛弃以后，就越来越离不开酒瓶了。（　）

34．玛丝洛娃之所以离不开酒瓶，不仅因为酒味醇美，更因为酒能使她忘记身受的一切痛苦，暂时解脱烦闷，增强自尊心。（　）

35．牙婆招待姨妈吃饭，把玛丝洛娃灌醉，要她到城里一家最高级的妓院去做生意，玛丝洛娃面临着选择，她选择了低声下气去当女仆，但这样就逃避不了男人的纠缠，不得不同人临时秘密通奸。（　）

36．牙婆招待姨妈吃饭，把玛丝洛娃灌醉，要她到城里一家最高级的妓院去做生意，玛丝洛娃面对着选择，她选择了取得生活安定而又合法的地位，就是进行法律所容许而又报酬丰厚的长期的公开的通奸。（　）

37．玛丝洛娃之所以选择当妓女，是因为她想用这种方式来报复诱奸她的年轻公爵、店员和一切欺侮过她的男人。（　）

38．玛丝洛娃换过两家妓院，住过一次医院，在她进妓院的第七年，也是她初次失身后的第八年，那时她才二十六岁，出了一件事，使她进了监狱。（　）

39．玛丝洛娃做了妓女后，就经常违背上帝的诫命和人类道德，过起犯罪的生活来。千百万妇女过着这种生活，不仅获得政府的许可，而且受到它的保护。（　）

40．当玛丝洛娃在士兵押送下好不容易才走到州法院大厦时，当年诱奸她的聂赫留朵夫公爵正躺在高高的弹簧床上，穿着洁净的睡衣，吸

着香烟,目光呆滞地瞪着前方,想着今天有什么事要做,昨天发生过什么事。(　　)

41. 聂赫留朵夫与玛丝洛娃第一次相见时,聂赫留朵夫是一个认为接触大自然,接触前人是重要的青年。(　　)

42. 聂赫留朵夫与玛丝洛娃第二次相见时,聂赫留朵夫是一个认为除了亲人和朋友的妻子,女人是他领略过的最好的玩乐用具的青年。(　　)

43. 聂赫留朵夫起初经不住有夫之妇的诱惑,后来又在她面前感到内疚,因此若不取得她的同意,就不能断绝这种关系。(　　)

44. 因为不能断绝与有夫之妇的私情,聂赫留朵夫认为即使他心里愿意,也无权向柯察金小姐求婚。(　　)

45. 首席贵族和几个志同道合的人一起反对亚历山大三世登位后逐渐抬头的反动势力,一心一意投入这场斗争,根本不知道自己的妻子和聂赫留朵夫的奸情。(　　)

46. 在"该不该和柯察金小姐结婚"这个问题上,想结婚和不想结婚,都有理由,最终他终于拿定主意,知道自己"该选哪一根干草"。(　　)

47. 聂赫留朵夫参加了玛丝洛娃的第一次庭审,在陪审员议事厅,有人对他不尊敬,这个人他不认识。(　　)

48. 当副检察长听书记官传达先审毒死人命案时,他觉得正中下怀,非常好。(　　)

49. 书记官明明知道毒死人命案中负责提出公诉的副检察长没有看过该案的案卷,却有意刁难,要庭长先审这个案子。(　　)

50. 副检察长借口一个证人没有传到而推迟审理阉割派教徒的案子,其实这个证人对本案来说无足轻重。(　　)

51. 庭审开始,法官纷纷走到台上,那个脸色阴沉、戴金丝边眼镜的法官,脸色更加阴沉,因为他妻子宣布家里不开饭了。(　　)

52. 副检察长热衷功名,一心向上爬,因此凡是由他提出公诉的案子,最后非判刑不可。(　　)

53. 复活节那天从教堂出来,卡秋莎从手绢里取出一样东西送给乞

丐,眼睛里闪耀快乐的光辉,同他互吻了三次。(　)

54. 玛丝洛娃一进来,法庭里的男人便都把目光转到她身上,就连那个宪兵也目不转睛地盯着她。(　)

55. 聂赫留朵夫戴上夹鼻眼镜,随着庭长审问,挨个儿瞧着被告。他眼睛没有离开第三个被告的脸。(　)

56. 因为是私生子,卡秋莎随母亲姓卡吉琳娜。(　)

57. 在玛丝洛娃第一次被庭审时,作为陪审员的聂赫留朵夫看到了她。(　)

58. 聂赫留朵夫参加了玛丝洛娃的第一次庭审,在陪审员议事厅,大家都因为他的贵族身份对他很尊敬,赶紧来同他认识,认为是一种特殊的荣誉。这使他感到很高兴。(　)

59. 聂赫留朵夫在法庭上见到自称柳波芙、教名卡吉琳娜的女犯人后,心里已经毫不怀疑,断定她就是那个他一度热恋过的姑娘,姑妈家的养女兼侍女。(　)

60. 当年聂赫留朵夫在情欲冲动下诱奸了卡秋莎,后来又抛弃了她。(　)

61. 庭审时,当法庭庭长问玛丝洛娃从事什么职业时,她一开始没有回答。(　)

62. 庭审时,庭长特别严厉地质询玛丝洛娃。(　)

63. 当书记官起立,宣读起诉书时,法官们都认真听书记官宣读。(　)

64. 玛丝洛娃第一次出庭受审,书记官念完长长的起诉书后,大家都轻松地舒了一口气,只有聂赫留朵夫一人没有这样的感觉。(　)

65. 第一次庭审时,玛丝洛娃的目光在聂赫留朵夫身上停留了一刹那,玛丝洛娃认出了他。(　)

66. 聂赫留朵夫诱奸了卡秋莎之后,虽然有不安,但是他用周围人的故事来安慰自己,认为"既然大家都这样做,那就是合情合理的"。(　)

67. 第一次庭审时,玛丝洛娃的目光在聂赫留朵夫身上停留了一刹那,后者胆战心惊地以为玛丝洛娃认出了他。其实玛丝洛娃并没有认出

他。（　）

68．玛丝洛娃案的副检察长认为孤儿，多半生来带着犯罪的胚胎。（　）

69．第一次庭审时，庭长正在同左边一个法官低声交谈，没有听见玛丝洛娃在陈述案情，但为了假装他全听见了，就重复说了一遍她最后说的那句话。（　）

70．副检察长借口一个证人没有传到而推迟审理阉割派教徒的案子，其实这个证人对本案来说无足轻重，他推迟审理只是担心该案与自己有牵连。（　）

71．聂赫留朵夫大学三年级时读了斯宾塞的《社会静力学》，其中关于土地私有制的论述给他留下了深刻的印象。（　）

72．聂赫留朵夫大学三年级的夏天，在姑妈家里快乐而平静地住了一个月时，根本没有留意卡秋莎。（　）

73．聂赫留朵夫从小由他母亲抚养成长。（　）

74．聂赫留朵夫念大学三年级那年的夏天，住在姑妈家，准备写一篇关于土地所有制的论文。（　）

75．聂赫留朵夫十九岁时，在他的心目中，只有妻子才是女人。（　）

76．聂赫留朵夫十九岁时，在他的心目中，凡是不能成为他妻子的女人都不是女人，而只是人。（　）

77．在毒死人命案中负责提出公诉的副检察长，在开庭前还没有阅读过该案的案卷。（　）

78．多年后，作为陪审员的聂赫留朵夫在法庭上再次见到作为被告的玛丝洛娃时，他对自己以前的行为造成的后果不了解。（　）

79．因为是私生子，卡秋莎随母亲姓玛丝洛娃。（　）

80．聂赫留朵夫根据法庭审讯和他对玛丝洛娃的了解，深信她在盗窃钱财和毒死人命两方面都没有罪。（　）

81．聂赫留朵夫第一次住在姑妈家，他和卡秋莎当着老女仆的面谈话，感到最轻松愉快。可是到了剩下他们两人的时候，谈话就比较别扭。（　）

82．聂赫留朵夫在法庭上见到自称柳波芙的女犯人后,心里已经毫不怀疑,断定她就是姑妈家的家庭教师。（　）

83．聂赫留朵夫十九岁时,在他的心目中,只有卡秋莎才是女人。（　）

84．第一次住在姑妈家的那个夏天,聂赫留朵夫明确意识到自己爱上了卡秋莎。（　）

85．第一次住在姑妈家的那个夏天,聂赫留朵夫明确意识到自己爱上了卡秋莎,并断然决定非同她结婚不可。（　）

86．庭审时,当法庭庭长问玛丝洛娃从事什么职业时,她迅速回答在妓院工作。（　）

87．在第一次住在姑妈家的那个夏天,聂赫留朵夫没有明确意识到自己爱上了卡秋莎,但是如果当时有人劝他不应该把自己的命运和这样的一个姑娘结合在一起时,他也会听从的。（　）

88．当书记官起立,宣读起诉书时,法官们一会儿闭上眼睛,一会儿睁开眼睛,交头接耳。（　）

89．第一次住在姑妈家的那个夏天,对于聂赫留朵夫和卡秋莎的关系,两位姑妈并没有把她们的忧虑告诉聂赫留朵夫。（　）

90．在法庭上见到玛丝洛娃后,聂赫留朵夫的心灵渐渐觉醒,他祈祷上帝帮助他并得到了满足,他感觉到自由。（　）

91．第一次住在姑妈家的那个夏天,聂赫留朵夫没有意识到自己爱上了卡秋莎。（　）

92．如果聂赫留朵夫在大学三年级明确意识到自己爱上了卡秋莎,尤其是如果当时有人劝他绝不能也不应该把他的命运和这样一位姑娘结合在一起,那么,凭他的憨直性格,他就会断然决定非同她结婚不可。不管她是怎样的人,只要他爱她就行。（　）

93．第一次住在姑妈家的那个夏天,聂赫留朵夫意识到自己对卡秋莎的爱情,然后离开了姑妈家。（　）

94．从法庭出来,聂赫留朵夫应邀到柯察金家吃晚餐,步行回家后,聂赫留朵夫对自己进行了反省,认为当年的他和现在的他,实在相差太远了。（　）

95. 聂赫留朵夫第一次住在姑妈家,他和玛丝洛娃当着老女仆的面谈话,感到最轻松愉快。可是到了只剩下他们两个人的时候,谈话就比较别扭,因为心口不一,而且口中要表达的重要得多。（　）

96. 副检察长借口一个证人没有传到而推迟审理阉割派教徒的案子,其实这个证人对本案来说无足轻重,他推迟审理只是担心由受过教育的陪审员组成的法庭来审理,被告很可能被宣告无罪释放。（　）

97. 聂赫留朵夫第一次住在姑妈家时,满心相信他对卡秋莎的感情只是他全身充溢着生的欢乐的一种表现,而这个活泼可爱的姑娘也有着和他一样的感情。（　）

98. 当得知毒死人命案被定为第一个要审讯的案件时,负责对此案提出公诉的副检察长觉得很不好的原因是还没有来得及阅读该案案卷。（　）

99. 经过心灵净化后的第二天,聂赫留朵夫想把事情的一切真相告诉别人的想法有所改变,但是他认为对玛丝洛娃什么事情都不该隐瞒。（　）

100. 聂赫留朵夫第一次亲吻了卡秋莎之后,两人之间的关系就变了,聂赫留朵夫只要一想到世界上有一个卡秋莎,就会觉得一切都很美好,而卡秋莎却没有同样的感觉。（　）

101. 聂赫留朵夫第一次住在姑妈家时,满心相信他对卡秋莎的感情只是感情游戏,而这个活泼可爱的姑娘也有着和他一样的感情。（　）

102. 从第一次在姑妈家认识卡秋莎起,聂赫留朵夫就再也没有见到过卡秋莎。（　）

103. 聂赫留朵夫和卡秋莎重逢后,同那个夏天住在姑妈家时相比,聂赫留朵夫已换了一个人。（　）

104. 在聂赫留朵夫大学三年级住在姑妈家的夏天的升天节,年轻人一起玩游戏,聂赫留朵夫亲吻了卡秋莎之后,他们之间的关系就变了。那是一个纯洁无邪的青年同一个纯洁无邪的少女相互吸引的特殊关系。（　）

105. 从第一次在姑妈家认识卡秋莎起,聂赫留朵夫再次见到卡秋

莎就是在法庭上了。（ ）

106．玛丝洛娃第二次见到的聂赫留朵夫还和第一次见到的一样，一点都没有变。（ ）

107．与第一次相比，第二次与玛丝洛娃相见的聂赫留朵夫身上发生了可怕的变化，只是由于他不再坚持自己的信念而相信别人的理论。聂赫留朵夫起初做过反抗，但十分困难。（ ）

108．聂赫留朵夫与卡秋莎相识后第二次来到姑妈家，发现卡秋莎变了。（ ）

109．聂赫留朵夫与卡秋莎相识后第二次来到姑妈家，心里明白他该走了，他没有理由留在姑妈家里，知道留下来不会有什么好事，但待在这里实在太快乐了，他不愿正视这种危险，就留了下来。（ ）

110．在诱奸了卡秋莎之后，在姑妈家度过的最后一天里，聂赫留朵夫的内心有两种情感在搏斗。其中一种情感觉得自己做了一件很坏的事，必须对她加以弥补。（ ）

111．在诱奸了卡秋莎之后，临走那天，聂赫留朵夫给了卡秋莎一笔钱，那数目，就他的身份和她的地位而言，他认为是相当丰厚的。（ ）

112．在法庭上，玛丝洛娃突然把视线移到陪审员那边，对聂赫留朵夫瞧了相当久。聂赫留朵夫虽然胆战心惊，他的目光却怎么也离不开这双眼白白得惊人的斜睨的眼睛。（ ）

113．在诱奸了卡秋莎之后，在姑妈家度过的最后一天里，聂赫留朵夫的内心有两种情感在搏斗。其中一种情感觉得自己做了一件很坏的事，必须为了自己加以弥补。（ ）

114．聂赫留朵夫根据法庭审讯和他对玛丝洛娃的了解，深信她在盗窃钱财和毒死人命两方面都有罪。（ ）

115．玛丝洛娃在法庭上没有认出聂赫留朵夫是因为她最后一次看见他时，他还是个军人，没有留胡须，只蓄有两撇小胡子，蜷曲的头发很短很浓密，如今却留着大胡子，显得很老成。（ ）

116．从车站回来后，玛丝洛娃的心灵上发生了一场大变化，结果就变成后来的玛丝洛娃这个样子了。从此她相信人人活着都为了自己，为了自己的欢乐，一切有关上帝和善的话都是骗人的。（ ）

117．在监狱里专门为安慰和教训迷途弟兄而做的礼拜中，在场的人，谁也没有想到，这里所做的一切正是最严重的亵渎，以基督名义所做的一切正是对基督本人的嘲弄。（　）

118．在犯人中间，只有少数人相信，这种包金的圣像、蜡烛、金杯、法衣、十字架、反复叨念的"至亲至爱的耶稣"和"饶恕吧"，都蕴藏着神秘的力量，大多数人看透这类玩意儿纯属骗局，用来愚弄信徒。（　）

119．聂赫留朵夫第一次到监狱探视卡秋莎没有成功。（　）

120．当聂赫留朵夫想方设法在监狱里第一次见到玛丝洛娃时，玛丝洛娃却向他请求要十个卢布，聂赫留朵夫因为十分失望而没有给她钱。（　）

121．当聂赫留朵夫想方设法在监狱里第一次见到玛丝洛娃而她却向他要钱时，聂赫留朵夫的内心一刻也没有动摇当初决定探监的初衷。（　）

122．当聂赫留朵夫在监狱里第一次见到玛丝洛娃并请求她饶恕时，玛丝洛娃震惊了。（　）

123．当聂赫留朵夫在监狱里第一次见到玛丝洛娃，探监结束时，她伸出一只手，但是没有同他握。（　）

124．《复活》中，男女主人公第二次监狱相见，玛丝洛娃表现出和第一次完全不一样的态度是因为又恢复到从前那个玛丝洛娃了。（　）

125．玛丝洛娃第二次在监狱见到聂赫留朵夫，向他提出了帮别人说情的要求。聂赫留朵夫委婉地拒绝了。（　）

126．第二次在监狱见到玛丝洛娃，聂赫留朵夫觉得再也不能把玛丝洛娃抛下不管，但又无法想象他们的关系将会有怎样的结局。（　）

127．一个专管政治犯的看守，在监狱里几乎当着众人的面传递信件，这使聂赫留朵夫感到纳闷。（　）

128．玛斯连尼科夫是聂赫留朵夫的大学同学，现在已经是省行政长官了，在聂赫留朵夫的请求下，他开了一张特别通行证，这样后者就可以进监狱探视包括政治犯在内的犯人了。（　）

129．省行政长官玛斯连尼科夫把老同事聂赫留朵夫送到楼梯的第一个平台上。凡不是头等重要而是二等重要的客人，他总是送到这里为

止。（　）

130. 虽然典狱长允许聂赫留朵夫在安静的聚会室同明肖夫见面，但是聂赫留朵夫坚持在牢房见面。（　）

131. 聂赫留朵夫在第四次探监时，见到了玛丝洛娃、明肖夫以及作为政治犯被关押的薇拉。（　）

132. 聂赫留朵夫可怜薇拉，就像他可怜庄稼汉明肖夫那样。（　）

133. 薇拉知道监狱里的一切事情，也知道玛丝洛娃的身世和聂赫留朵夫同她的关系。（　）

134. 聂赫留朵夫第三次见到玛丝洛娃后，产生了一种崭新的感觉，那就是相信爱的力量是不可战胜的。（　）

135. 聂赫留朵夫受玛丝洛娃之托到彼得堡去要求释放舒斯托娃。（　）

136. 当玛丝洛娃平静地再次拒绝了聂赫留朵夫的帮助，立刻消除了聂赫留朵夫的种种疑虑，恢复了原先那种严肃、庄重和爱恋的心情。（　）

137. 聂赫留朵夫第三次在狱中见到玛丝洛娃，玛丝洛娃首先向他要钱买酒喝。（　）

138. 谢继妮娜因主动承认枪击宪兵而被捕，其实她一辈子没有拿过手枪。（　）

139. 聂赫留朵夫在目睹了政治犯和亲人分别的场景后，觉得最可怕的是那个年老体弱、心地善良的老典狱长，不得不拆散人家的母子和父女，而他们都是亲骨肉，就同他和她的子女一样。（　）

140. 狱中的薇拉给聂赫留朵夫提出建议，让他替玛丝洛娃说情，把她转移出政治犯牢房。（　）

141. 聂赫留朵夫可怜庄稼汉明肖夫是因为明肖夫完全是因为被冤枉而关在恶臭的牢房里。（　）

142. 聂赫留朵夫可怜薇拉是因为她头脑里充满糊涂思想。（　）

143. 聂赫留朵夫到监狱探望明肖夫结束后，在监狱的走廊里遇到了四十名左右因为没有通行证而被关押的犯人。（　）

144. 对于聂赫留朵夫对薇拉的资助，他当时的军官同伴们的态度

是有人赞扬,有人反对。（　　）

145．聂赫留朵夫懂得了自己怎样伤害了玛丝洛娃是在他们第二次重逢后。（　　）

146．聂赫留朵夫和玛丝洛娃第一次在监狱见面,玛丝洛娃迫不及待地把对聂赫留朵夫的一肚子怨气都发泄了出来。（　　）

147．《复活》中,男女主人公第二次在监狱见面后,让玛丝洛娃感到痛苦的原因是她从一个纯洁善良的姑娘变成一个要被流放的苦役犯,实在太痛苦了。（　　）

148．聂赫留朵夫第二次在监狱见到玛丝洛娃,终于说出了上次没有说出的话——告诉玛丝洛娃决定以和她结婚的实际行动来赎罪。（　　）

149．玛丝洛娃第二次在监狱见到聂赫留朵夫,向他提出了要钱的要求。（　　）

150．玛丝洛娃对于年轻时以及她同聂赫留朵夫最初的关系的回忆因时间关系渐渐淡忘了。（　　）

151．在巴诺伏庄园,从车站回来后,玛丝洛娃的心灵上发生了一场大变化,从此她相信人人活着都为了自己,为了自己的欢乐,一切有关上帝和善的话都是骗骗人的。（　　）

152．和聂赫留朵夫第一次重逢后,玛丝洛娃竭力避免回忆年轻时的事和她同聂赫留朵夫最初关系的主要原因是这些同她现在的世界观格格不入。（　　）

153．在当了妓女的玛丝洛娃的世界观中,她认为自己是一个卑贱的人物。（　　）

154．第一次重逢的时候,令聂赫留朵夫万万没有料到的是现在的卡秋莎比以前更迷人了。（　　）

155．典狱长和看守,他们虽然从来不知道也不研究教义和教堂里各种圣礼的意义,却相信非有这样的信仰不可,因为这种信仰可以为他们残酷的职务辩解。（　　）

156．玛丝洛娃经历了心灵发生的大变化后,离开了姑妈家的庄园。她遇到的一切人,凡是男人都把她当作摇钱树。（　　）

157. 从车站回来,玛丝洛娃的心灵上发生了一场大变化,以前她自己相信善,并且以为别人也相信善,此后她断定谁也不相信善。（ ）

158. 从聂赫留朵夫诱奸她的那个夜晚起,玛丝洛娃的心灵上发生了一场大变化,结果就变成后来的玛丝洛娃这个样子了。（ ）

159. 卡秋莎在庭审结束押解回监狱后的夜里,久久不能入睡,她想到许许多多人,就是没有想到聂赫留朵夫。（ ）

160. 庭审结束的第二天,经过心灵净化后的聂赫留朵夫决定要到监牢里去一次,把事情都告诉卡秋莎。（ ）

161. 玛丝洛娃所在的牢房长九俄尺,宽七俄尺,除了大人外,还关着三个孩子。（ ）

162. 在庭审时意外见到玛丝洛娃后,聂赫留朵夫的心灵渐渐觉醒。（ ）

163. "他生活过了一段时间,忽然觉得内心生活迟钝,甚至完全停滞。他就着手把灵魂里堆积着的污垢清除出去。"上述这样一种精神状态即聂赫留朵夫的"心灵的净化"。（ ）

164. 当法庭对毒死人命案做出审判之后,聂赫留朵夫的心灵里有一种卑劣的感情在蠢蠢活动。原以为玛丝洛娃如果无罪开释并留在城里,他感到惴惴不安,不知如何对待她才好,如今可以一笔勾销同她保持任何关系的可能。（ ）

165. 陪审员中,商人坚持为玛丝洛娃辩护,是因为坚持以事实为依据。（ ）

166. 玛丝洛娃的一个重要外貌特征是有一双略带斜睨的眼睛。（ ）

167. 谢继妮娜的一个重要外貌特征是有一双羔羊般的眼睛。（ ）

168. 大学毕业后,聂赫留朵夫拐到姑妈家去,这才知道卡秋莎已经不在庄园了。（ ）

169. 在诱奸了卡秋莎之后,临走那天,聂赫留朵夫给了卡秋莎他自认为是相当丰厚的一笔钱——一百卢布。（ ）

170. 庭审玛丝洛娃案时,当书记官念完长篇起诉书,大家都轻松地舒了一口气,只有聂赫留朵夫一人没有这样的感觉。他想到十年前他所

认识的天真可爱的姑娘玛丝洛娃竟会犯下投毒杀人的罪行,不由得大惊失色。(　)

171. 在诱奸了卡秋莎之后,聂赫留朵夫没考虑到她当时的心情。(　)

172. 在诱奸了卡秋莎之后,在姑妈家度过的最后一天里,聂赫留朵夫的内心有两种情感在搏斗,一种情感是觉得自己做了一件很坏的事,必须为了她,而不是为了自己,加以弥补。(　)

173. 聂赫留朵夫每次想到卡秋莎,他离开姑妈家的那个夜晚的情景总是盖过了他看见她的其余所有各种情景。(　)

174. 聂赫留朵夫也像所有人那样,身上同时存在这两个人——精神的人和兽性的人。(　)

175. 在第一次住在姑妈家的那个夏天,聂赫留朵夫意识到自己爱上了卡秋莎。(　)

176. 聂赫留朵夫十分爱他的两位姑妈,喜欢她们淳朴的生活。(　)

177. 卡秋莎十六岁那年爱上了两个老姑娘的侄儿,一个在大学念书的阔绰的公爵少爷。(　)

178.《复活》中描写了一批反对资本主义统治的政治犯、革命家。(　)

179.《复活》是俄国伟大的作家托尔斯泰早年的作品。(　)

180.《复活》彻底否定了沙皇制度。(　)

一、单项选择题

1. A	2. C	3. A	4. B	5. A	6. A	7. C	8. B
9. C	10. B	11. B	12. B	13. D	14. C	15. A	16. B
17. A	18. A	19. B	20. B	21. B	22. D	23. D	24. A
25. C	26. A	27. B	28. C	29. B	30. B	31. C	32. B
33. C	34. A	35. A	36. B	37. A	38. B	39. A	40. B
41. D	42. D	43. A	44. B	45. A	46. B	47. A	48. B

49. A	50. C	51. D	52. B	53. B	54. C	55. B	56. B	
57. B	58. C	59. C	60. A	61. C	62. D	63. C	64. D	
65. C	66. A	67. D	68. D	69. C	70. C	71. D	72. B	
73. C	74. B	75. D	76. D	77. A	78. B	79. D	80. C	
81. C	82. B	83. C	84. D	85. D	86. B	87. B	88. C	
89. B	90. A	91. D	92. A	93. C	94. B	95. D	96. C	
97. A	98. D	99. A	100. D	101. C	102. C	103. B	104. A	
105. D	106. C	107. C	108. B	109. A	110. C	111. D	112. A	
113. A	114. A	115. B	116. B	117. B	118. A	119. C	120. D	
121. D	122. B	123. D	124. C	125. C	126. D	127. A	128. D	
129. C	130. B	131. C	132. D	133. B	134. A	135. B	136. C	
137. D	138. C	139. A	140. A	141. D	142. B	143. A	144. A	
145. A	146. C	147. D	148. B	149. D	150. D	151. C	152. C	
153. B	154. C	155. B	156. C	157. A	158. A	159. D	160. A	
161. B	162. B	163. C	164. B	165. C	166. B	167. A	168. A	
169. C	170. C	171. D	172. A	173. B	174. A	175. A	176. C	
177. A	178. B	179. A	180. B	181. D	182. C	183. D	184. D	
185. D	186. C	187. B	188. A	189. B	190. C	191. D	192. C	
193. A	194. C	195. C	196. B	197. A	198. D	199. A	200. C	
201. B	202. C	203. C	204. D	205. A	206. A	207. D	208. A	
209. D	210. A	211. B	212. B	213. C	214. D	215. C	216. A	
217. B	218. A	219. B	220. A	221. B	222. C	223. D	224. D	
225. A	226. A	227. C	228. B	229. D	230. B	231. B	232. B	
233. B	234. D	235. C	236. B	237. C	238. C	239. A	240. A	
241. B	242. B	243. B	244. A	245. B	246. B	247. A	248. D	
249. A	250. A	251. D	252. D	253. C	254. C	255. A	256. C	
257. C	258. A	259. B	260. D	261. A	262. A	263. B	264. B	
265. B	266. A	267. C	268. D	269. C	270. A	271. A	272. D	
273. B	274. D	275. B	276. B	277. A	278. D	279. D	280. C	
281. A	282. B	283. A	284. B	285. C	286. B	287. B	288. A	

289. A	290. D	291. D	292. B	293. C	294. A	295. B	296. B
297. A	298. B	299. A	300. B	301. D	302. A	303. B	304. B
305. C	306. A	307. C	308. C	309. B	310. D	311. A	312. D
313. C	314. A	315. A	316. B	317. A	318. A	319. B	320. A
321. A	322. B	323. A	324. B	325. C	326. A	327. B	328. A
329. C	330. A	331. A	332. B	333. D	334. A	335. C	336. D
337. A	338. A	339. C	340. B	341. A	342. A	343. A	344. D
345. D	346. C	347. B	348. A	349. C	350. A	351. D	352. A
353. C	354. D	355. A	356. B	357. A	358. B	359. B	360. A
361. A	362. C	363. D	364. C	365. A	366. A	367. A	368. A
369. D	370. D	371. C	372. B	373. C	374. D	375. A	376. C
377. B	378. A	379. B	380. B	381. A	382. B	383. C	384. A
385. A	386. B	387. C	388. A	389. C	390. B	391. C	392. A
393. C	394. D	395. A	396. B	397. A	398. A	399. A	400. C
401. B	402. A	403. B	404. D	405. D	406. A	407. A	408. A
409. A	410. D	411. D	412. A	413. C	414. B	415. A	416. A
417. D	418. B	419. B	420. D	421. B	422. C	423. D	424. D
425. B	426. B	427. A	428. B	429. D	430. D	431. B	432. A
433. B	434. C	435. C	436. D	437. B	438. D	439. D	440. B
441. A	442. A	443. C	444. C	445. D	446. D	447. D	448. A
449. C	450. D	451. A	452. D	453. B	454. C	455. D	456. A
457. D	458. D	459. C	460. A	461. B	462. D	463. A	464. B
465. C	466. A	467. D	468. D	469. D	470. B	471. A	472. B
473. A	474. C	475. B	476. A	477. D	478. A	479. D	480. A
481. C	482. A	483. A	484. A	485. B	486. C	487. B	488. C
489. B	490. B	491. A	492. B	493. B	494. A	495. A	496. B
497. D	498. C	499. A	500. D	501. B	502. C	503. A	504. D
505. C	506. D	507. A	508. A	509. B	510. A	511. B	512. A
513. B	514. A	515. B	516. D	517. A	518. B	519. A	520. A
521. A	522. A	523. D	524. C	525. D	526. D	527. C	528. C

529. D   530. A   531. A   532. D   533. A   534. B   535. C   536. C
537. C   538. D   539. B   540. A   541. D   542. B   543. A   544. B
545. A   546. B   547. C   548. C   549. A   550. D   551. A   552. B
553. B   554. D   555. A   556. D   557. B   558. C   559. D   560. A
561. C   562. C   563. D   564. A   565. C   566. B   567. C   568. A
569. B   570. A   571. B   572. A   573. D   574. D   575. A   576. C
577. B   578. B   579. B   580. C   581. A   582. A   583. D   584. A
585. A   586. D   587. A   588. A   589. C   590. A   591. A   592. D
593. A   594. B   595. D   596. D   597. A   598. D   599. B   600. D
601. C   602. C   603. A   604. B   605. D   606. C   607. C   608. A
609. C   610. D   611. A   612. B   613. C   614. D   615. B   616. B
617. D   618. A   619. A   620. B   621. A   622. B   623. C   624. A
625. C   626. A   627. B   628. C   629. D   630. A   631. B   632. D
633. C   634. D   635. B   636. D   637. A   638. D   639. C   640. D
641. B   642. B   643. A   644. A   645. A   646. C   647. B   648. B
649. B   650. D   651. A   652. C   653. A   654. D   655. A   656. B
657. C   658. A   659. B   660. B   661. B   662. B   663. A   664. A
665. B   666. A   667. A   668. D   669. D   670. C   671. D   672. A
673. D   674. C   675. B   676. B   677. A   678. B   679. C   680. B
681. D   682. C   683. D   684. C   685. A   686. B   687. C   688. C
689. A   690. D   691. B   692. D   693. A   694. B   695. B   696. C
697. A   698. A   699. D   700. C   701. D   702. B   703. A   704. C

二、多项选择题

1. CD   2. DE   3. BC   4. AC   5. AC
6. CE   7. ABC   8. AD   9. BD   10. BD
11. ABCD   12. ABCDE   13. DE   14. ABCD   15. BCDE
16. CDE   17. ABC   18. BC   19. ABCD   20. AC
21. ABC   22. ABDE   23. BCDE   24. ABCD   25. ABCE
26. CE   27. CE   28. ABCDE   29. CE   30. BCDE
31. ABCE   32. ABCDE   33. ABC   34. AD   35. ADE

36. BDE	37. AD	38. ABC	39. AE	40. ABCDE
41. ABCDE	42. CE	43. AB	44. DE	45. BD
46. BDE	47. AB	48. AE	49. CD	50. AC
51. DE	52. BCDE	53. BD	54. AC	55. ABDE
56. BC	57. AB	58. ACE	59. BDE	60. ABCDE
61. CD	62. AE	63. ABCDE	64. ABC	65. ABCD
66. CDE	67. ABCDE	68. BDE	69. CE	70. BCD
71. BCDE	72. AE	73. ABD	74. ABCD	75. CE
76. ABCD	77. ABC	78. DE	79. AC	80. AC
81. ABE	82. AC	83. CE	84. ABC	85. AC
86. CE	87. ABC	88. ABCD	89. ABCD	90. ABC
91. ABE	92. BCD	93. AC	94. ABDE	95. ABCDE
96. ABC	97. ABE	98. BCD	99. BC	100. ABD
101. ABC	102. AB	103. CD	104. ABC	105. ABCDE
106. ABCDE	107. AE	108. ABC	109. AD	110. BE
111. ABCD	112. ACE	113. ABCDE	114. AE	115. ABC
116. AB	117. DE	118. BDE	119. BE	120. BD
121. ABCD	122. ABD	123. BCE	124. AE	125. ABCD
126. AE	127. ABCD	128. ABD	129. CE	130. ABC
131. DE	132. ABCDE	133. ACDE	134. BCD	135. BCE
136. AE	137. ABC	138. ABC	139. BD	140. ABCD
141. AC	142. BD	143. ACE	144. CE	

三、判断题

1. 对	2. 对	3. 错	4. 对	5. 对	6. 对	7. 错	
8. 对	9. 对	10. 对	11. 错	12. 对	13. 对	14. 对	
15. 对	16. 对	17. 对	18. 对	19. 对	20. 错	21. 对	
22. 对	23. 对	24. 对	25. 错	26. 对	27. 对	28. 错	
29. 错	30. 对	31. 错	32. 对	33. 对	34. 对	35. 错	
36. 对	37. 对	38. 对	39. 对	40. 对	41. 对	42. 对	
43. 对	44. 对	45. 对	46. 错	47. 错	48. 错	49. 对	

50. 对	51. 对	52. 对	53. 对	54. 对	55. 对	56. 错
57. 对	58. 错	59. 对	60. 对	61. 对	62. 错	63. 错
64. 对	65. 错	66. 对	67. 对	68. 对	69. 对	70. 错
71. 对	72. 对	73. 对	74. 对	75. 对	76. 对	77. 对
78. 对	79. 对	80. 对	81. 对	82. 错	83. 错	84. 错
85. 错	86. 错	87. 错	88. 对	89. 对	90. 对	91. 对
92. 对	93. 错	94. 对	95. 错	96. 对	97. 对	98. 对
99. 对	100. 错	101. 错	102. 错	103. 对	104. 对	105. 错
106. 错	107. 对	108. 错	109. 对	110. 错	111. 对	112. 对
113. 对	114. 错	115. 错	116. 对	117. 对	118. 错	119. 对
120. 错	121. 错	122. 错	123. 对	124. 错	125. 错	126. 对
127. 对	128. 错	129. 对	130. 对	131. 错	132. 错	133. 对
134. 对	135. 错	136. 对	137. 对	138. 对	139. 对	140. 错
141. 对	142. 对	143. 错	144. 错	145. 对	146. 错	147. 错
148. 对	149. 错	150. 对	151. 对	152. 对	153. 错	154. 错
155. 对	156. 错	157. 对	158. 错	159. 对	160. 对	161. 对
162. 对	163. 对	164. 对	165. 错	166. 对	167. 对	168. 错
169. 对	170. 对	171. 对	172. 错	173. 错	174. 对	175. 错
176. 对	177. 对	178. 错	179. 错	180. 对		

第二部 救 赎

　　第二部共 42 章。第二部主要讲述聂赫留朵夫在见到玛丝洛娃并决心赎罪后，如何改变自己的生活的。这包括三大主线：第一，聂赫留朵夫在农村决定把土地分给农民；第二，继续到监狱中探望玛丝洛娃，并继续为玛丝洛娃以及其他无辜的民众的冤案奔走周旋于彼得堡上层社会；第三，决定跟随玛丝洛娃到西伯利亚去。

　　1—10 章展开的是第一大线索。这部分主要讲述聂赫留朵夫在农村对自己土地的处理。这条线索上串联了揭露农村的极度贫困、两代人的差异和土地私有制的罪恶等内容，同时对土地私有制的看法和改变尝试也为第 32 章聂赫留朵夫与姐夫的争论打下伏笔。这是一场作者精心设计的关于土地和法律问题的争论，在聂赫留朵夫与姐夫短兵相接的唇枪舌剑中，小说批评专制制度的主题得到深刻展现。第 4 章通过与两个天真的还没有受到等级观念束缚的农村孩子的对话，真实地展现了 19 世纪俄国农村的贫困。与之对比，第 5 章，农村的成年人则忍气吞声，对生活的不公既不敢发怒，也不敢抱怨，特别是从聂赫留朵夫和玛丝洛娃的姨妈的对话以及第 9 章聂赫留朵夫同农民代表的谈话中，我们看到了奴性的、愚昧落后的农民群体的局限性。作者没有做任何评价，虽然土地私有制是造成农民贫困的最主要原因，但作者不动声色地让读者们看到了农村贫困与愚昧落后的关系。

　　第二条主线通过继续探视玛丝洛娃，读者看到了玛丝洛娃作为精神的人的变化。第 13 章，她与聂赫留朵夫的旧照这一情节很值得玩味。在为玛丝洛娃奔走、周旋于上层社会的过程中，上层社会形形色色的人的嘴脸被无情揭露，同时他们的奢靡生活与第一条线索中农民的悲惨生活有了强烈的对比。

第三条主线是关于赎罪的,聂赫留朵夫决定跟随被判做苦役的玛丝洛娃到西伯利亚去。这条主线上牵系着一个关键词——火车站。聂赫留朵夫在准备到火车站去的前前后后发生的事情,目睹犯人的悲惨境遇的过程,见证了他的精神的人的复活。

自我检测

一、单项选择题

705. 在被押庭审后,玛丝洛娃的案子可能过两个星期后由( )审理。

A. 原法庭　　B. 枢密院　　C. 最高院　　D. 沙皇

706. 聂赫留朵夫打算去彼得堡的原因是( )。

A. 到首都去旅游

B. 万一玛丝洛娃一案枢密院败诉,去告御状

C. 看望他的姨妈

D. 跻身贵族圈子

707. 聂赫留朵夫收入的主要来源是( )。

A. 当陪审员的报酬　　B. 他的工资

C. 拥有一大片黑土的地产　　D. 替别人打官司

708. 聂赫留朵夫熟悉农民和账房的关系,也就是( )的关系。

A. 农民和账房先生　　B. 农民和管账的

C. 农民和长官　　D. 农民和地主

709. 俄国1861年废止的那种明目张胆的奴役是指( )。

A. 农民受到生活在农民中间的某些人的奴役

B. 有些无地或少地的农民受大地主们的共同奴役

C. 地主可以随意买卖农民

D. 一些人受一个地主的奴役

710. 聂赫留朵夫知道农庄经营就是以这种奴役为基础的。"这种奴役"具体是指( )。

A. 地主可以随意买卖农民

B. 一些人受一个地主的奴役

C. 就是那种明目张胆的奴役

D. 一切无地或少地的农民受大地主们的共同奴役

711. 聂赫留朵夫熟悉农民和账房之间的关系。下列选项中对这种关系正确的描述有(　　)。

A. 农民没有文化,很难成为管账先生

B. 就是那种明目张胆的奴役

C. 一切无地或少地的农民受大地主们的共同奴役

D. 一些人受一个地主的奴役

712. 下列选项中,正确描述聂赫留朵夫对农庄经营理解的有(　　)。

A. 农庄经营以地主奴役农民为基础

B. 农庄经营以地主和农民相互依赖为基础

C. 农庄经营方式是公平的,但有时不免残酷

D. 农庄经营方式是不公平的,但并不残酷

713. 下列关于农民和账房的关系正确的描述有(　　)。

A. 就是农民和地主的关系　　B. 农民和管账的互相依赖

C. 农民能难成为账房先生　　D. 农民和管家的关系

714. 下列选项中,正确描述聂赫留朵夫对农庄经营理解的有(　　)。

A. 农庄经营以地主和农民相互依赖为基础

B. 农庄经营方式是公平的,但有时不免残酷

C. 农庄经营方式是不公平的,残酷无情的

D. 没有奴役就没有发展,所以奴役是必不可少的

715. 早在(　　),聂赫留朵夫就信奉亨利·乔治的学说并热心加以宣扬。

A. 学生时代　　　　　　B. 服兵役时

C. 部队里　　　　　　　D. 和卡秋莎相识后

716. 下列关于农民和账房的关系正确的描述有(　　)。

A. 农民和管账的互相依赖　　B. 农民完全依赖账房

C. 农民能难成为账房先生　　D. 农民和账房先生的关系

717. 聂赫留朵夫信奉亨利·乔治的学说并热心加以宣扬。当时他就知道这个问题。"这个问题"指（　　）。

A. 农庄经营的基础和方式　　B. 官僚体制的腐败
C. 农场主是不能没有土地的　　D. 农民和账房先生的关系

718. 聂赫留朵夫熟悉农民和账房之间的关系。下列选项中对这种关系正确的描述有（　　）。

A. 也就是农民和地主之间的关系

B. 就是那种明目张胆的奴役

C. 一些人受一个地主的奴役

D. 农民没有文化，很难成为管账先生

719. 根据这个学说，聂赫留朵夫把长辈留给他的土地分赠给了农民，认为拥有土地也是一种罪孽。"这个学说"是指（　　）。

A. 薇拉的革命论　　B. 达尔文的进化论
C. 亨利·乔治的学说　　D. 龙勃罗梭的先天犯罪说

720. 下列关于农民和账房的关系正确的描述有（　　）。

A. 农民受账房奴役　　B. 农民和管账的互相依赖
C. 农民能难成为账房先生　　D. 农民和地主互相依赖

721. 年轻时，根据某种学说，聂赫留朵夫把（　　）留给他的土地分赠给了农民，因为拥有土地也是一种罪孽。

A. 母亲　　B. 姑妈　　C. 姨妈　　D. 父亲

722. 俄国1861年废止的农民与地主的关系是指（　　）。

A. 农民受到生活在农民中间的某些人的奴役

B. 一切无地或少地的农民受大地主们的共同奴役

C. 明目张胆的奴役

D. 地主可以随意买卖农民

723. 聂赫留朵夫在军队生活，养成了挥金如土的习惯。复员后，原先信奉的学说已被置诸脑后，非但不再思考（　　），而且竭力回避这些问题。

A. 他是否应该和玛丝洛娃结婚

B．他对财产应抱什么态度

C．如何经营农庄

D．组织革命任务

724．聂赫留朵夫的母亲去世后，他继承了遗产，开始管理土地，这些事又使他想到（　　）的问题。

A．结婚生子，继承遗产　　B．他是否应该和玛丝洛娃结婚

C．土地私有制　　　　　　D．要把土地租出去

725．聂赫留朵夫不久就将去西伯利亚，而且为了处理监狱里的各种麻烦问题，都需要花钱，他决定之一是（　　）。

A．即使如此，也不能维持现状

B．把土地都置换成钱

C．暂时还是要靠土地得到收入

D．不能没有土地

726．聂赫留朵夫反复拿地主同农奴主的地位进行比较，觉得地主不雇工种地而把土地（　　）农民，无异于农奴主把农民的徭役制改为代役租制。这样虽然并不解决问题，但是向解决问题迈出来一步。

A．租给　　　B．卖给　　　C．赠予　　　D．分给

727．下列关于农民和账房的关系不正确的描述有（　　）。

A．农民和管账的互相依赖　　B．农民受账房奴役

C．就是农民和地主的关系　　D．农民完全依赖账房

728．聂赫留朵夫不久就将去西伯利亚，而且为了处理监狱里的各种麻烦问题，都需要花钱，他决定之一是（　　）。

A．把土地都置换成钱　　　　B．继续维持拥有土地的现状

C．不能没有土地　　　　　　D．一定要加以改变

729．聂赫留朵夫决定无论玛丝洛娃被发送到哪里，他都要跟着去后，他决定做出改变，宁可自己吃亏。这个"改变"指（　　）。

A．把土地交给农民，即使将丧失大部分收入

B．不能没有土地

C．把土地都置换成钱

D．继续维持拥有土地的现状

730. "聂赫留朵夫决定做出改变后对土地的做法,虽然并不解决问题,但向解决问题迈出了一步。"下列选项中对该句的正确理解应为( )。

　　A. 消灭了压迫

　　B. 消灭了奴役

　　C. 压迫从比较粗暴的形式过渡到不太粗暴的形式

　　D. 压迫从不太粗暴的形式过渡到比较粗暴的形式

731. 聂赫留朵夫在军队生活,养成了挥金如土的习惯。复员后,原先信奉的学说已被置诸脑后,不再思考他对财产应抱什么态度,竭力( )这些问题。

　　A. 反对　　　　　　　　B. 回避

　　C. 思考如何出人头地　　D. 思考如何加官晋爵

732. 聂赫留朵夫想,不管他的德国管家怎样管理他的庄园,怎样揩他的油,他都不在乎。但是途中马车夫的话,却使他不快,因为( )。

　　A. 聂赫留朵夫有意隐瞒自己的身份却被马车夫识破

　　B. 他的德国管家占了他的庄园太大便宜

　　C. 德国管家在他的庄园主宰一切,为所欲为

　　D. 马车夫粗俗地大骂庄园主,因为他不知道车上坐的聂赫留朵夫就是庄园主

733. ( )促使聂赫留朵夫更加打定主意,不再经营农庄。

　　A. 马车夫骂他的话　　　B. 农庄经营亏损

　　C. 要到西伯利亚去　　　D. 同管家的谈话

734. 聂赫留朵夫决定无论玛丝洛娃被发送到哪里,他都要跟着去后,他决定做出改变,宁可自己吃亏。这个"改变"包括( )。

　　A. 自己不再经营土地

　　B. 把土地交给姐姐好好经营

　　C. 让德籍管家好好经营,而自己不再插手经营了

　　D. 跟着玛丝洛娃走可以赎罪了,不必和她结婚

735. ( )促使聂赫留朵夫更加打定主意,不再经营农庄。

　　A. 管家告诉他,亏得农民缺少土地,因此地主占了很多便宜

B. 把土地交给姐姐好好经营

C. 农庄经营已经亏损,与其继续经营还不如把地分给农民

D. 管家认为农民有了土地就有了劳动的积极性

736. "聂赫留朵夫决定做出改变后对土地的做法,虽然并不解决问题,但向解决问题迈出了一步。"下列选项中对该句的正确理解应为(　　)。

A. 压迫的程度减轻了

B. 压迫不存在了

C. 压迫的程度增加了

D. 聂赫留朵夫能得到更多的收入了

737.(　　)促使聂赫留朵夫更加打定主意,不再经营农庄。

A. 农庄经营已经亏损,与其继续经营还不如把地分给农民

B. 管家说农民会糟蹋土地,聂赫留朵夫会丧失大部分收入

C. 把土地交给姐姐好好经营

D. 德国管家在他的庄园主宰一切,为所欲为

738. 以前聂赫留朵夫觉得放弃那一切轻而易举,如今却又很舍不得,舍不得他的(　　),舍不得他的(　　)。

A. 母亲的红木镶花圈椅;贵族身份

B. 快要倒塌的房子;朝夕相伴的仆人们

C. 土地;一半收入

D. 精明能干的管家;荒芜的花园

739. 聂赫留朵夫决定无论玛丝洛娃被发送到哪里,他都要跟着去后,他决定做出改变,宁可自己吃亏。这个"改变"包括(　　)。

A. 以低廉的租金把土地出租给农民

B. 把农民的徭役制改为代役租制

C. 让德籍管家好好经营,而自己不再插手经营了

D. 跟着玛丝洛娃走可以赎罪了,不必和她结婚

740.(　　)促使聂赫留朵夫更加打定主意,不再经营农庄。

A. 让德籍管家好好经营,而自己不再插手经营了

B. 农庄经营已经亏损,与其继续经营还不如把地分给农民

C. 管家认为农民有了土地就有了劳动的积极性

D. 管家提出种种理由,认为交出土地会吃大亏

741. 聂赫留朵夫到庄园处理土地,看到母亲卧室里的椅子、快要倒塌的房子和荒芜的花园,产生了(　　)的心情。

A. 一切快要结束　　　　　B. 舍不得

C. 尽快卖掉这个庄园　　　D. 愉快

742. 聂赫留朵夫决定无论玛丝洛娃被发送到哪里,他都要跟着去后,他决定做出改变,宁可自己吃亏。这个"改变"包括(　　)。

A. 把农民的徭役制改为代役租制

B. 让德籍管家好好经营,而自己不再插手经营了

C. 把土地交给姐姐好好经营

D. 使农民完全不必依赖地主

743. 下列选项不符合促使聂赫留朵夫更加打定主意,不再经营农庄的理由的是(　　)。

A. 管家说农民会糟蹋土地,聂赫留朵夫会丧失大部分收入

B. 管家告诉他,亏得农民缺少土地,因此地主占了很多便宜

C. 管家提出种种理由,认为交出土地会吃大亏

D. 农庄经营已经亏损,与其继续经营还不如把地分给农民

744. 聂赫留朵夫想到自己坚决抵制总管的意见,准备为(　　)做出牺牲,感到愉快。

A. 玛丝洛娃　　B. 农民　　　C. 革命　　　D. 高官厚禄

745. 聂赫留朵夫在决定把库兹明斯科耶的土地分给农民后,思想是有斗争的。下列选项正确描述他当时思想斗争的心理活动有(　　)。

A. 这些产业虽不是他置办的,但也来之不易,而且好不容易才保存到今天

B. 如今反正要到西伯利亚去住一辈子了,这些土地对他毫无意义了

C. 这些土地本来就不是他在经营,而是全权交给了德籍管家,他管理得井井有条的

D. 这个地方是他和玛丝洛娃相识、相爱的地方,卖掉真的有点舍

不得

746．聂赫留朵夫心事重重地在库兹明斯科耶的农庄睡了一晚，早晨醒来，想到当前要办的事感到高兴和自豪。"当前要办的事"指(　　)。

　　A．以低廉的租金把土地出租给农民
　　B．准备和玛丝洛娃结婚的事情
　　C．准备把家产托付给管家经营
　　D．决定了要跟随玛丝洛娃，无论她被发送到哪里

747．聂赫留朵夫在决定把库兹明斯科耶的土地分给农民后，思想是有斗争的。下列选项正确描述他当时心里斗争的心理活动有(　　)。

　　A．这样做就可以在别人面前炫耀自己高尚的德行，也就无所谓舍不得了
　　B．要是结婚，就会有孩子，你完整无缺地接收了这个庄园，以后他也得完整无缺地把它传给后代
　　C．这些土地本来就不是他在经营，而是全权交给了德籍管家，他管理得井井有条的
　　D．这个地方是他和玛丝洛娃相识、相爱的地方，卖掉真的有点舍不得

748．聂赫留朵夫心事重重地在库兹明斯科耶睡了一晚，早晨醒来，昨天(　　)的心情已完全消失。此刻想到那种心情，反而觉得奇怪。

　　A．不知如何把土地租给农民
　　B．下不来决心是否跟玛丝洛娃到西伯利亚去
　　C．舍不得把家产交给管家
　　D．舍不得交出土地、清理庄园

749．在库兹明斯科耶，聂赫留朵夫和农民们商谈土地租金，租金由(　　)来承担。

　　A．农民个人　　　　　　　B．不同派别
　　C．全村农民成立的合作社　D．聂赫留朵夫本人

750．聂赫留朵夫在决定把库兹明斯科耶的土地分给农民后，思想是有斗争的。下列选项正确描述他当时心里斗争的心理活动有(　　)。

A. 这个地方是他和玛丝洛娃相识、相爱的地方,卖掉真的有点舍不得

B. 这样就做可以在别人面前炫耀自己高尚的德行,也就无所谓舍不得了

C. 他现在这样做是不是真的出于良心,还是好在他们面前炫耀自己的德行

D. 如今反正要到西伯利亚去住一辈子了,这些土地对他毫无意义了

751. 聂赫留朵夫一想到马上就要和他自己农庄上的农民谈话,他的心情是(　　)。

A. 又胆怯又得意　　　　B. 又兴奋又害臊

C. 又胆怯又害臊　　　　D. 又舍不得又得意

752. 聂赫留朵夫在决定把库兹明斯科耶的土地分给农民后的当晚,思想是有斗争的。下列选项正确描述他当时心里斗争的心理活动有(　　)。

A. 这个地方是他和玛丝洛娃相识、相爱的地方,卖掉真的有点舍不得

B. 如今反正要到西伯利亚去住一辈子了,这些土地对他毫无意义了

C. 他把土地分给农民,毁掉他的庄园是愚蠢的、荒唐的

D. 这些土地本来就不是他在经营,而是全权交给了德籍管家,他管理得井井有条的

753. 下列选项中正确形容聂赫留朵夫的德国管家的有(　　)。

A. 刚愎自用　B. 心地善良　C. 头脑糊涂　D. 不善经营

754. 聂赫留朵夫要满足农民们连想也不敢想的愿望,也就是说恩赐给他们。这个愿望是指(　　)。

A. 把整个庄园分给农民　　B. 以低廉的地租分给农民土地

C. 把农具分给农民　　　　D. 把土地无偿分给农民

755. 聂赫留朵夫在决定把库兹明斯科耶的土地分给农民后,思想是有斗争的。下列选项正确描述他当时心里斗争的心理活动有(　　)。

A. 他对土地负有责任。把土地交出去容易,但是重新创立这点产业可就难了

B. 这些土地本来就不是他在经营,而是全权交给了德籍管家,他管理得井井有条的

C. 这个地方是他和玛丝洛娃相识、相爱的地方,卖掉真的有点舍不得

D. 如今反正要到西伯利亚去住一辈子了,这些土地对他毫无意义了

756. 聂赫留朵夫决定把土地租给农民,他在自己庄园里的农民们面前忽然觉得十分狼狈,窘得半天说不上话来,是( )打破了这种难堪的沉默先开口说话了。

  A. 他的德国总管   B. 外貌不扬的小个儿农民

  C. 账房   D. 喜欢饶舌的红头发农民

757. 在库兹明斯科耶,聂赫留朵夫和农民商谈土地租价,不满意的人有( )。

  A. 账房   B. 聂赫留朵夫

  C. 聂赫留朵夫的姐姐   D. 玛丝洛娃

758. 在库兹明斯科耶,聂赫留朵夫和农民们商谈土地租金的结果是( )。

  A. 双方都很满意

  B. 双方都不满意

  C. 只有聂赫留朵夫感到满意

  D. 只有农民们感到满意

759. 在库兹明斯科耶,聂赫留朵夫和农民们商谈土地租金。下列正确描述当时商谈场景的选项之一是( )。

  A. 农民们心存感激,知道聂赫留朵夫租金定得很低了

  B. 双方展开了一场舌战

  C. 农民把租金压得太低,聂赫留朵夫不满意

  D. 聂赫留朵夫租金定得太高,农民们无法满意

760. 聂赫留朵夫憎恨他姐夫的原因有( )。

A. 姐夫与他们家不门当户对

B. 姐姐居然那么爱这个精神贫乏的人,并且为了讨好他而摒弃自己的一切美德

C. 姐姐不爱姐夫却不能和他离婚

D. 姐夫不爱姐姐,要和姐姐离婚

761. 在库兹明斯科耶,聂赫留朵夫和农民商谈土地租价,不满意的人有(　　)。

A. 农民们　　　　　　B. 聂赫留朵夫的姐姐

C. 玛丝洛娃　　　　　D. 喜欢饶舌的红头发农民

762. 在库兹明斯科耶,聂赫留朵夫和农民们商谈土地租金。下列正确描述当时商谈场景的选项之一是(　　)。

A. 双方都不明白他们在争些什么,说些什么

B. 双方都明白他们在争些什么,说些什么

C. 聂赫留朵夫租金定得太高,农民们无法满意

D. 农民们心存感激,知道聂赫留朵夫租金定得很低了

763. 在库兹明斯科耶,聂赫留朵夫和农民们商谈土地租金。农民分成两派,下列组成农民分派情况之一的有(　　)。

A. 革命派

B. 反革命派

C. 想把体弱、付款困难的农民排挤在外的农民

D. 有地的农民和无地的农民

764. 在库兹明斯科耶农民们分成两派,争论激烈。最后亏得(　　)出力,才讲定了价钱和付款期限。

A. 庄园主聂赫留朵夫　　B. 庄园总管

C. 庄园账房　　　　　　D. 外貌不扬的小个儿农民

765. 在库兹明斯科耶,聂赫留朵夫和农民们商谈土地租金。下列正确描述当时商谈场景的选项之一是(　　)。

A. 农民把租金压得太低,聂赫留朵夫不满意

B. 农民们心存感激,知道聂赫留朵夫租金定得很低了

C. 双方都明白他们在争些什么,说些什么

D. 一方愤怒,恐惧而有所克制;一方大权在握

766. 聂赫留朵夫离开库兹明斯科耶,来到(　　)让他继承的庄园,也就是他认识卡秋莎的地方。

A. 姑妈　　B. 父亲　　C. 母亲　　D. 姨妈

767. 在库兹明斯科耶,聂赫留朵夫和农民们商谈土地租金。农民分成两派,下列组成农民分派情况之一的有(　　)。

A. 有地的农民和无地的农民　　B. 被排挤的农民

C. 富农　　D. 贫农

768. 多年之后,当聂赫留朵夫再次回到姑妈家的庄园时,除了花园以外,他看到的景象是(　　)。

A. 欣欣向荣　B. 百花争艳　C. 衰败荒凉　D. 物是人非

769. 聂赫留朵夫离开库兹明斯科耶,来到他要继承的庄园,也就是他认识卡秋莎的地方。他此行的目的有(　　)。

A. 见见卡秋莎　　B. 见见他和卡秋莎的孩子

C. 处理这里的地产　　D. 带卡秋莎离开庄园

770. 聂赫留朵夫听着总管和农民的争吵,心里很(　　)。他竭力想使大家回过来谈正经事。

A. 难过　　B. 高兴　　C. 愤怒　　D. 委屈

771. 在认识卡秋莎的庄园,聂赫留朵夫对(　　)进行了认真严肃的思考。

A. 出售庄园的土地

B. 出租库兹明斯科耶土地

C. 土地私有制

D. 出售庄园的农具、牲口给农民

772. 聂赫留朵夫离开库兹明斯科耶,来到他要继承的庄园,也就是他认识卡秋莎的地方。他此行的目的之一是(　　)。

A. 睹物思人　　B. 打听卡秋莎的事

C. 见见卡秋莎　　D. 见见他和卡秋莎的孩子

773. 聂赫留朵夫听着总管和农民的争吵,他竭力想使大家回过来谈正经事。"正经事"是指(　　)。

A. 商定地租和付款期限

B. 商定土地出卖价格

C. 商定出卖土地的付款期限

D. 商定如何出售农具和牲口

774. 聂赫留朵夫离开库兹明斯科耶，来到巴诺伏的庄园，花园里的丁香花也像十二年前般盛开，那年他曾和十六岁的（　　）一起玩捉人游戏。

A. 薇拉　　B. 米西　　C. 谢继妮娜　　D. 卡秋莎

775. 聂赫留朵夫离开库兹明斯科耶，来到巴诺伏的庄园。他此行的目的之一是（　　）。

A. 打听卡秋莎和他的孩子的情况

B. 见见卡秋莎

C. 见见他和卡秋莎的孩子

D. 睹物思人

776. 聂赫留朵夫回到他继承自姑妈的庄园，也就是他认识卡秋莎的地方，要去找一个叫玛特廖娜的女人。这个女人是（　　）。

A. 聂赫留朵夫的另一个姨妈

B. 聂赫留朵夫和卡秋莎的孩子的养母

C. 卡秋莎的姨妈

D. 专门把婴儿送到育婴堂的女人

777. 聂赫留朵夫在（　　）亲眼见到了农民的贫穷。

A. 姑妈让他继承的庄园　　B. 库兹明斯科耶的庄园

C. 他母亲留给他的庄园　　D. 他父亲留给他的庄园

778. 聂赫留朵夫在巴诺伏的庄园目睹了农民的贫穷后，他感到（　　）。

A. 又无奈又无助　　B. 又窘迫又羞愧

C. 无动于衷　　D. 实际比他想象的要好一些

779. 聂赫留朵夫重新回到他认识卡秋莎的地方。村里有个和"寡妇一样"的女人，她的丈夫因为（　　）原因，被送去坐牢，已经被关了五个多月了。

A. 酗酒不归家 B. 买私酒
C. 砍了东家两棵小桦树 D. 卖私酒

780. 从卡秋莎的姨妈那里,聂赫留朵夫了解到他和卡秋莎的孩子送到育婴堂后(　　)。

A. 有人抱养了 B. 生病了
C. 不知下落了 D. 死了

781. 多年后,聂赫留朵夫回到继承自姑妈的庄园,目睹了农民的贫穷。他十分清楚地知道了老百姓的全部灾殃,就是由于(　　)。

A. 没有知识 B. 没有土地 C. 不团结 D. 懒惰

782. 聂赫留朵夫在继承自姑妈的庄园里看到农民的生活状况。下列如实描写农民生活的选项之一有(　　)。

A. 妇女从事力不胜任的繁重劳动
B. 农民经常贪图小利,偷盗
C. 老百姓怨声载道,怨天尤人
D. 农民们普遍比较懒惰

783. 聂赫留朵夫在自己的庄园里思考土地私有制问题,认为各种学术团体、政府机关和报纸都在讨论老百姓贫穷的原因和改善他们生活的办法,唯独忽略那种切实可靠的办法。这种"切实可靠的办法"是指(　　)。

A. 提高老百姓的教育水平
B. 降低农业税收
C. 不再从农民手里夺走他们必需的土地
D. 提高医疗水平,让老百姓不至于纷纷死亡

784. 聂赫留朵夫在他认识卡秋莎的庄园里经过认真严肃的思考后,对处理(　　)的办法找到了他感到害臊的原因。

A. 继承自姑妈的土地 B. 母亲留下的土地
C. 父亲留下的土地 D. 库兹明斯科耶土地

785. 刚刚回到巴诺伏的庄园后,聂赫留朵夫决定(　　)。

A. 把土地都置换成钱
B. 用他在库兹明斯科耶处理土地的办法处理土地

C. 立刻和卡秋莎结婚

D. 立刻和卡秋莎到西伯利亚流放

786. 聂赫留朵夫在继承自姑妈的庄园里看到农民的生活状况。下列如实描写农民生活的选项之一有（　　）。

A. 农民们普遍比较懒惰

B. 老百姓纷纷死亡。他们对死亡不当一回事，因为经常有人死亡

C. 老百姓怨声载道，怨天尤人

D. 农民经常贪图小利，偷盗

787. 在认识卡秋莎的庄园里，管家头脑里有一个根深蒂固的信条，那就是（　　）。

A. 人人都在损人利己　　　B. 人与人之间是平等的

C. 人不应该损人利己　　　D. 人与人之间是有等级之分的

788. 聂赫留朵夫在继承自姑妈的庄园里看到农民的生活状况。下列如实描写农民生活的选项之一有（　　）。

A. 农民经常贪图小利，偷盗

B. 农民们缺少教育，没有礼貌

C. 农民怨声载道，怨天尤人

D. 食品普遍不足，尤其老年人缺乏吃的东西

789. 和处理库兹明斯科耶土地的办法相比较，聂赫留朵夫处理巴诺伏庄园土地的不同点是（　　）。

A. 土地的全部收益成为农民的公积金

B. 土地无偿赠予农民

C. 收取较高的地租

D. 把土地交给农民，他收取租金

790. 姑妈庄园里的管家对聂赫留朵夫处理土地的方案的认识是（　　）。

A. 聂赫留朵夫真是一个高尚的人

B. 同意聂赫留朵夫的方案

C. 聂赫留朵夫脑子有病

D. 强烈反对这个方案，因为损害了他的利益

791. 聂赫留朵夫在继承自姑妈的庄园里看到农民的生活状况。下列如实描写农民生活的选项之一有（　　）。

A. 儿童夭折

B. 农民并不知道他们贫穷的主要原因，但是安贫乐道

C. 老百姓怨声载道，怨天尤人

D. 农民经常贪图小利，偷盗

792. 对于聂赫留朵夫处理姑妈庄园土地的方案，下列选项正确的有（　　）。

A. 为别人的利益放弃自己的利益

B. 把土地租给农民，自己只收取低廉的租金

C. 土地无偿赠予农民

D. 管家对这个方案很感兴趣，因为可以从中捞到好处

793. 当聂赫留朵夫向农民宣布，他打算把土地都交给他们，下列选项符合农民的反应的有（　　）。

A. 兴高采烈　　B. 十分感激　　C. 默不作声　　D. 热泪盈眶

794. 起初对于聂赫留朵夫处理土地的方案，姑妈庄园的农民的态度是（　　）。

A. 谁也不愿上当　　　　B. 表示感激

C. 讨价还价　　　　　　D. 要使东家难堪

795. 农民们根据祖祖辈辈的经验知道，要是地主把他们召集来，向他们提出什么新办法，那准是想用（　　）的手段来欺骗他们。

A. 更仁慈　　B. 更狡猾　　C. 狡猾　　D. 仁慈

796. 对于聂赫留朵夫处理姑妈庄园土地的方案，下列选项正确的有（　　）。

A. 土地无偿赠予农民

B. 把土地租给农民，自己只收取低廉的租金

C. 把土地交给农民，收齐租金，并规定地租是农民的财产，由他们自己支配

D. 管家对这个方案很感兴趣，因为可以从中捞到好处

797. 当聂赫留朵夫向农民宣布，他打算把土地都交给他们，下列选

项符合农民的反应的有( )。

　　A．兴高采烈　　　　　　B．感激涕零
　　C．面无表情　　　　　　D．激动得说不出话来

798．对于聂赫留朵夫处理土地的方案,姑妈庄园的农民的态度是( )。

　　A．终于盼到这一天　　　B．讨价还价
　　C．要使东家难堪　　　　D．不愿使东家难堪

799．下列选项中,对于聂赫留朵夫大学好友谢列宁描述正确的有( )。

　　A．工作后,不仅在口头上,而且在实际行动上把为人们服务作为生活目标
　　B．大学时代相貌俊美,风度翩翩
　　C．在部队时期就摆脱了官方宗教的迷信
　　D．书读得好,但有点书生气

800．对于聂赫留朵夫处理姑妈庄园土地的方案,下列选项正确的有( )。

　　A．土地的全部收入成为农民的公积金
　　B．把土地租给农民,自己只收取低廉的租金
　　C．这就是单一税
　　D．管家对这个方案很感兴趣,因为可以从中捞到好处

801．姑妈庄园的农民不理解聂赫留朵夫处理土地的方案,是因为( )。

　　A．他们深信,维护自己利益是人类的本性
　　B．他们文化程度不高
　　C．聂赫留朵夫没有解释清楚
　　D．管家从中作梗

802．对于聂赫留朵夫处理姑妈庄园土地的方案,下列选项正确的有( )。

　　A．把土地租给农民,自己只收取低廉的租金
　　B．土地无偿赠予农民

C. 管家对这个方案很感兴趣,因为可以从中捞到好处

D. 管家认为这是损害自己利益的方案,东家脑子有病

803．库兹明斯科耶的农民接受聂赫留朵夫的建议并再三向他道谢,而这里的农民却不信任他,甚至抱着敌意。"这里的农民"是指来自(　　)的农民。

    A．姑妈让他继承的庄园　　B．库兹明斯科耶的庄园

    C．他母亲留给他的庄园　　D．他父亲留给他的庄园

804．聂赫留朵夫重回巴诺伏的庄园,走到户外,想到花园里去,可是一想到那个夜晚,想到侍女房间的窗户,想到后门廊,就不愿去了。"那个夜晚"是指(　　)。

    A．他认识卡秋莎的那个夜晚

    B．他诱奸卡秋莎的那个夜晚

    C．他把土地分给农民的那个夜晚

    D．他参军入伍的那个夜晚

805．聂赫留朵夫要把土地交给农民,巴诺伏庄园的农民却不信他,甚至抱着敌意,聂赫留朵夫的心情是(　　)。

    A．困惑不解　　　　　　B．闷闷不乐

    C．平静而快乐　　　　　D．十分委屈

806．聂赫留朵夫重回他认识卡秋莎的庄园处理土地,他对在那里过的那个夜晚感到(　　)。

    A．困惑不解　　　　　　B．闷闷不乐

    C．十分委屈　　　　　　D．快乐幸福

807．在重回姑妈庄园的那个夜晚,聂赫留朵夫记起小时候同尼科连卡·伊尔捷涅夫许下的心愿有(　　)。

    A．一定要出人头地

    B．把土地租给农民,自己只收取低廉的租金

    C．尽力为一切人谋幸福

    D．互相提携过富足的生活

808．对于聂赫留朵夫处理姑妈庄园土地的方案,下列选项不正确的有(　　)。

A. 现行制度下最接近单一税的办法

B. 管家认为这是损害自己利益的方案,东家脑子有病

C. 管家对这个方案很感兴趣,因为可以从中捞到好处

D. 土地的全部收入成为农民的公积金

809. ( )聂赫留朵夫觉得他不仅同当年一样快活,而且同一生中最美好的时光一样幸福。

A. 想起当年爱上卡秋莎之后

B. 重新回到姑妈家的庄园,处理完土地之后

C. 回到库兹明斯科耶庄园处理完土地之后

D. 见到小时候的同伴尼科连卡·伊尔捷涅夫时

810. 在重回姑妈庄园的那个夜晚,聂赫留朵夫记起小时候同尼科连卡·伊尔捷涅夫许下的心愿有( )。

A. 互相提携过富足的生活　　B. 互相帮助过高尚的生活

C. 一定要出人头地　　　　　D. 一起重回庄园

811. 在库兹明斯科耶令聂赫留朵夫感到顾虑重重的每个问题,现在都变得简单了。"现在"是指( )。

A. 到了西伯利亚后

B. 在姑妈的庄园土地处理前的那个夜晚

C. 刚刚到姑妈的庄园时

D. 在姑妈的庄园土地处理后的那个夜晚

812. 在处理完姑妈庄园的土地后,聂赫留朵夫十分清楚要为别人做的事情。"事情"之一是( )。

A. 必须把土地交给农民

B. 马上准备和卡秋莎结婚

C. 马上准备和卡秋莎解除婚约

D. 必须把土地租给农民获得较高的租金

813. 应管家的邀请来到苹果园开会,在七名被推选出来的庄稼汉中,对这件事情态度最认真的人是( )。

A. 声音低沉、鼻子很长、蓄有山羊胡子的高个子

B. 退伍士兵

C. 相貌端庄的老农

D. 瞎了一只眼的小老头

814. 在处理完姑妈庄园的土地后,聂赫留朵夫十分清楚要为别人做的事情。"事情"之一是( )。

A. 应该帮助卡秋莎,不惜代价向她赎罪

B. 马上准备和卡秋莎结婚

C. 马上准备和卡秋莎解除婚约

D. 必须把土地租给农民获得较高的租金

815. 在库兹明斯科耶令聂赫留朵夫感到顾虑重重的每个问题,现在都变得简单了。变得简单的原因之一是( )。

A. 随着年龄的增长,他现在成熟了

B. 只需要考虑照道理应该怎么办

C. 通过向玛丝洛娃赎罪,他知道了自己的错误

D. 农民们文化水平低,而且头脑简单,很好对付

816. 在巴诺伏的庄园,第二次召集农民开会发言时,聂赫留朵夫感到( )。

A. 心慌意乱　B. 不心慌意乱　C. 愤怒　　D. 十分困惑

817. 在七名被推选出来的农民中,只有穿着一件干净的土布衣服和一双新树皮鞋的农民( )。

A. 完全懂得聂赫留朵夫的话

B. 不懂聂赫留朵夫的话

C. 反对聂赫留朵夫的一切建议

D. 比较懂,并且立刻把聂赫留朵夫的话翻译一遍

818. 在库兹明斯科耶令聂赫留朵夫感到顾虑重重的每个问题,现在都变得简单了。变得简单的原因之一是( )。

A. 不再考虑对他将有什么后果,甚至对这些问题不感兴趣

B. 通过向玛丝洛娃赎罪,他知道了自己的错误

C. 农民们文化水平低,而且头脑简单,很好对付

D. 因为库兹明斯科耶的农民更穷

819. 在处理完姑妈庄园的土地后,聂赫留朵夫十分清楚要为别人

做的事情。"事情"之一是(　　)。

　　A．马上准备和卡秋莎结婚

　　B．必须把土地租给农民获得较高的租金

　　C．必须研究、分析、理解一切同审判和刑法有关的问题

　　D．必须把土地留给自己的姐姐

820．在和七名被推选出来的农民商讨处理土地的会议结束时,聂赫留朵夫做了什么?(　　)

　　A．把他的建议重复了一遍,并要他们当场答复

　　B．把他的建议重复了一遍,并不要他们当场答复

　　C．要求农民立即签订合同

　　D．因为农民们意见不一致,感到很气愤

821．在库兹明斯科耶令聂赫留朵夫感到顾虑重重的每个问题,现在都变得简单了。变得简单的原因之一是(　　)。

　　A．因为库兹明斯科耶的农民更穷

　　B．只要土地能变现,其他他都不用考虑了

　　C．应该为自己做些什么,他毫无主意

　　D．随着年龄的增长,他现在成熟了

822．在和七名被推选出来的农民商讨处理土地的会议结束后第二天,全村的农民都在干什么?(　　)

　　A．农民们都在干活儿　　　　B．讨论东家的建议

　　C．在激动的等待中过了一天　D．问东家讨钱

823．在姑妈的庄园,聂赫留朵夫提出的对土地的处理方案的结果是(　　)。

　　A．最终大家都不同意　　　　B．最终大家都同意

　　C．有人同意,但有人反对　　D．不了了之

824．在库兹明斯科耶令聂赫留朵夫感到顾虑重重的每个问题,现在都变得简单了。变得简单的原因之一是(　　)。

　　A．这里的管家理解他对土地处理的方案

　　B．对应该为别人做什么一清二楚

　　C．农民们文化水平低,而且头脑简单,很好对付

D. 因为库兹明斯科耶的农民更穷

825. 在处理完姑妈庄园的土地后,聂赫留朵夫十分清楚要为别人做的事情。下列不包括"事情"的选项是(　　)。

　　A. 应该帮助卡秋莎,不惜代价向她赎罪

　　B. 必须把土地租给农民获得较高的租金

　　C. 必须研究、分析、理解一切同审判和刑法有关的问题

　　D. 必须把土地交给农民

826. 在姑妈的庄园,对于聂赫留朵夫提出的对土地的处理方案,有个老太婆的一番话在(　　)方面起了作用。

　　A. 拒绝东家的建议　　　　B. 向东家宣布整个村社的决定

　　C. 出多少租金　　　　　　D. 接受东家的建议

827. 在和七名被推选出来的农民商讨处理土地的会议结束后第二天,全村分成了两派,下列选项符合两派诉求之一的是(　　)。

　　A. 一派认为东家的建议对他们有利,没有危险

　　B. 一派认为其中有诈,并且知道问题所在

　　C. 一派认为虽然有诈,但是没有危险

　　D. 一派认为东家的建议对他们没有利,但也没有危险

828. 聂赫留朵夫在巴诺伏逗留期间,(　　)也证实了老太婆对于他处理土地的方法的解释有道理。

　　A. 拜访农民的家里　　　　B. 施舍了不少钱

　　C. 向农民收取高额地租　　D. 向农民收取低廉地租

829. 在和七名被推选出来的农民商讨处理土地的会议结束后第二天,全村分成了两派,下列选项符合两派诉求之一的是(　　)。

　　A. 一派认为虽然有诈,但是没有危险

　　B. 一派认为东家的建议对他们没有利,但也没有危险

　　C. 一派认为其中有诈,但并不知道诈在哪里,因此疑虑重重

　　D. 一派认为其中有诈,并且知道问题所在

830. 在姑妈的庄园,对于聂赫留朵夫提出的对土地的处理方案,有个老太婆的一番话起了作用。她的一番话是指(　　)。

　　A. 东家行为有诈

B. 东家这样做是为了拯救灵魂

C. 尽快告诉东家农民的决定以防他变卦

D. 东家脑子有病

831. 虽然知道施舍是不合理的,聂赫留朵夫还是在巴诺伏施舍钱财,起因是(　　)。

A. 手头的钱特别多

B. 讨钱的人特别多

C. 他是一个天生的慈善家

D. 他第一次看到本地农民贫穷和困苦的程度

832. 在库兹明斯科耶令聂赫留朵夫感到顾虑重重的每个问题,现在在巴诺伏都变得简单了。下列选项中不符合变得简单的原因是(　　)。

A. 农民们文化水平低,而且头脑简单,很好对付

B. 对应该为别人做什么一清二楚

C. 应该为自己做些什么,他毫无主意

D. 不再考虑对他将有什么后果,甚至对这些问题不感兴趣

833. 重回他认识卡秋莎的庄园,聂赫留朵夫最后不得不赶紧离开这地方,原因是(　　)。

A. 睹物思人,心生恐惧

B. 物是人非,一走了之

C. 农民纷纷求他施舍,他不知该按什么原则行事

D. 农民纷纷求他施舍,他这段时间手头没有多少钱

834. 在巴诺伏逗留的最后一天,聂赫留朵夫清理房子里的杂物,取走了一些东西。他取走的东西是(　　)。

A. 信件 B. 红木旧衣橱

C. 以前的一些照片 D. 全部家具

835. 在(　　),聂赫留朵夫第一次看到本地农民贫穷和困苦的程度。

A. 继承自姑妈的土地 B. 库兹明斯科耶的庄园

C. 母亲留给他的庄园 D. 姨妈留给他的庄园

836. 聂赫留朵夫重回姑妈的庄园,离开前取走的照片上面除了有两个姑妈外,还有(　　)。

　　A. 大学时的他　　　　　　B. 大学时的他和卡秋莎
　　C. 卡秋莎　　　　　　　　D. 管家

837. 下面正确描述聂赫留朵夫处理完巴诺伏庄园的土地离开时的心情的选项是(　　)。

　　A. 依依不舍　　　　　　　B. 十分委屈
　　C. 怅然若失　　　　　　　D. 放下包袱的轻松愉快

838. 聂赫留朵夫在巴诺伏逗留期间,施舍了不少钱,也证实了老太婆对于他处理土地的方法的解释有道理。老太婆的解释是(　　)。

　　A. 东家行为有诈
　　B. 东家这样做是为了拯救灵魂
　　C. 尽快告诉东家农民的决定以防他变卦
　　D. 东家脑子有病

839. 下面正确描述聂赫留朵夫处理完巴诺伏庄园的土地离开时的心情的选项是(　　)。

　　A. 十分委屈
　　B. 怅然若失
　　C. 像旅行家发现新大陆那样觉得新鲜
　　D. 有着一种自觉吃大亏的感觉

840. 在巴诺伏逗留的最后一天,聂赫留朵夫清理房子里的杂物,取走了一些东西。他取走的东西是(　　)。

　　A. 一张照片　　　　　　　B. 红木旧衣橱
　　C. 以前的一些照片　　　　D. 全部家具

841. 聂赫留朵夫从巴诺伏回到城里,决定第二天要做的事情是(　　)。

　　A. 参与女仆们的晾晒活动　B. 搬到旅馆去住
　　C. 让姐姐来清理房子　　　D. 就到彼得堡告御状去

842. 聂赫留朵夫再次见到当年到他姑妈家去过的(　　),尽管一身债,现在靠监护工作过活,却一副志得意满的神情。

A. 卡秋莎　　　B. 克雷里卓夫　C. 西蒙松　　　D. 申包克

843. 在聂赫留朵夫雇车到监狱的路上,看到很多乡下人涌到城里来的现象,他从马车夫那里得到的答复是(　　)。

A. 城里赚钱容易

B. 乡下农民虽然有地,但是大家都不愿意干活儿

C. 待在乡下没活儿干,没有土地

D. 城里赚钱轻松

844. 下列选项中,使得聂赫留朵夫到监狱医院探望玛丝洛娃前不禁提心吊胆、神经紧张的想法有(　　)。

A. 不知道玛丝洛娃今天情绪怎样

B. 向玛丝洛娃提出解除婚约,不知道她会有何反应

C. 向玛丝洛娃提出结婚请求,不知道她会有何反应

D. 不知玛丝洛娃是否能胜任医院医生的工作

845. 去监狱医院探望玛丝洛娃时,聂赫留朵夫把装有从(　　)带来的照片的信封给了她。

A. 库兹明斯科耶　　　　B. 彼得堡

C. 西伯利亚　　　　　　D. 巴诺伏

846. 聂赫留朵夫搬离自己的房子,在监狱附近随便找了一家公寓。下列正确描述此公寓的选项是(　　)。

A. 虽然小,但是还算干净　　　B. 装修豪华

C. 简陋　　　　　　　　　　　D. 宽大

847. 下列选项中,使得聂赫留朵夫到监狱医院探望玛丝洛娃前不禁提心吊胆、神经紧张的想法有(　　)。

A. 不知玛丝洛娃是否能胜任医院医生的工作

B. 向玛丝洛娃提出解除婚约,不知道她会有何反应

C. 向玛丝洛娃提出结婚请求,不知道她会有何反应

D. 玛丝洛娃和同监的人都对他保守着什么秘密

848. 玛丝洛娃在聂赫留朵夫到监狱医院探望她时,脸上现出完全不同于以前的表情。下列选项正确描述这种表情的有(　　)。

A. 兴奋　　　B. 拘谨　　　C. 得意洋洋　　　D. 感激

849. （　　）时,聂赫留朵夫把一张旧照片交给了玛丝洛娃。

　　A. 玛丝洛娃在监狱第一次见到聂赫留朵夫

　　B. 玛丝洛娃第二次在监狱见到聂赫留朵夫

　　C. 玛丝洛娃第三次在监狱见到聂赫留朵夫

　　D. 玛丝洛娃在监狱医院见到聂赫留朵夫

850. 因为认为医院里的人比在牢房里的要好些,聂赫留朵夫为把玛丝洛娃调到监狱医院而高兴,玛丝洛娃对此的回答是(　　)。

　　A. 牢里的好人多得很

　　B. 也因此很高兴

　　C. 因此十分感激聂赫留朵夫

　　D. 医院里的人确实比牢里的人要好很多

851. 当聂赫留朵夫告诉玛丝洛娃马上要到彼得堡为她的案子上诉,并希望能撤销原判时,玛丝洛娃的答复是(　　)。

　　A. "这要看到时候审理这个案子的是哪些老废物了"

　　B. "他们会公正执法的"

　　C. "撤销也好,不撤销也好,如今对我都一样"

　　D. "枢密院的人都是真正懂法律的人,他们不会胡乱断案的"

852. "玛丝洛娃头上扎着一块三角巾,盖住头发,她一看见聂赫留朵夫,脸刷地红了,迟疑不决地站住,然后皱起眉头,垂下眼睛,快步向他走来。走到聂赫留朵夫跟前,本想不同他握手,但后来还是向他伸出手,她的脸涨得越发红了。"上述这段描述发生在(　　)。

　　A. 玛丝洛娃在监狱第一次见到聂赫留朵夫时

　　B. 玛丝洛娃第二次在监狱见到聂赫留朵夫时

　　C. 玛丝洛娃第三次在监狱见到聂赫留朵夫时

　　D. 玛丝洛娃在监狱医院见到聂赫留朵夫时

853. 监狱医院探视结束,聂赫留朵夫感到玛丝洛娃变了,她的心灵里发生了重大变化。这个变化使他感到欢欣鼓舞,充满温暖。下列选项正确描述这种变化之一的有(　　)。

　　A. 玛丝洛娃又开始打扮自己,有了活下去的信心了

　　B. 玛丝洛娃再次爱上了他

C. 这个变化使他同她联结起来

D. 玛丝洛娃终于同意他的求婚了

854. 在监狱医院,同住的助理护士就照片发起的一段对话,使玛丝洛娃想起了什么?（　　）

A. 想起来她现在的处境　　B. 想起来她当年有多美

C. 想起来她当年有多年轻　D. 那些美好的回忆

855. 玛丝洛娃在聂赫留朵夫来监狱医院探望她时,脸上现出完全不同于以前的表情。下列选项正确描述这种表情的有（　　）。

A. 感激聂赫留朵夫　　B. 很兴奋

C. 目光呆滞　　　　　D. 羞怯

856. 玛丝洛娃刚刚看到聂赫留朵夫给自己的旧照片时,觉得自己还是原来的样子,但是同伴的话使她回到现实中来,她知道自己完全变了一个人。这个变化除了指外貌之外,更重要的是指（　　）变化。

A. 年龄　　B. 职业　　C. 社会地位　　D. 精神

857. 看过聂赫留朵夫给自己的旧照片,同伴的话使玛丝洛娃清楚地想起那些痛苦的夜晚,特别是（　　）的夜晚,她在等待那个答应替她赎身的大学生。

A. 谢肉节　　　　　　B. 复活节

C. 复活节前一天　　　D. 复活节后的那天

858. 在监狱医院探望玛丝洛娃时,聂赫留朵夫说过,玛丝洛娃无罪释放也好,不释放也好,对他都一样。当玛丝洛娃听到上述话语时,下列选项准确表述她的心情的有（　　）。

A. 脸上洋溢着痛苦的神色

B. 脸上洋溢着快乐的神采

C. 心里在流泪,但脸上并不显现

D. 十分愤怒但又不好发作

859. 玛丝洛娃想到年复一年在妓院的痛苦生活,一个人怎么能不变! 归根结蒂这一切都是他造成的。"他"指（　　）。

A. 庭审的副检察长　　B. 答应替她赎身的大学生

C. 聂赫留朵夫　　　　D. 投毒命案的嫖客

860. 监狱医院见面结束后,玛丝洛娃和同伴就旧照片开展了一段对话,她后悔错过机会没有对聂赫留朵夫说的话有(　　)。

　A. 她知道他是怎样的人,她绝不受他欺骗

　B. 他为她做的一切,已经让她原谅了他

　C. 她当年是真的爱他

　D. 立即想办法让她出狱,然后和他结婚

861. 再次与老朋友申包克不期而遇,聂赫留朵夫对他的态度是(　　)。

　A. 想摆脱他而又不至于得罪他

　B. 觉得很亲切

　C. 很高兴

　D. 仿佛又回到了那个朝气蓬勃的时光,很兴奋

862. 在监狱医院探望玛丝洛娃时,聂赫留朵夫说过,玛丝洛娃无罪释放也好,不释放也好,对他都一样。他这样说的原因是(　　)。

　A. 他已经堕落成了一个卑贱的人

　B. 无论情况怎样,聂赫留朵夫已经下定决心照着他说过的话去做

　C. 他已经决定要和玛丝洛娃解除婚约了

　D. 玛丝洛娃拒绝了他的请求

863. 在监狱医院探望玛丝洛娃,聂赫留朵夫把(　　)交给了她。

　A. 一封信　　B. 一张旧照片　C. 几张旧照片　D. 一些钱物

864. 监狱医院见面结束后,玛丝洛娃和同伴就旧照片开展了一段对话,她后悔错过机会没有对聂赫留朵夫说的话有(　　)。

　A. 他为她做的一切让她十分感激

　B. 不让他借她来显示他的宽宏大量

　C. 她当年是真的爱他

　D. 立即想办法让她出狱,然后和他结婚

865. (　　)的时候聂赫留朵夫感到玛丝洛娃变了,她的心灵里发生了重大变化,使他感到欢欣鼓舞,充满温暖。

　A. 玛丝洛娃在监狱里第一次见到聂赫留朵夫

　B. 玛丝洛娃第二次在监狱里见到聂赫留朵夫

C．玛丝洛娃第三次在监狱里见到聂赫留朵夫

　　D．玛丝洛娃在监狱医院见到聂赫留朵夫

　　866．看过聂赫留朵夫给她的旧照，同伴的话使她清楚地想起那些痛苦的夜晚，特别是那个大学生的夜晚，在和其他同伴诉说了悲惨遭遇后，她们三人立刻决定（　　）。

　　A．投毒杀害妓院老板　　　　B．抛弃妓院的生活

　　C．用自杀来结束这种痛苦　　D．投毒杀害妓院嫖客

　　867．监狱医院见面结束后，玛丝洛娃和同伴就旧照片开展了一段对话，下列选项中不符合玛丝洛娃后悔错过机会没对聂赫留朵夫说的话是（　　）。

　　A．她知道他是怎样的人，她绝不受他欺骗

　　B．不让他借她来显示他的宽宏大量

　　C．她不让他在精神上利用她，就像从前在肉体上利用她那样

　　D．立即想办法让她出狱，然后和他结婚

　　868．在监狱医院，聂赫留朵夫探望完玛丝洛娃后，她假装没有看见他伸出的手，没有跟他握手就转身掩饰她的（　　）神情，沿着走廊的长地毯快步走去。

　　A．痛苦　　　B．憔悴　　　C．无奈　　　D．得意

　　869．在监狱医院探视玛丝洛娃结束，聂赫留朵夫感到玛丝洛娃变了，她的心灵里发生了重大变化。这个变化使他感到欢欣鼓舞，充满温暖。下列选项中正确描述这种变化之一的有（　　）。

　　A．这个变化可以保证他们将有一个美满的婚姻生活

　　B．玛丝洛娃又开始打扮自己，有了活下去的信心了

　　C．玛丝洛娃再次爱上了他

　　D．使他同促成这变化的上帝联结起来

　　870．监狱医院见面后，玛丝洛娃后悔错过了机会做一件事。这件事是指（　　）。

　　A．拒绝了聂赫留朵夫的结婚请求

　　B．向聂赫留朵夫要钱

　　C．接收了那张旧照片

D. 痛骂聂赫留朵夫一顿

871. 聂赫留朵夫到彼得堡去有几件事要办理,包括这些事件的选项有(　　)。

A. 向枢密院提出上诉,要求重新审查玛丝洛娃案

B. 探望自己的姨妈

C. 探望自己的大学好友谢列宁

D. 为即将流放西伯利亚做些准备

872. 聂赫留朵夫搬离自己的房子,在监狱附件随便找了一家公寓,下列正确描述此公寓的选项是(　　)。

A. 干净实用的　　　　　B. 虽然小,但是还算干净的

C. 装修豪华的　　　　　D. 肮脏的

873. 下列正确描写聂赫留朵夫在监狱医院探望玛丝洛娃后,玛丝洛娃看到旧照片时心理变化的选项有(　　)。

A. 幸福—愤怒—后悔—哭了好半天

B. 愤怒—幸福—责备—哭了好半天

C. 哭了好半天—后悔—责备—幸福

D. 责备—幸福—愤怒—哭了好半天

874. 监狱医院见面结束后,玛丝洛娃和同伴就旧照片开展了一段对话,她后悔错过机会没有对聂赫留朵夫说的话有(　　)。

A. 她不让他在精神上利用她,就像从前在肉体上利用她那样

B. 立即想办法让她出狱,然后和他结婚

C. 她当年是真的爱他

D. 她已经原谅了他

875. 在监狱医院,与同住的助理护士就照片发起的一段对话,使玛丝洛娃想起了什么?(　　)

A. 想起来了当年在那边的生活　B. 想起来她当年有多美

C. 想起来她当年有多年轻　　　D. 那些美好的回忆

876. 聂赫留朵夫到彼得堡去有几件事要办理,包括这些事件的选项有(　　)。

A. 探望自己的大学好友谢列宁

B. 探望自己的姨妈

C. 把费多霞的案子提交上告委员会

D. 为即将流放西伯利亚做些准备

877. 在监狱医院和聂赫留朵夫见面后,玛丝洛娃后悔(　　)。

A. 曾经爱上过聂赫留朵夫　　B. 拒绝了聂赫留朵夫的结婚请求

C. 没有痛骂聂赫留朵夫一顿　　D. 接收了那张旧照片

878. 聂赫留朵夫在监狱医院见到玛丝洛娃后,告诉她,他马上要到(　　)去为她的案子奔波。

A. 莫斯科　　B. 彼得堡　　C. 西伯利亚　　D. 巴诺伏庄园

879. 聂赫留朵夫到彼得堡去有几件事要办理,包括这些事件的选项有(　　)。

A. 到相关部门要求释放舒斯托娃

B. 探望自己的姨妈

C. 探望自己的大学好友谢列宁

D. 为即将流放西伯利亚做些准备

880. 在监狱医院探望玛丝洛娃时,聂赫留朵夫说过,玛丝洛娃无罪释放也好,不释放也好,对他都一样。当玛丝洛娃听到上述话语时,下列选项准确描述她的心情的有(　　)。

A. 流着眼泪却在笑

B. 脸上表现的和嘴里说的完全一致

C. 脸上表现的和嘴里说的截然不同

D. 万念俱灰

881. 从监狱医院和聂赫留朵夫见面回来后,玛丝洛娃想不遵守她对聂赫留朵夫的什么承诺?(　　)

A. 不抽烟　　B. 不打架　　C. 不骂人　　D. 不喝酒

882. 玛丝洛娃在监狱医院做助理护士,她害怕医生,因为(　　)。

A. 医生要求很高　　B. 医生手上有她的把柄

C. 医生老是纠缠她　　D. 医生总是要打骂她

883. 聂赫留朵夫自从上次访问了玛斯连尼科夫,特别是回乡一次以后,就全身心感到他(　　)他生活在其中的圈子。

A. 喜欢　　　B. 离不开　　　C. 向往　　　D. 憎恶

884. 在监狱医院,同住的助理护士就照片发起的一段对话,使玛丝洛娃想起了当年那边的生活。下列选项中正确描写"那边的生活"的是（　　）。

A. 快乐的　　B. 充实的　　C. 奔波的　　D. 痛苦的

885. 聂赫留朵夫到彼得堡去有几件事要办理,包括这些事件的选项有（　　）。

A. 为即将流放西伯利亚做些准备

B. 探望自己的姨妈

C. 探望自己的大学好友谢列宁

D. 让教派信徒的案子真相大白

886. 下列正确描述教派信徒案的选项有（　　）。

A. 信徒们因为诵读和讲解《福音书》而被迫离开家人,流放高加索

B. 信徒们因为丢失《福音书》而被迫离开家人,流放西伯利亚

C. 信徒们因为贩卖《福音书》而被迫离开家人,流放高加索

D. 信徒们因为烧毁《福音书》而被迫离开家人,流放西伯利亚

887. 下列选项中准确描写聂赫留朵夫生活其中的圈子的是（　　）。

A. 有高尚的人,也有卑鄙的人,有的人虽然看不到老百姓的苦难,但是能看到自己生活的残酷的圈子

B. 确保少数人享福而迫使千万人受苦并且竭力加以掩饰的圈子

C. 个个都想道德高尚的圈子

D. 确保多数人享福的圈子

888. 聂赫留朵夫到彼得堡,又回到他生活在其中的圈子,是（　　）而求助于这个圈子里的人。

A. 为了出人头地

B. 为了升官发财

C. 为了帮助玛丝洛娃以及他愿意帮助的其他一切受难者

D. 为了帮助玛丝洛娃

889. 聂赫留朵夫来到彼得堡,一到姨妈家,就落入了同他（　　）的贵族社会的核心。

A. 格格不入　B. 荣辱共存　C. 和睦融洽　D. 势不两立

890. 聂赫留朵夫到彼得堡去有几件事要办理，不包括这些事件的选项有（　　）。
    A. 让教派信徒的案子真相大白
    B. 为即将和玛丝洛娃结婚做些准备
    C. 到相关部门要求释放舒斯托娃
    D. 把费多霞的案子提交上告委员会

891. 在监狱医院，同住的助理护士就照片发起的一段对话，使玛丝洛娃想起了当年那边的生活。"那边的生活"是指（　　）。
    A. 玛丝洛娃在聂赫留朵夫姑妈家的庄园做女仆的生活
    B. 玛丝洛娃沦为妓女后的生活
    C. 流放西伯利亚的生活
    D. 和政治犯们同住的生活

892. 聂赫留朵夫在彼得堡，一到姨妈家，就落入了贵族社会的核心里，这使他（　　）。
    A. 反感又有点激动　　　B. 有点激动又有点无可奈何
    C. 反感但又无可奈何　　D. 深恶痛绝

893. 聂赫留朵夫从小就受他姨妈生气蓬勃和活泼开朗的性格影响，很（　　）她。
    A. 讨厌　B. 想摆脱　C. 敬佩　D. 喜欢

894. 当聂赫留朵夫的姨妈知道他想和玛丝洛娃结婚，姨妈的态度是（　　）。
    A. 竭力反对
    B. 认为聂赫留朵夫是个蠢货，但是她喜欢
    C. 认为聂赫留朵夫是个令人生厌的蠢货
    D. 竭力赞成

895. 聂赫留朵夫的姨妈问他，玛丝洛娃干过那种营生，他是否还愿意同她结婚。"那种营生"是指（　　）。
    A. 做仆人　　　　　　B. 做仆人和养女
    C. 做妓女　　　　　　D. 苦役犯

896. 察尔斯基伯爵夫人即聂赫留朵夫的姨妈,狂热地信奉基督教的精神在于赎罪那种学说。下列选项中对这种当时风行一时的学术阐述正确的有(   )。

   A. 肯定一切宗教仪式、圣像和圣礼

   B. 肯定一切宗教仪式和圣像,但是否定圣礼

   C. 只肯定一切宗教仪式和圣像

   D. 否定一切宗教仪式、圣像

897. 察尔斯基伯爵夫人信奉的基督教学说和她日常生活中的行为(   )。

   A. 完全矛盾   B. 相辅相成   C. 相得益彰   D. 毫不相干

898. 下列选项中,符合察尔斯基伯爵,也就是聂赫留朵夫的姨夫,谋到高位的条件是(   )。

   A. 有本事看懂公文和法规,而且没有什么错别字

   B. 出生入死,打过几场硬仗

   C. 总是能坚持按原则办事

   D. 总是能够永远卑躬屈膝,甚至达到肉麻和下贱的地步

899. 聂赫留朵夫拿着姨妈写给玛丽爱特的信去找她。他认识她的时候,她是一个(   )。

   A. 女仆兼贵族家庭的养女

   B. 嫁给了一个官运亨通的人的太太

   C. 并不富裕的贵族家庭的少女

   D. 大学生

900. 玛丽爱特的丈夫有一些不好的名声,主要是(   )。

   A. 道德底下,生活荒淫   B. 偷税漏税

   C. 在公务机构里吃里爬外   D. 对千百个政治犯残酷无情

901. 在聂赫留朵夫向彼得堡的贵族圈子为一些无辜的人求情时,他觉得向那批人求情往往言不由衷,因为(   )。

   A. 他不喜欢这个圈子

   B. 他感到羞愧

   C. 他已不把那批人看作是自己人,而他们却把他看作自己人

D. 那批人都是一个圈子里的,去求情有点没有面子

902. 总的说来,久别的彼得堡照例对聂赫留朵夫起了作用。其中的作用之一是(　　)。

A. 精神方面的积极作用　　B. 刺激肉体
C. 麻痹肉体　　D. 刺激精神

903. 操纵彼得堡全体囚犯命运的是一个德国男爵出身的老将军。他一生战功卓著,得过许多勋章,但平时只在纽扣孔里挂一个白十字章。这枚他引以为傲的勋章是因为(　　)获得的。

A. 极端残酷和血腥屠杀　　B. 争取民族独立
C. 保护人民不受外敌侵害　　D. 保家卫国

904. 下列选项中,符合察尔斯基伯爵,也就是聂赫留朵夫的姨夫,谋到高位的条件是(　　)。

A. 总是能坚持按原则办事
B. 出死入生,打过几场硬仗
C. 在个人道德和公务处理上,没有一成不变的原则
D. 总是能够永远卑躬屈膝,甚至达到肉麻和下贱的地步

905. 聂赫留朵夫来到彼得堡,一到姨妈家,就落入了贵族社会的核心,不由自主地屈服于笼罩这个圈子的(　　)气氛。

A. 温情脉脉　　B. 富丽堂皇　　C. 高贵　　D. 轻浮罪恶

906. 每逢不得已去讨好他所不尊重的人时,聂赫留朵夫总有(　　)感觉。

A. 生理上的恶心　　B. 矛盾
C. 疑虑　　D. 矛盾和疑虑

907. 聂赫留朵夫到了彼得堡,贵族圈子里都在议论那场(　　),就是卡明斯基被人打死的事件。

A. 审判　　B. 争吵　　C. 决斗　　D. 谋杀

908. 总的说来,久别的彼得堡照例对聂赫留朵夫起了作用。其中的作用之一是(　　)。

A. 刺激精神　　B. 麻痹肉体
C. 麻痹精神　　D. 精神方面的积极作用

909. 察尔斯基伯爵夫人即聂赫留朵夫的姨妈,狂热地信奉基督教的精神在于赎罪那种学说。下列选项中对这种当时风行一时的学术阐述正确的有(   )。

   A. 否定圣礼

   B. 肯定一切宗教仪式、圣像和圣礼

   C. 肯定一切宗教仪式和圣像,但是否定圣礼

   D. 只肯定一切宗教仪式和圣像

910. 下列选项中正确诠释枢密官沃尔夫的为人正派和廉洁奉公的有(   )。

   A. 通过结婚获得一笔财产   B. 同情波兰王国当地的无辜百姓

   C. 暗中接受贿赂   D. 拒绝妻子的财产

911. 俄国沙皇时期的枢密院的作用有(   )。

   A. 不审查案件的是非曲直

   B. 不审查案件解释法律是否正确

   C. 不审查案件引用法律是否正确

   D. 审查案件的是非曲直

912. 在姨妈家的餐桌上,听着大家对卡明斯基事件的讨论,聂赫留朵夫情不自禁地拿杀人的军官同监狱里因殴斗误伤人命而被判苦役的青年农民进行比较,两人都是因(   )而打死人。

   A. 谈恋爱   B. 抢劫   C. 用剑   D. 喝醉酒

913. 姨妈和聂赫留朵夫说话,特别喜欢"蠢货"这个名词,因为她认为这个名词确切地表明了外甥的(   )。

   A. 性格   B. 精神状态

   C. 智力状态   D. 智力和精神状态

914. 下列选项中错误诠释枢密官沃尔夫的为人正派和廉洁奉公的有(   )。

   A. 通过结婚获得一笔财产

   B. 不在暗中接受贿赂

   C. 暗中接受贿赂

   D. 向公家报销各种出差费、车旅费、房租

915. 同样都是因为殴斗误伤人命,青年农民被判苦役,贵族青年被处理的方式是(   )。

　　A. 判苦役　　　　　　B. 判流放

　　C. 判绞刑　　　　　　D. 关禁闭,早晚释放

916. 操纵彼得堡全体囚犯命运的是一个德国男爵出身的老将军。他一生战功卓著,得过许多勋章,但平时只在纽扣孔里挂一个白十字章。这枚他引以为傲的勋章是因为(   )获得的。

　　A. 统帅沙皇军队抗击波兰入侵获得

　　B. 19世纪上半叶残酷镇压高加索山区少数民族反抗沙皇俄国

　　C. 在地方工作时获得的勋章

　　D. 和土耳其战斗时

917. 当聂赫留朵夫为了一个犯人的母亲要求探望自己的儿子或者至少能把一些书转交给他的事情拜访操纵彼得堡全体囚犯命运的老将军时,老将军听着聂赫留朵夫的问题。下列选项正确描述老将军的有(   )。

　　A. 闭目养神,对聂赫留朵夫的问题毫无兴趣

　　B. 饶有兴趣地听着聂赫留朵夫反映的问题

　　C. 答应帮忙解决

　　D. 深表同情,十分愤慨

918. 操纵彼得堡全体囚犯命运的老将军,按照规定的职责,每星期到各监狱巡查一次,询问囚犯有什么要求。囚犯向他提出各种各样的要求。他不动神色地听着,一声不吭,然后(   )。

　　A. 一一解决　　　　　　B. 以自己的能力尽量解决

　　C. 阳奉阴违　　　　　　D. 置之不理

919. 玛丝洛娃的案子在枢密院开庭审理时,聂赫留朵夫认出了副检察官是他大学时代的好朋友(   )。

　　A. 克雷里卓夫　B. 西蒙松　　C. 谢列宁　　　D. 申包克

920. 聂赫留朵夫留神倾听枢密院的开庭审理,但也和在地方法庭一样无法理解。其中原因是(   )。

　　A. 他不是法律专业人员

B. 庭审所讲都不是问题的关键,而是些枝节琐事

C. 听不懂,因为理解力差

D. 案情太过复杂

921. 下列选项中正确诠释枢密官沃尔夫的为人正派和廉洁奉公的有(　　)。

A. 同情波兰王国当地的无辜百姓

B. 不在暗中接受贿赂

C. 暗中接受贿赂

D. 拒绝妻子的财产

922. 枢密官们在宣布诽谤案的裁定后,不再离开议事室,在那里一边(　　),一边办完其他案子,包括玛丝洛娃一案在内。

A. 喝茶吸烟　　B. 讨论　　C. 记录　　D. 仔细推敲

923. 枢密院庭审时,首席枢密官心情格外恶劣,听着枢密官沃尔夫发言,心里却在想着自己的事情。"自己的事情"是指(　　)。

A. 自己和情妇的幽会

B. 孩子的教育问题

C. 自己身体健康问题

D. 他垂涎已久的一个肥缺,没有委派给他

924. 枢密院庭审时,三个枢密官之一的贝忧郁地听着其中一个枢密官沃尔夫的话,同时在面前的一张纸上(　　)。

A. 一直详细地做着记录　　B. 画画

C. 时不时地做一些记录　　D. 写下即将提出的问题

925. 在枢密院审理玛丝洛娃一案时,当该案就取决于其中一位枢密官的态度时,这名枢密官主张驳回上诉,主要理由是(　　)。最终上诉就这样被驳回了。

A. 聂赫留朵夫和另一名枢密官谢列宁是大学好友

B. 秉公执法

C. 撤销原判的理由缺乏根据

D. 聂赫留朵夫出于道德要求决定同玛丝洛娃结婚,实在可恶至极

926. 聂赫留朵夫的大学好友谢列宁感到最"不对头"的是他对

( )的态度。

A. 女儿教育   B. 宗教

C. 与妻子的关系   D. 他的这门亲事

927. 下列选项中,对于聂赫留朵夫大学好友谢列宁描述正确的是( )。

A. 在政府部门工作,不仅在口头上,而且在实际行动上把为人们服务作为生活目标

B. 工作后,一切都和他的期望一样

C. 大学时代就摆脱了官方宗教的迷信

D. 书读得好,但有点书生气

928. 聂赫留朵夫逗留在彼得堡的最后一件事,就是解决( )。

A. 教派信徒案   B. 舒斯托娃案

C. 玛丝洛娃案   D. 他和玛丽爱特的关系

929. "自己有了知识,看到了光明,却不把这种知识用到该用的地方,帮助老百姓克服愚昧、脱离黑暗,反而加强他们的愚昧,使他们永远处在黑暗之中。"上述描写是指( )之流。

A. 政治犯西蒙松

B. 枢密院副检察长谢列宁

C. 那个残酷的能左右教派信徒案的托波罗夫

D. 贵族夫人玛丽爱特

930. 教派信徒案的解决结果是托波罗夫一纸命令——撤销决定,可以送回原籍。这个决定是因为( )。

A. 聂赫留朵夫的求情

B. 案子可能作为一个暴行提到皇帝面前或者刊登在外国报纸上

C. 根据法律,教徒们无罪

D. 按照皇帝的旨意

931. 聂赫留朵夫从他在彼得堡为几个案件的奔波过程中,得出明确结论:这些人被捕、被关或者被流放,绝不是因为他们有什么不义或者有犯法行为,而只是因为他们( )。

A. 妨碍官僚和富人据有他们从人民头上搜刮来的财富

B．没有社会关系

C．没有像他一样的贵族亲戚帮忙

D．运气不好

932．聂赫留朵夫的姨妈问他，玛丝洛娃干过那种营生，他是否还愿意同她结婚。下列选项中符合聂赫留朵夫的回答的是（　　）。

A．更加愿意了，因为我是罪魁祸首

B．事到如今，没有办法，只能将错就错

C．不愿意也没有办法，玛丝洛娃催得紧

D．是玛丝洛娃逼婚的

933．下列选项中正确诠释枢密官沃尔夫的为人正派和廉洁奉公的有（　　）。

A．拒绝妻子的财产

B．同情波兰王国当地的无辜百姓

C．暗中接受贿赂

D．向公家报销各种出差费、车旅费、房租

934．聂赫留朵夫原定那天傍晚离开彼得堡，但他答应玛丽爱特到（　　）去看她。

A．戏院　　　B．她的府上　　　C．监狱　　　D．监狱医院

935．聂赫留朵夫虽然明知道不该去赴玛丽爱特之约，但还是违背理性，以（　　）理由，赴她之约了。

A．答谢她　　　　　　　B．履行诺言

C．无法抵制她的那种诱惑　　　D．有办法抵制她的那种诱惑

936．聂赫留朵夫从彼得堡回到莫斯科后，第一件事就是（　　）。

A．写信给玛丽爱特叙旧

B．到医院探望玛丝洛娃，请求和她结婚

C．到监狱医院把枢密院维持原判的不幸消息告诉玛丝洛娃，并要她做好去西伯利亚的准备

D．回到姑妈家庄园处理地产

937．聂赫留朵夫从彼得堡回到莫斯科后，立即到医院监狱找玛丝洛娃，却被告知玛丝洛娃（　　）。

A. 离开监狱了　　　　　　　B. 和监狱医生结婚了

C. 和监狱医生相爱了　　　　D. 被调回牢房了

938. 玛丝洛娃从监狱医院被调回牢房的真相是(　　)。

A. 和监狱医生相爱了

B. 医院的一个医生对玛丝洛娃纠缠不清

C. 离开监狱了

D. 她不愿意伺候病人

939. 下列选项中,哪一细节说明玛丝洛娃其实早已重新深深爱上聂赫留朵夫了,凡是他要她做的,她都不由自主地去做?(　　)

A. 戒了烟酒

B. 卖弄风情

C. 接受他的求婚,和他一起流放

D. 不到医院里做杂务工,伺候病人

940. 下列选项中,符合察尔斯基伯爵,也就是聂赫留朵夫的姨夫,谋到高位的条件是(　　)。

A. 永远按原则办事

B. 出生入死,打过几场硬仗

C. 生得仪表堂堂,在必要时可以装得高不可攀,或者卑躬屈膝

D. 总是能够永远卑躬屈膝,甚至达到肉麻和下贱的地步

941. 教派信徒案最后以托波罗夫一纸命令——撤销决定,可以送回原籍结束。这个命令是因为(　　)而决定的。

A. 皇帝的亲自过问和命令

B. 托波罗夫害怕案子可能作为一个暴行提到皇帝面前或者刊登在外国报纸上

C. 国外报纸的不实报道造成国内的舆论压力

D. 托波罗夫和聂赫留朵夫私交甚好

942. 下列选项中正确诠释枢密官沃尔夫的为人正派和廉洁奉公的有(　　)。

A. 像奴隶般忠实执行政府命令　B. 拒绝妻子的财产

C. 暗中接受贿赂　　　　　　　D. 同情波兰王国当地的无辜百姓

943. 玛丝洛娃在（　　）的罪名下被逐出监狱医院,这使她特别难堪,因为自从她跟聂赫留朵夫重逢以后,早就讨厌跟男人发生什么关系。

A. 盗窃病人财物　　　　　　B. 殴打医生

C. 投毒杀人　　　　　　　　D. 同男人调情

944. 在被逐出监狱医院后,玛丝洛娃仍然认为并竭力要自己相信,正像第二次见面时她对他说的那样,没有原谅他,恨他。实际的情况是（　　）。

A. 她早已不在乎他了　　　　B. 她早已重新深深爱着他了

C. 她早就另有所爱了　　　　D. 她已经和别的男人有了婚约

945. 下列选项中,不符合察尔斯基伯爵,也就是聂赫留朵夫的姨夫,谋到高位的条件的一项是（　　）。

A. 有本事看懂公文和法规,而且没有什么错别字

B. 在个人道德和公务处理上,没有一成不变的原则

C. 生得仪表堂堂,在必要时可以装得高不可攀,或者卑躬屈膝

D. 总是能够永远卑躬屈膝,甚至达到肉麻和下贱的地步

二、多项选择题

145. 下列各项中,对《复活》故事情节的叙述正确的是（　　）。

A. 聂赫留朵夫来到监狱里拿着上诉的状子给玛丝洛娃签名,玛丝洛娃并不会写字,于是聂赫留朵夫帮她签字,然后玛丝洛娃在上面盖了手印

B. 聂赫留朵夫再次到玛斯连科夫家拜托他几件事,刚好遇到米西等人。米西邀请聂赫留朵夫到自己家里去,聂赫留朵夫表示有时间一定去,并感谢米西的邀请

C. 聂赫留朵夫为了玛丝洛娃案等事情来到彼得堡,住在姨妈家,一下子就落入了同他格格不入的贵族社会的核心,这使他反感又无奈,他知道,姨妈交游广阔,对他要奔走的各种事可能极有帮助

D. 第一次重逢,聂赫留朵夫以为玛丝洛娃见到他,知道他要为她出力并且感到悔恨,一定会高兴、感动的,一定又会恢复原来那个玛丝洛娃的面目。可他万万没有料到,原来的玛丝洛娃已经不存在了

E. 因为要如期赶回彼得堡,聂赫留朵夫不能到姑妈家的庄园来,在一个黑暗的风雨交作的秋夜,玛丝洛娃决定到火车站去同他见面

146. 下列各项中,对作品故事情节的叙述有误的是( )。

A. 心地善良的典狱长准许聂赫留朵夫同卡秋莎见面,但不在办公室,而在女监探望室了。因为上级指示典狱长对这个探监人要特别照顾

B. 在庭审后,第一次探望卡秋莎以后,聂赫留朵夫体会到了一种获得新生的庄严而欢乐的心情

C. 聂赫留朵夫到了库兹明斯科耶,那里的一大片黑土的地产,是他收入的主要来源。但是他此行目的却是要处理这些地产

D. 聂赫留朵夫进入部队服役之后,认识到地主对农民的奴役,就把所有的土地分给农民,自己靠租金过日子

E. 包括玛丝洛娃在内的那批犯人,预定七月出发,开始流放之行。聂赫留朵夫准备在那天跟她一起走

147. 下列各项中,对作品故事情节的叙述不正确的两项是( )。

A. 玛丝洛娃知道西蒙松对她的爱,她觉得西蒙松把她当作一位不平凡的女性,品德高尚。她不太清楚他究竟认为她具有哪些品德,但不管怎样,为了不让他失望,她尽可能地做一个好人

B. 卡秋莎对掌班瞧瞧,但接着突然把视线移到陪审员那边,停留在聂赫留朵夫身上,她的脸色变得严肃甚至充满恼恨了。玛丝洛娃认出了聂赫留朵夫

C. 谢列宁在大学读书的时候,聂赫留朵夫就认识他了。当时他是个优秀子弟,忠实朋友。他并不特别用功,也没有丝毫书生气,但书读得很好

D. 聂赫留朵夫先到库兹明斯科耶庄园把土地无偿赠给了农民。农民高兴地接受了,并对聂赫留朵夫表示感谢

E. 玛丝洛娃调到政治犯队伍中,各方面处境得到了改善,还认识了对她起到良好作用的西蒙松等人

148. 聂赫留朵夫憎恨他姐夫的原因有( )。

A. 姐夫没有名望

B. 姐姐居然那么爱这个精神贫乏的人,并且为了讨好他而摒弃自

己的一切美德

    C. 姐夫没有产业

    D. 姐夫感情庸俗、目光短浅而又刚愎自用

    E. 与他家不是门当户对

149. 聂赫留朵夫在跟随玛丝洛娃流放途中,看到种种冷漠和残酷现象,在苦思冥想后得出了"人与人之间的友爱是人类生活的基本准则"的结论,由此感到双重的快乐。"双重的快乐"是指( )。

    A. 酷热之后天气凉快了下来

    B. 玛丝洛娃答应与他结婚了

    C. 昨天对待姐夫那种态度真是解气

    D. 长期盘踞在心头的疑问忽然得到了澄清

    E. 今天亲眼看到的种种待人的残酷行为不会泛滥成灾了

150. 下列关于农民和账房的关系正确的描述有( )。

    A. 就是农民和地主的关系

    B. 农民完全依赖账房

    C. 农民受账房奴役

    D. 农民和管账的互相依赖

    E. 农民能难成为账房先生

151. 下列选项中,正确描述聂赫留朵夫对农庄经营理解的有( )。

    A. 农庄经营以地主奴役农民为基础

    B. 农庄经营以地主和农民相互依赖为基础

    C. 农庄经营方式是公平的,但有时不免残酷

    D. 农庄经营方式是不公平的,但并不残酷

    E. 农庄经营方式是不公平的、残酷无情的

152. 聂赫留朵夫不久就将去西伯利亚,而且为了处理监狱里的各种麻烦问题,都需要花钱,他决定( )。

    A. 即使如此,也不能维持现状

    B. 一定要加以改变

    C. 暂时还是要靠土地得到收入

D. 不能没有土地

E. 把土地都置换成钱

153. 聂赫留朵夫决定无论玛丝洛娃被发送到哪里,他都要跟着去后,他决定做出改变,宁可自己吃亏。这个"改变"包括(　　)。

A. 自己不再经营土地

B. 以低廉的租金把土地出租给农民

C. 使农民完全不必依赖地主

D. 跟着玛丝洛娃走可以赎罪了,不必和她结婚

E. 把土地交给姐姐好好经营

154. 聂赫留朵夫熟悉农民和账房之间的关系。下列选项中对这种关系描述正确的有(　　)。

A. 农民没有文化,很难成为管账先生

B. 一些人受一个地主的奴役

C. 一切无地或少地的农民受大地主们的共同奴役

D. 就是那种明目张胆的奴役

E. 也就是农民和地主之间的关系

155. 下列选项中促使聂赫留朵夫更加打定主意,不再经营农庄的有(　　)。

A. 管家告诉他,亏得农民缺少土地,因此地主占了很多便宜

B. 管家说农民会糟蹋土地

C. 管家提出种种理由认为交出土地会吃大亏

D. 管家认为农民有了土地就有了劳动的积极性

E. 农庄经营已经亏损,与其继续经营还不如把地分给农民

156. 聂赫留朵夫在决定把库兹明斯科耶的土地分给农民后,思想是有斗争的。下列选项正确描述他当时心里斗争的心理活动有(　　)。

A. 这些产业虽不是他置办的,但也来之不易,而且好不容易才保存到今天

B. 要是结婚,就会有孩子,你完整无缺地接收了这个庄园,以后你也得完整无缺地把它传给后代

C. 你现在这样做是不是真的出于良心,还是好在他们面前炫耀自

己的德行

D. 你对土地负有责任。把土地交出去容易,但是重新创立这点产业可就难了

E. 把土地分给农民,毁掉他的庄园是愚蠢的、荒唐的

157. 聂赫留朵夫和农民商谈土地租价,不满意的人有( )。

A. 账房　　　　　B. 聂赫留朵夫　　　C. 农民们

D. 玛丝洛娃　　　E. 聂赫留朵夫的姐姐

158. 在库兹明斯科耶,聂赫留朵夫和农民们商谈土地租金。下列正确描述当时商谈场景的选项有( )。

A. 农民们心存感激,知道聂赫留朵夫租金定得很低了

B. 双方展开了一场舌战

C. 双方都不明白他们在争些什么,说些什么

D. 一方愤怒,恐惧而有所克制;一方大权在握

E. 聂赫留朵夫租金定得太高,农民们无法满意

159. 在库兹明斯科耶,聂赫留朵夫和农民们商谈土地租金。农民分成两派,下列选项组成农民分派情况的有( )。

A. 革命派

B. 反革命派

C. 想把体弱、付款困难的农民排挤在外的农民

D. 有地的农民和无地的农民

E. 被排挤的农民

160. 聂赫留朵夫离开库兹明斯科耶,来到他要继承的庄园,也就是他认识卡秋莎的地方。他此行的目的有( )。

A. 见见卡秋莎

B. 见见他和卡秋莎的孩子

C. 处理这里的地产

D. 打听卡秋莎的事

E. 打听卡秋莎和他的孩子的情况

161. 聂赫留朵夫在继承自姑妈的庄园里看到农民的生活状况。下列如实描写农民生活的选项有( )。

A. 妇女从事力不胜任的繁重劳动

B. 老百姓纷纷死亡。他们对死已不当一回事,因为经常有人死亡

C. 老百姓怨声载道,怨天尤人

D. 食品普遍不足,尤其老年人缺乏吃的东西

E. 儿童夭折

162. 对于聂赫留朵夫处理姑妈庄园土地的方案,下列选项正确的有(   )。

A. 为别人的利益放弃自己的利益

B. 把土地租给农民,自己只收取低廉的租金

C. 土地的全部收入成为农民的公积金

D. 管家对这个方案很感兴趣,因为可以从中捞到好处

E. 管家认为这是损害自己利益的方案,东家脑子有病

163. 在重回姑妈庄园的那个夜晚,聂赫留朵夫记起小时候同尼科连卡·伊尔捷涅夫许下的心愿有(   )。

A. 一定要出人头地

B. 把土地租给农民,自己只收取低廉的租金

C. 尽力为一切人谋幸福

D. 互相提携过富足的生活

E. 互相帮助过高尚的生活

164. 在库兹明斯科耶令聂赫留朵夫感到顾虑重重的每个问题,现在都变得简单了。变得简单的原因包括(   )。

A. 通过向玛丝洛娃赎罪,他知道了自己的错误

B. 只考虑照道理应该怎么办

C. 不再考虑对他将有什么后果,甚至对这些问题不感兴趣

D. 农民们文化水平低,而且头脑简单,很好对付

E. 应该为自己做些什么,他毫无主意

165. 在和七名被推选出来的农民商讨处理土地的会议结束后第二天,全村分成了两派,下列选项符合两派诉求的是(   )。

A. 一派认为东家的建议对他们有利,没有危险

B. 一派认为其中有诈,并且知道问题所在

C. 一派认为虽然有诈,但是没有危险

D. 一派认为东家的建议对他们没有利,但也没有危险

E. 一派认为其中有诈,但并不知道诈在哪里,因此疑虑重重

166. 在巴诺伏逗留的最后一天,聂赫留朵夫清理房子里的杂物,只取走了(　　)。

 A. 信件　　　　B. 红木旧衣橱　　　C. 以前的一些照片

 D. 全部家具　　E. 一张照片

167. 下列选项中,使得聂赫留朵夫到监狱医院探望玛丝洛娃前不禁提心吊胆、神经紧张的想法有(　　)。

 A. 不知道玛丝洛娃今天情绪怎样

 B. 向玛丝洛娃提出解除婚约,不知道她会有何反应

 C. 向玛丝洛娃提出结婚请求,不知道她会有何反应

 D. 玛丝洛娃和同监的人都对他保守着什么秘密

 E. 不知玛丝洛娃是否能胜任医院医生的工作

168. 在监狱医院探视结束后,聂赫留朵夫感到玛丝洛娃变了,她的心灵里发生了重大变化。这个变化使他感到欢欣鼓舞,充满温暖。下列选项中正确描述这种变化的有(　　)。

 A. 玛丝洛娃又开始打扮自己,有了活下去的信心了

 B. 这个变化使他同她联结起来

 C. 玛丝洛娃再次爱上了他

 D. 使他同促成这变化的上帝联结起来

 E. 玛丝洛娃终于同意他的求婚了

169. 监狱医院见面结束后,玛丝洛娃和同伴就旧照片开展了一段对话之后,她后悔错过机会没有对聂赫留朵夫说的话有(　　)。

 A. 她知道他是怎样的人,她绝不受他欺骗

 B. 不让他借她来显示他的宽宏大量

 C. 她当年是真的爱他

 D. 立即想办法让她出狱,然后和他结婚

 E. 她不让他在精神上利用她,就像从前在肉体上利用她那样

170. 聂赫留朵夫到彼得堡去有几件事要办理,这些事件包括

( )。

A. 向枢密院提出上诉,要求重新审查玛丝洛娃案

B. 探望自己的姨妈

C. 把费多霞的案子提交上告委员会

D. 让教派信徒的案子真相大白

E. 到相关部门要求释放舒斯托娃

171. 聂赫留朵夫的姨妈察尔斯基伯爵夫人,狂热地信奉基督教的精神在于赎罪那种学说。下列选项中对这种当时风行一时的学术阐述正确的有( )。

A. 肯定一切宗教仪式、圣像和圣礼

B. 肯定一切宗教仪式和圣像,但是否定圣礼

C. 只肯定一切宗教仪式和圣像

D. 否定一切宗教仪式、圣像

E. 否定圣礼

172. 下列选项中,符合察尔斯基伯爵,也就是聂赫留朵夫的姨夫,谋到高位的条件有( )。

A. 有本事看懂公文和法规,而且没有什么错别字

B. 出生入死,打过几场硬仗

C. 生得仪表堂堂,在必要时可以装得高不可攀,或者卑躬屈膝

D. 总是能够永远卑躬屈膝,甚至达到肉麻和下贱的地步

E. 在个人道德和公务处理上,没有一成不变的原则

173. 下列选项中正确诠释枢密官沃尔夫为人正派和廉洁奉公的有( )。

A. 通过结婚获得一笔财产

B. 不暗中接受贿赂

C. 暗中接受贿赂

D. 向公家报销各种出差费、车旅费、房租

E. 像奴隶般忠实执行政府命令

174. 在库兹明斯科耶令聂赫留朵夫感到顾虑重重的每个问题,现在都变得简单了。变得简单的原因包括( )。

A. 应该为自己做些什么,他毫无主意

B. 这里的管家理解他对土地处理的方案

C. 对应该为别人做什么一清二楚

D. 因为库兹明斯科耶的农民更穷

E. 只考虑照道理应该怎么办

175. 总的说来,久别的彼得堡照例对聂赫留朵夫起了(　　　)的作用。

A. 刺激精神　　　B. 刺激肉体　　　C. 麻痹肉体

D. 精神方面的积极作用　　　　E. 麻痹精神

176. 当聂赫留朵夫为了一个犯人的母亲要求探望自己的儿子或者至少能把一些书转交给他的事情拜访操纵彼得堡全体囚犯命运的老将军时,老将军听着聂赫留朵夫的问题。下列选项正确描述老将军的有(　　　)。

A. 既没有表示高兴,也没有表示不高兴

B. 聂赫留朵夫反映的问题引起了他极大的兴趣

C. 闭目养神,对聂赫留朵夫的问题毫无兴趣

D. 答应亲自过问

E. 心里明白不论聂赫留朵夫说什么,他都将照章回答

177. 在处理完姑妈庄园的土地后,聂赫留朵夫对要为别人做的事情一清二楚,这些事情包括(　　　)。

A. 必须把土地交给农民

B. 必须把土地租给农民获得较高的租金

C. 应该帮助卡秋莎,不惜代价向她赎罪

D. 马上准备和卡秋莎结婚

E. 必须研究、分析、理解一切同审判和刑法有关的问题

178. 下列选项中,对于聂赫留朵夫大学好友谢列宁描述正确的有(　　　)。

A. 大学时代,不仅在口头上,而且在实际行动上把为人们服务作为生活目标

B. 大学时代相貌俊美,风度翩翩

C. 大学时代就摆脱了官方宗教的迷信

D. 书读得好，但有点书生气

E. 工作后，一切都和他的期望截然相反

179. 聂赫留朵夫从枢密院出来，心里十分愁闷，主要是因为（　　）。

A. 就要被迫离开热爱的贵族圈子了

B. 枢密院驳回上诉，无辜的玛丝洛娃不得不忍受无谓的苦难

C. 玛丝洛娃决定和西蒙松在一起了

D. 驳回上诉，他要跟她同生死、共患难的决心更难实现

E. 想到大学好友谢列宁的变化

180. 为了教派信徒案的解决，聂赫留朵夫在军队旧同事的指引下去拜访能左右该案的托波罗夫。托波罗夫所担任的职务，从职责来说，本身就存在矛盾，只有（　　）的人才看不出来。

  A. 没有文化　　　B. 下层人民　　　C. 头脑迟钝

  D. 道德沦丧　　　E. 道德高尚

181. 下列选项中，与聂赫留朵夫到彼得堡办理的几件事情的结果相符合的有（　　）。

A. 因为一个枢密官认为聂赫留朵夫出于道德要同玛丝洛娃结婚实在可恶至极，玛丝洛娃案上诉就这样被驳回了

B. 因为担心聂赫留朵夫通过关系告御状，又怕外国报纸报道，相关官僚当即下命令撤销玛丝洛娃案

C. 因为担心聂赫留朵夫通过关系告御状，又怕外国报纸报道，相关官僚当即下命令撤销教派信徒案决定，把他们送回原籍

D. 在大学好友谢列宁的斡旋下，玛丝洛娃得以无罪释放

E. 聂赫留朵夫求情，玛丽爱特和自己丈夫一说，舒斯托娃就无罪释放了

182. 聂赫留朵夫积极做着随玛丝洛娃流放西伯利亚动身前的准备工作。这些工作包括（　　）。

A. 和玛丽爱特私会

B. 为了玛丝洛娃和对她的帮助

C. 参加各种贵族圈子中的活动

D. 处理地产

E. 帮助囚犯们

183. 聂赫留朵夫动身往西伯利亚之前和姐姐娜塔丽雅有一段对话,下列符合姐弟之间的对话的选项有(　　　)。

A. 姐姐:她(指玛丝洛娃)经历了那样的生活,你还能指望她改过自新吗？　弟弟:我不要她改过自新,我只要我自己改过自新

B. 姐姐:她(指玛丝洛娃)经历了那样的生活,你还能指望她改过自新吗？　弟弟:我会帮助她改过自新的,使她精神上复活

C. 姐姐:祝你和她幸福。弟弟:她幸福了,我个人也就幸福了

D. 姐姐:我认为,你不可能幸福。弟弟:我并不要个人的幸福

E. 姐姐:我认为,你不可能幸福。弟弟:和我爱的人结婚就会幸福的

184. 聂赫留朵夫的姐姐在弟弟即将动身往西伯利亚去之际,关心弟弟的事情有(　　　)。

A. 他要同卡秋莎结婚

B. 她怕弟弟把土地处理掉,她自己占不到便宜

C. 他何时和卡秋莎结婚,她要参加婚礼祝福他们

D. 土地交给农民,但是租金不能太低

E. 弟弟要把土地交给农民,她的丈夫要她劝阻弟弟

185. 下列选项中,哪些细节说明玛丝洛娃其实已重新深深爱上聂赫留朵夫了,凡是他要她做的,她都不由自主地去做？(　　　)

A. 戒了烟酒

B. 不再卖弄风情

C. 拒绝他的结婚请求,因为不想给他带来不幸,不接受他这样的牺牲

D. 到医院里做杂务工

E. 接受他的求婚,和他一起流放

三、判断题

181. 聂赫留朵夫觉得当年同他那么亲近的姐姐已不存在,只剩下

一个讨厌的丈夫的奴隶。（ ）

182. 聂赫留朵夫来到彼得堡，一到姨妈家，就落入了同他格格不入的贵族社会的核心。（ ）

183. 玛丝洛娃想到聂赫留朵夫可能认为她在医院里做了什么丑事，这个念头比她听到最后判决服苦役的消息还要使她伤心。（ ）

184. 聂赫留朵夫反感姐夫的原因是姐姐竟然爱上这个精神贫乏的人，并且为了讨好他而摒弃自己的一切美德。（ ）

185. 聂赫留朵夫在库兹明斯科耶拥有一大片黑土的地产，那是他收入的主要来源。但是他从来没有去过那里。（ ）

186. 聂赫留朵夫熟悉农民和地主之间的关系，就是那种明目张胆的奴役。（ ）

187. 农民受地主的奴役是指一切无地或少地的农民受大地主的共同奴役，有时还受到生活在农民中间的某些人的奴役。（ ）

188. 聂赫留朵夫在军队生活中养成了挥金如土的习惯。复员后，原先信奉的学说已被置诸脑后，非但不再思考他对财产应抱什么态度，而且竭力回避这些问题。（ ）

189. 聂赫留朵夫回到库兹明斯科耶的途中，马车夫讲起来聂赫留朵夫的德国管家，因为他已经知道车上坐着的就是庄园的主人。（ ）

190. 聂赫留朵夫想到自己坚决抵制总管的意见，准备为农民做出牺牲，感到愉快。（ ）

191. 以前聂赫留朵夫觉得放弃那一切轻而易举，在处理库兹明斯科耶土地后的当晚却又很舍不得，舍不得他的土地，舍不得他的一半收入——今后他很可能需要这些钱。（ ）

192. 在库兹明斯科耶，聂赫留朵夫把土地租给农民，价格很高，农民们不满意。（ ）

193. 在库兹明斯科耶，聂赫留朵夫把土地租给农民，他原以为定的价钱人家会高高兴兴接受，不料谁也没有表现出丝毫满意的样子。（ ）

194. 聂赫留朵夫离开库兹明斯科耶，来到他要继承的庄园，也就是他认识卡秋莎的地方。他不仅想起来自己当年的情景，而且觉得自己像

当年一样朝气蓬勃,心地善良,胸怀大志,但又觉得像梦境一样不可能重现,他感到无比惆怅。( )

195．聂赫留朵夫在继承自姑妈的庄园里看到农民的悲惨状况。老百姓一步一步落入这种悲惨的境地,他们自己却没有发觉,也不怨天尤人。( )

196．老百姓并不知道他们贫困的主要原因是土地被地主霸占了。( )

197．聂赫留朵夫处理姑妈庄园土地的方法和处理库兹明斯科耶土地的方法是一样的。( )

198．姑妈庄园的农民要比库兹明斯科耶的农民穷得多。( )

199．聂赫留朵夫在处理好巴诺伏庄园的土地后,感到越来越放下包袱的轻松愉快,并且像旅行家发现新大陆那样觉得新鲜。( )

200．聂赫留朵夫等到法庭第一次宣布审讯暂停,就站起身来,走到过道里,决定不参与庭审。这是审理玛丝洛娃案件时他的决定。( )

201．聂赫留朵夫想到自己不是东家而是仆人,为此而感到高兴。( )

202．在和七名被推选出来的农民商讨处理土地的会议结束时,聂赫留朵夫把他的建议重复了一遍,并要他们当场答复。( )

203．聂赫留朵夫觉得他跟申包克之流的旧友有了距离,但他跟律师和律师圈子里的人的距离却缩小了。( )

204．在监狱医院探望玛丝洛娃时,聂赫留朵夫说过,玛丝洛娃无罪释放也好,不释放也好,对他都一样。( )

205．如果不是投毒命案事发,玛丝洛娃从来没有考虑过要抛弃做妓女的生活。( )

206．对于教派信徒的案子,聂赫留朵夫与其说是答应他们,不如说是自己下定决心,一定要使这个案子真相大白。( )

207．聂赫留朵夫的姐姐对于他要把土地交给农民这件事,并不怎么关心。( )

208．察尔斯基伯爵夫人狂热地信奉基督教的精神在于赎罪那种学说。她的所作所为都是在诠释这种当时风行一时的学说。( )

209. 在彼得堡的贵族圈子里,聂赫留朵夫新认识了贵族夫人玛丽爱特,并请她帮忙疏通释放舒斯托娃一事。( )

210. 总的说来,久别的彼得堡照例对聂赫留朵夫起了刺激肉体和麻痹精神的作用。( )

211. 操纵彼得堡全体囚犯命运的是一个德国男爵出身的老将军,他是一个悲天悯人的老将军。( )

212. 枢密院的法庭比地方法院的法庭要小一点,布置也简单些。唯一的区别是枢密官面前桌上铺的不是绿呢,而是镶有金边的深红色丝绒。( )

213. 枢密官们在宣布诽谤案的裁定后,不再离开议事室,在那里一边喝茶吸烟,一边办完其他案子,包括玛丝洛娃一案在内。( )

214. 玛丝洛娃一案,高等法院的裁定否定了地方法院的判决,枢密院的开庭就是审理对高等法院裁定的上诉。( )

215. 聂赫留朵夫逗留彼得堡期间,和大学好友谢列宁两人虽然表示要再见面,却没有找机会会晤。( )

216. 聂赫留朵夫动身前往西伯利亚前一天,聂赫留朵夫和姐姐见了面,但是拒绝和姐夫见面,因为他不喜欢他的姐夫。( )

217. 虽然在成年以前,聂赫留朵夫姐弟俩关系十分融洽,但是母亲去世后,就没有再见过面。聂赫留朵夫动身前往西伯利亚姐姐也没有来送他。( )

218. 聂赫留朵夫的大学好友谢列宁一直是一个不仅在口头上,而且在实际行动上把为人们服务作为生活目标的人。( )

219. 舒斯托娃在单身牢房里被关了七个月,原来什么罪也没有。后来把她释放,也只需要相关官僚一句话。( )

220. 操纵彼得堡全体囚犯命运的老将军认为天下万事都可以改变,唯独上司的命令不能改变。( )

221. 在枢密院庭审中,报告案情的沃尔夫虽然对聂赫留朵夫声色俱厉地说过,枢密院不可能审查案件的是非曲直,但他自己的报告却显然有意偏袒被告,以有利于撤销高等法院的裁定。( )

222. 枢密院庭审时,一向老成持重的谢列宁一反常态,激烈地发表

了和沃尔夫相反的意见,这主要是因为他和沃尔夫有私人恩怨。( )

223. 枢密院在审理诽谤案时,一名枢密官认为,虽然董事长是个坏蛋,但如果有法律根据,他还是主张撤销原判。( )

224. 操纵彼得堡全体囚犯命运的老将军关照聂赫留朵夫不要和犯人打交道,认为他们都是一些道德败坏的人。他对这一点确实毫不怀疑,这倒不是因为这是事实,而是因为不这样想,他就无法肯定自己是一位可敬的英雄。( )

225. 聂赫留朵夫在彼得堡,一到姨妈家,就完全沉湎于贵族社会的核心里不能自拔。( )

226. 当聂赫留朵夫的姨妈知道他想和玛丝洛娃结婚,姨妈竭力赞成。( )

227. 察尔斯基伯爵夫人信奉的基督教学说和她日常生活中的行为完全矛盾。( )

228. 在聂赫留朵夫向彼得堡的贵族圈子为一些无辜的人求情时,他觉得向那批人求情往往言不由衷,因为那批人都是一个圈子里的,去求情有点没有面子。( )

229. 聂赫留朵夫来到彼得堡,又回到他生活在其中的圈子,是为了出人头地而求助于这个圈子里的人。( )

230. 教派信徒案是指信徒们因为诵读和讲解《福音书》而被迫离开家人,流放高加索。( )

231. 聂赫留朵夫到彼得堡去要办理的几件事包括探望自己的姨妈。( )

232. 聂赫留朵夫自从上次访问了玛斯连尼科夫,特别是回乡一次以后,就全身心感到他向往生活在其中的圈子。( )

233. 玛丝洛娃在监狱医院做助理护士,她害怕医生,因为医生总是纠缠她。( )

234. 在监狱医院和聂赫留朵夫见面后,玛丝洛娃后悔曾经爱上过聂赫留朵夫。( )

235. 在监狱医院,同住的助理护士就聂赫留朵夫交给玛丝洛娃的一张旧照片发起的一段对话,使玛丝洛娃想起了做妓女的痛苦生

活。（ ）

236．在监狱医院探视玛丝洛娃结束，聂赫留朵夫感到玛丝洛娃变了，她的心灵里发生了重大变化。这个变化使他感到欢欣鼓舞，充满温暖。这个变化可以保证他们将有一个美满的婚姻生活。（ ）

237．在监狱医院探望玛丝洛娃，聂赫留朵夫把一张旧照片交给了她。（ ）

238．再次与老朋友申包克不期而遇，聂赫留朵夫觉得很亲切。（ ）

239．在监狱医院探望玛丝洛娃时，聂赫留朵夫说过，玛丝洛娃无罪释放也好，不释放也好，对他都一样。当玛丝洛娃听到上述话语时，脸上洋溢着快乐的神采。（ ）

240．看过聂赫留朵夫给的旧照片，同伴的话使玛丝洛娃清楚地想起那些痛苦的夜晚，特别是复活节的夜晚，她在等待那个答应替她赎身的大学生。（ ）

241．在巴诺伏逗留的最后一天，聂赫留朵夫清理房子里的杂物，取走了一张旧照片。（ ）

242．在库兹明斯科耶令聂赫留朵夫感到顾虑重重的每个问题，现在在巴诺伏都变得简单了。因为现在他对应该为别人做什么一清二楚。（ ）

243．在巴诺伏的庄园，对于聂赫留朵夫提出的对土地的处理方案，最终的结果是大家都不同意，最后，方案未能得以实施。（ ）

244．在处理完姑妈庄园的土地后，聂赫留朵夫十分清楚要为别人做的事情，其中就包括应该帮助卡秋莎，不惜代价向她赎罪。（ ）

245．在重回姑妈庄园的那个夜晚，聂赫留朵夫记起小时候同儿时玩伴许下的心愿：一定要出人头地。（ ）

246．聂赫留朵夫重回他认识卡秋莎的庄园，走到户外，想到花园里去，可是一想到他诱奸卡秋莎的那个夜晚，想到侍女房间的窗户，想到后门廊，就不愿去了。（ ）

247．姑妈庄园的农民起初不理解聂赫留朵夫处理土地的方案，是因为他们深信，维护自己的利益是人类的本性。（ ）

248. 聂赫留朵夫处理姑妈庄园土地的方案是土地的全部收入成为农民的公积金。（ ）

249. 在重新回到认识卡秋莎的庄园后，聂赫留朵夫一开始决定用他在库兹明斯科耶处理土地的办法处理庄园的土地。（ ）

250. 聂赫留朵夫在自己的庄园里思考土地私有制问题，认为各种学术团体、政府机关和报纸都在讨论老百姓贫穷的原因和改善他们生活的办法，唯独忽略那种切实可靠的办法，即不再从农民手里夺走他们必需的土地。（ ）

251. 聂赫留朵夫回到他继承自姑妈的庄园，也就是他认识卡秋莎的地方，要去找一个叫玛特廖娜的女人。这个女人是聂赫留朵夫和卡秋莎的孩子的养母。（ ）

252. 聂赫留朵夫在姑妈让他继承的庄园里亲眼见到了农民的贫穷。（ ）

253. 聂赫留朵夫离开库兹明斯科耶，来到他要继承的庄园，也就是他认识卡秋莎的地方。他此行的目的之一是打听卡秋莎的事。（ ）

254. 在库兹明斯科耶庄园，聂赫留朵夫要满足农民们连想也不敢想的愿望，即以低廉的地租分给农民土地。（ ）

255. 聂赫留朵夫到庄园处理土地，看到母亲卧室里的椅子、快要倒塌的房子和荒芜的花园，产生了一切快要结束的痛快心情。（ ）

256. 聂赫留朵夫憎恨他姐夫，是因为姐夫感情庸俗、目光短浅而又刚愎自用。（ ）

257. 正是在服兵役期间，聂赫留朵夫信奉了亨利·乔治的学说并热心加以宣扬。根据这个学说，他把自己名下的部分土地分给了农民。（ ）

258. 聂赫留朵夫收入的主要来源是拥有的那一大片黑土的地产。（ ）

参考答案

一、单项选择题

705． B **706．** B **707．** C **708．** D **709．** D **710．** D **711．** C **712．** A

713. A 714. C 715. A 716. B 717. A 718. A 719. C 720. A
721. D 722. C 723. B 724. C 725. A 726. A 727. A 728. D
729. A 730. C 731. B 732. C 733. D 734. A 735. A 736. A
737. B 738. C 739. A 740. D 741. B 742. D 743. D 744. B
745. A 746. A 747. B 748. D 749. C 750. C 751. C 752. C
753. A 754. B 755. A 756. A 757. B 758. B 759. B 760. B
761. A 762. A 763. C 764. B 765. D 766. A 767. B 768. C
769. C 770. A 771. C 772. B 773. A 774. D 775. A 776. C
777. A 778. B 779. C 780. D 781. B 782. A 783. C 784. D
785. B 786. B 787. A 788. D 789. A 790. C 791. A 792. A
793. C 794. A 795. B 796. C 797. C 798. D 799. B 800. A
801. A 802. D 803. A 804. B 805. C 806. D 807. C 808. C
809. B 810. B 811. D 812. A 813. A 814. A 815. B 816. B
817. A 818. A 819. C 820. B 821. C 822. B 823. B 824. B
825. B 826. D 827. A 828. B 829. C 830. B 831. D 832. A
833. C 834. A 835. A 836. B 837. D 838. B 839. C 840. A
841. B 842. D 843. C 844. A 845. D 846. C 847. D 848. B
849. D 850. A 851. C 852. D 853. C 854. A 855. D 856. D
857. A 858. B 859. C 860. A 861. A 862. B 863. B 864. B
865. D 866. B 867. D 868. D 869. D 870. D 871. A 872. D
873. A 874. A 875. A 876. C 877. C 878. B 879. A 880. C
881. D 882. C 883. D 884. D 885. D 886. A 887. B 888. C
889. A 890. B 891. B 892. C 893. D 894. B 895. C 896. D
897. A 898. A 899. C 900. D 901. C 902. B 903. A 904. C
905. D 906. D 907. C 908. C 909. A 910. A 911. A 912. D
913. D 914. C 915. D 916. B 917. A 918. D 919. C 920. B
921. B 922. A 923. D 924. B 925. D 926. B 927. C 928. A
929. C 930. B 931. A 932. A 933. D 934. A 935. B 936. C
937. D 938. B 939. A 940. C 941. B 942. A 943. D 944. B
945. D

二、多项选择题

145. CDE	**146.** AD	**147.** BD	**148.** BD	**149.** AD
150. ABC	**151.** AE	**152.** AB	**153.** ABC	**154.** CE
155. ABC	**156.** ABCDE	**157.** BC	**158.** BCD	**159.** CE
160. CDE	**161.** ABDE	**162.** ACE	**163.** CE	**164.** BCE
165. AE	**166.** AE	**167.** AD	**168.** BD	**169.** ABE
170. ACDE	**171.** DE	**172.** ACE	**173.** ABDE	**174.** ACE
175. BE	**176.** ACE	**177.** ACE	**178.** ABCE	**179.** BDE
180. CD	**181.** ACE	**182.** BDE	**183.** AD	**184.** AE
185. ABCD				

三、判断题

181. 对	**182.** 对	**183.** 对	**184.** 对	**185.** 错	**186.** 错	**187.** 对
188. 对	**189.** 错	**190.** 对	**191.** 对	**192.** 错	**193.** 对	**194.** 对
195. 对	**196.** 错	**197.** 错	**198.** 对	**199.** 对	**200.** 错	**201.** 对
202. 错	**203.** 错	**204.** 对	**205.** 错	**206.** 对	**207.** 对	**208.** 错
209. 错	**210.** 对	**211.** 错	**212.** 对	**213.** 对	**214.** 错	**215.** 对
216. 错	**217.** 错	**218.** 错	**219.** 对	**220.** 对	**221.** 对	**222.** 错
223. 对	**224.** 对	**225.** 错	**226.** 错	**227.** 对	**228.** 错	**229.** 错
230. 对	**231.** 错	**232.** 错	**233.** 对	**234.** 错	**235.** 对	**236.** 错
237. 对	**238.** 错	**239.** 对	**240.** 错	**241.** 对	**242.** 对	**243.** 错
244. 对	**245.** 错	**246.** 对	**247.** 对	**248.** 对	**249.** 对	**250.** 对
251. 错	**252.** 对	**253.** 对	**254.** 对	**255.** 错	**256.** 对	**257.** 错
258. 对						

第三部 复 活

内容简介

第三部主要讲述聂赫留朵夫跟随玛丝洛娃到西伯利亚途中的故事。包括玛丝洛娃与政治犯的关系以及她的改变；聂赫留朵夫重新爱上玛丝洛娃，但西蒙松却告诉聂赫留朵夫他想和玛丝洛娃结婚；玛丝洛娃与聂赫留朵夫最后的见面，政治犯们之间的关系；克雷里卓夫的死以及《福音书》中的启示。

玛丝洛娃在与政治犯们，特别是与西蒙松与谢继尼娜接触后，受到影响而发生了变化，精神的人进一步复苏，玛丝洛娃因为最终原谅了聂赫留朵夫并重新爱上了他而选择离开他。男女主人公的最后两次谈话以及最后一次相见虽然着墨不多，但读来意犹未尽。从玛丝洛娃、聂赫留朵夫、西蒙松三人的关系中，读者看到的都是精神的，绝不是利己而是利他的人。

在跟随被押解犯人前往西伯利亚途中，第9章旅站上的牢房和刑事犯的居住条件与第24章地方长官家的宴会，形成了鲜明的对比。

政治犯们之间关系复杂，各人观点不尽相同，其中第6章，监狱的黑暗和骇人听闻通过克雷里卓夫讲述的两个十几岁的犯人被处绞刑的故事串联起来。虽身患痨病但始终保持革命乐观主义精神的克雷里卓夫的死引起了聂赫留朵夫的深思和感慨，他最终在《福音书》中得到了启示。

值得一提的是第27章出现的渡船上的流浪怪老头，对他的解读很多，希望读者也有自己的解读。

一、单项选择题

946. 在流放途中,到达彼尔姆以前,玛丝洛娃在肉体上和精神上都感到十分痛苦。下列选项中正确解释这种痛苦之一的是(　　)。

A. 对西伯利亚的生活恐惧

B. 想到不能与自己爱的聂赫留朵夫朝夕相伴

C. 跟小虫一样讨厌的男人对她的纠缠

D. 自己变成了一个苦役犯

947. 下列选项中,正确描述西蒙松对玛丝洛娃的影响的有(　　)。

A. 想到自己居然能在像西蒙松这样一个不平凡的人的心里唤起爱情,她的自信心就提高了

B. 西蒙松真诚的爱情在玛丝洛娃心中得到了反响

C. 玛丝洛娃总是不自觉地做西蒙松愿意她做的事情

D. 在西蒙松的影响下,玛丝洛娃从此走上了革命的道路

948. 克雷里卓夫告诉聂赫留朵夫,从(　　),他就成了革命者。

A. 爱上谢继妮娜后

B. 和他同监的两个小孩被处绞刑后

C. 在狱中受到迫害,得了痨病后

D. 认识聂赫留朵夫之后

949. 聂赫留朵夫在目睹了监狱里的种种罪恶后,做了一些思考。下列选项中属于思考内容的有(　　)。

A. 监狱对惩恶扬善有很大的作用

B. 监狱里的犯人都是社会上的恶人

C. 监狱鼓励犯罪

D. 监狱保证了社会的安定

950. 聂赫留朵夫在目睹了监狱里的种种罪恶后,做了一些思考。下列选项中属于思考内容的有(　　)。

A. 政府的处分反而在人民中间培养报复的情绪

B. 监狱可以保证大多数人的安全

C. 监狱的种种罪行都是由于犯人的缘故

D. 监狱的种种罪行都是由于监狱的规模和关押的犯人比例不当造成的

951．聂赫留朵夫最后终于明白,他在各地监狱里目睹的一切骇人听闻的罪恶,以及制造这种罪恶的人所表现的泰然自若的态度,都是由于(　　)。

A. 他们想做一件做不到的事

B. 他们想追求个人财富的最大化

C. 他们人性的残酷

D. 他们缺少必要的教育

952．聂赫留朵夫在读了《福音书》后,认为他找到了一切问题的答案,原来就是基督对彼得说的那段话。下列选项中符合那段话意思的有(　　)。

A. 要永远饶恕一切人

B. 世界上只有一些无罪的人,可以惩罚或者纠正别人

C. 一切问题都是因为人们缺少必要的教育

D. 要永远饶恕一些人

953．聂赫留朵夫跟英国人一起探监,在停尸室,看到了(　　)的尸体,感到十分痛苦,感到必须独自好好思考一下。

A. 西蒙松　　B. 卡秋莎　　C. 克雷里卓夫　　D. 费多霞

954．聂赫留朵夫跟英国人一起探监,替他做翻译。英国人这次旅行的目的之一是(　　)。

A. 对俄国监狱里的犯人进行教育

B. 写一篇反映西伯利亚流放和监禁地的文章

C. 和聂赫留朵夫见面

D. 写一篇有关拯救灵魂的文章

955．下列选项中,哪个细节说明与聂赫留朵夫重逢后玛丝洛娃其实早已重新深深爱上聂赫留朵夫了,凡是他要她做的,她都不由自主地去做?(　　)

A. 接受他的求婚,和他一起流放

B. 不再卖弄风情

C. 卖弄风情

D. 拒绝到医院里做杂务工

956. 聂赫留朵夫在读了《福音书》后,认为他找到了一切问题的答案,原来就是基督对彼得说的那段话。下列选项中符合那段话意思的有(　　)。

A. 要经常地饶恕人

B. 要无数次地饶恕人

C. 一切问题都是因为人们缺少必要的教育

D. 要永远饶恕一些人

957. 聂赫留朵夫跟英国人一起探监,替他做翻译。英国人这次旅行的目的之一是(　　)。

A. 对俄国监狱里的犯人进行教育

B. 和聂赫留朵夫见面

C. 写一篇有关拯救灵魂的文章

D. 宣讲通过信仰和赎罪来拯救灵魂的道理

958. 从卡秋莎对聂赫留朵夫最后一次见面,说"请您原谅"而不说"那么我们分手了"时伤感的微笑中,聂赫留朵夫明白,她做出决定的原因是(　　)。

A. 她真的爱上了西蒙松

B. 西蒙松真的爱上了她

C. 和他结婚,她不会得到幸福

D. 她爱他,认为同他结合,就会毁掉他的一生

959. 聂赫留朵夫在读了《福音书》后认为,他在各地监狱里目睹的一切骇人听闻的罪恶,以及制造这种罪恶的人所表现的泰然自若的态度,都是由于(　　)。

A. 他们想追求个人财富的最大化

B. 他们人性的残酷

C. 他们缺少必要的教育

D. 他们自己有罪,却想去纠正罪恶

960. 聂赫留朵夫（　　）到监狱探望卡秋莎,一见到卡秋莎,立刻感到心情沉重。

A. 第一次　　B. 第二次　　C. 第三次　　D. 最后一次

961. 卡秋莎与聂赫留朵夫最后一次在监狱见面,感到既高兴又惆怅。高兴的是（　　）。

A. 实现了自己的愿望

B. 终于见到聂赫留朵夫了

C. 告诉他,她要和西蒙松在一起了

D. 马上可以出狱了,获得自由了

962. 卡秋莎与聂赫留朵夫最后一次在监狱见面,感到既高兴又惆怅。惆怅的是（　　）。

A. 聂赫留朵夫决定和她分手　　B. 要跟聂赫留朵夫分手

C. 她失去了西蒙松的爱情　　D. 她再也见不着西蒙松了

963. 聂赫留朵夫与卡秋莎最后分手后,聂赫留朵夫感到无比疲劳。原因是（　　）。

A. 夜里失眠　　B. 旅途辛苦

C. 对整个生活感到厌倦　　D. 心情激动

964. 聂赫留朵夫在读了《福音书》后,认为他找到了一切问题的答案,原来就是基督对彼得说的那段话。下列选项中符合那段话意思的有（　　）。

A. 世界上没有一个无罪的人,可以惩罚或者纠正别人

B. 要经常饶恕一些人

C. 一切问题都是因为人们缺少必要的教育

D. 要永远饶恕一些人

965. 在西伯利亚的一家邮局,聂赫留朵夫收到了谢列宁写来的信。信的内容是（　　）。

A. 玛丝洛娃由苦役刑改判流放

B. 玛丝洛娃被无罪释放

C. 驳回上诉请求

D. 玛丝洛娃因为和政治犯接触,被判绞刑

966. 在西伯利亚,聂赫留朵夫向典狱长出示沙皇办公厅发的公文副本令,"将玛丝洛娃所判苦役改为流放,在西伯利亚较近处执行",但典狱长拒绝了。理由是(　　)。

A. 典狱长图谋造反

B. 典狱长反对沙皇

C. 天高皇帝远,典狱长独自为大,谁的话也不听

D. 释放任何犯人,必须有他的顶头上司的命令

967. 聂赫留朵夫在跟随玛丝洛娃流放途中,来到一个外省的城市,访问地方长官。目的是(　　)。

A. 找到一家干净舒适的旅店　　B. 为玛丝洛娃和克雷里卓夫求情

C. 应邀参加他们的舞会　　D. 了解玛丝洛娃的情况

968. 在遇到信奉无政府主义的怪老头的渡船边,聂赫留朵夫的脑海里两个形象交替出现。一个是濒临死亡而不愿死去的克雷里卓夫,一个是生气勃勃的(　　)。

A. 西蒙松　　B. 卡秋莎　　C. 申包克　　D. 谢列宁

969. 在流放途中,聂赫留朵夫对和西蒙松以及卡秋莎的谈话虽然很意外,而且关系重大,又因关系太复杂而且前途难料,因此索性不去想它,然而他越来越生动地想起(　　)。

A. 玛丽爱特

B. 彼得堡贵族圈子里的人们

C. 他把土地分给农民,自己是否吃亏了

D. 那些不幸的人

970. 流放西伯利亚途中的牢房拥挤不堪,走廊里也挤满了犯人。有三个人显然在走廊里也没有找到空地方,只得躺在门廊里,聂赫留朵夫看到一个十岁的男孩,头枕着男犯大腿,躺在(　　)。

A. 便桶里渗出的粪汁中　　B. 一张硬木板上

C. 成人男犯的身上　　D. 一块冰凉的塑料布上

971. 聂赫留朵夫在目睹了监狱里的种种罪恶后,做了一些思考。下列选项中属于思考内容的有(　　)。

A. 监狱和流放地的一切行为和书本中的解释完全一致

B. 监狱把各种恶习系统地传染给别人

C. 监狱的种种罪行都是由于犯人的缘故

D. 监狱的种种罪行都是由于监狱的规模和关押的犯人比例不当造成的

972. 西蒙松在那间专门拨给女政治犯的单身牢房里,告诉聂赫留朵夫(　　)。

A. 他要和玛丝洛娃分手了

B. 他准备参加革命了

C. 为了玛丝洛娃,他要和聂赫留朵夫决斗

D. 他想和玛丝洛娃结婚

973. 政治犯中的诺夫德伏罗夫很受所有革命者的尊敬,被认为很有学问,很聪明,但是聂赫留朵夫却认为他这种革命者的(　　)远不如一般人。

A. 性格　　B. 品德　　C. 聪明程度　　D. 体力

974. 政治犯中的诺夫德伏罗夫很受所有革命者的尊敬,但是聂赫留朵夫却不这样认为。因为诺夫德伏罗夫虽然口头主张解决妇女问题,但心底里却认为女人都是(　　)。

A. 愚蠢的　　B. 玩物　　C. 美丽的　　D. 脆弱的

975. 聂赫留朵夫在目睹了监狱里的种种罪恶后,做了一些思考。下列选项中属于思考内容的有(　　)。

A. 监狱在很大程度上遏制犯罪

B. 监狱传布罪行

C. 监狱的种种罪行都是由于监狱太拥挤了

D. 监狱的种种罪行都是由于犯人的缘故

976. 西蒙松告诉聂赫留朵夫他爱上玛丝洛娃是因为(　　)。

A. 迷上她了

B. 她爱他

C. 他们有共同的信仰

D. 她是个少见的好人,却受尽了折磨

977. 聂赫留朵夫和西蒙松两个人都认为玛丝洛娃和他们的关系应该由(　)做主。

    A. 玛丝洛娃自己　　　　　B. 最后他们决斗的结果

    C. 各自的父母　　　　　　D. 玛丝洛娃的养母

978. 平民革命家纳巴托夫认为革命不应该改变人民的(　)，在这一点上，他同诺夫德伏罗夫和诺夫德伏罗夫的信徒，也是平民政治犯的看法不同。

    A. 信仰　　　　　　　　　B. 社会地位

    C. 基本生活方式　　　　　D. 受教育程度

979. 在流放西伯利亚途中，在过去的六个旅站上，没有一个押解官准许聂赫留朵夫进入旅站房间，探望玛丝洛娃。他们之所以这样严格，是因为(　)。

    A. 严格按章办事

    B. 有一个管监狱的大官将路过此地

    C. 一向纪律严明

    D. 玛丝洛娃是政治犯

980. 在政治犯中，聂赫留朵夫特别喜欢一个叫(　)的害痨病的青年。

    A. 平民革命家纳巴托夫

    B. 受所有革命者尊敬的诺夫德伏罗夫

    C. 克雷里卓夫

    D. 受所有革命者尊敬的诺夫德伏罗夫的信徒工人马尔凯

981. 经过两个月的长途跋涉，玛丝洛娃的外表也随着内心的变化而发生了变化。下列选项中正确描述她变化后的外表的有(　)。

    A. 涂脂抹粉

    B. 包上头巾，不再让一绺头发飘落到额上

    C. 包上头巾，让一绺头发飘落到额上

    D. 卖弄风情

982. 克雷里卓夫在狱中害了病，活不过几个月了，但他对自己的行为并不后悔，说，要是让他再活一辈子，他还是会那么干。"那么干"是

指（　　）。

　A．破坏他目睹的那种罪恶累累的社会制度

　B．继续开设学校,让更多的人接受教育

　C．把土地无偿分给农民

　D．把土地租给农民

983．经过两个月的长途跋涉,玛丝洛娃的外表也随着内心的变化而发生了变化。下列选项中正确描述她变化后的外表的有（　　）。

　A．装束、发型、待人接物的态度,比原先更多了风情万种的味道

　B．人比以前更白皙丰满了

　C．包上头巾,让一绺头发飘落到额上

　D．装束、发型、待人接物的态度,没有原先那种卖弄风情的味道了

984．（　　）的身世和同他的接触,使聂赫留朵夫懂得了许多以前不懂的事。

　A．申包克　　B．西蒙松　　C．克雷里卓夫　　D．卡秋莎

985．卡秋莎最后选择了和西蒙松而不是和聂赫留朵夫在一起,是因为（　　）。

　A．卡秋莎真的爱聂赫留朵夫

　B．卡秋莎真的爱西蒙松

　C．西蒙松更爱卡秋莎

　D．聂赫留朵夫已经没有任何财产了

986．流放西伯利亚途中,直到玛丝洛娃调到政治犯队伍后,聂赫留朵夫每次见到她,都越来越清楚地看到她（　　）变化,而那正好是他所渴望的。

　A．情绪的　　　　　　　　B．内心的

　C．脾气由坏到好的　　　　D．对他爱意一点点多起来的

987．和政治犯一起流放途中,玛丝洛娃从内心到外表都发生了变化。现在聂赫留朵夫对她产生了另一种感情。下列选项中准确描述这种感情的是（　　）。

　A．肉体的魅惑

　B．诗意洋溢的迷恋

C. 纯粹的怜悯和同情

D. 通过同她结婚,来履行责任和满足虚荣心

988. 在接触革命者之前,自从俄国革命运动开始以来,特别是在三月一日事件以后,聂赫留朵夫对革命者总是抱着(　　)的态度。

A. 崇拜　　　B. 敬仰　　　C. 憎恨　　　D. 蔑视

989. 在流放的最初阶段,聂赫留朵夫同玛丝洛娃只见过两次面,他发现她都处于一种阴郁的情绪中,原因是(　　)。

A. 她对西伯利亚的生活充满恐惧

B. 她对自己社会地位的巨大变化不适应

C. 她遭到男人的纠缠

D. 她不能每天见到爱人聂赫留朵夫了

990. 下列选项中,对于聂赫留朵夫大学好友谢列宁的描述不正确的有(　　)。

A. 大学时代,不仅在口头上,而且在实际行动上把为人们服务作为生活目标

B. 大学时代相貌俊美,风度翩翩

C. 大学时代就摆脱了官方宗教的迷信

D. 书读得好,但有点书生气

991. 自从俄国革命运动开始以来,特别是在三月一日事件以后,聂赫留朵夫对革命者总是没有好感。这里的"俄国革命运动"是指(　　)。

A. 俄国十月革命

B. 19世纪六七十年代俄国民粹派的革命运动

C. 高加索人民争取独立的运动

D. 泛指所有革命

992. 聂赫留朵夫同流放的政治犯接近后,对他们的看法完全变了,由没有好感,到知道他们常常遭到政府莫须有的迫害,他们那样做是(　　)的。

A. 迫不得已　　　　　　B. 自觉自愿

C. 有人幕后指使　　　　D. 心甘情愿的

993. 在和政治犯一起流放西伯利亚的途中,玛丝洛娃受到了谢继

妮娜的影响,原因是(　　)。

　　A. 玛丝洛娃天生同情弱者

　　B. 她喜欢谢继妮娜

　　C. 玛丝洛娃也是革命者

　　D. 谢继妮娜处处都能把自己照顾好

994. 在和政治犯一起流放西伯利亚的途中,玛丝洛娃受到了西蒙松的影响,原因是(　　)。

　　A. 玛丝洛娃爱上了西蒙松

　　B. 西蒙松的爱情在玛丝洛娃的心里产生了共鸣

　　C. 西蒙松爱上了玛丝洛娃

　　D. 玛丝洛娃也参加了革命

995. 玛丝洛娃和西蒙松之间的关系特别接近,是从(　　)开始的。

　　A. 玛丝洛娃和政治犯一起步行

　　B. 聂赫留朵夫拒绝了玛丝洛娃之后

　　C. 玛丝洛娃被审判之后

　　D. 西蒙松跟刑事犯一起步行

996. (　　)使得玛丝洛娃格外钦佩谢继妮娜。

　　A. 谢继妮娜长得美,却从不卖弄风情

　　B. 谢继妮娜总是有办法处处都能把自己照顾好

　　C. 谢继妮娜出身贵族

　　D. 谢继妮娜是个革命者

997. 在流放途中,由于有聂赫留朵夫向有关方面疏通,玛丝洛娃被调到了(　　)队伍中。

　　A. 刑事犯　　B. 苦役犯　　C. 政治犯　　D. 普通群众

998. 在流放途中,尽管步行十分艰苦,但是政治犯西蒙松坚持步行的原因是(　　)。

　　A. 锻炼革命意志

　　B. 锻炼身体,继续革命

　　C. 为了接近玛丝洛娃,因为她不得不步行

　　D. 出身贵族本享有坐车赶路的特权,但是他认为享受阶级特权是

不合理的

999. 聂赫留朵夫在读了《福音书》后,认为他找到了一切问题的答案,原来就是基督对彼得说的那段话。下列选项中不符合那段话意思的有(　　)。

A. 要永远饶恕一切人

B. 要无数次地饶恕人

C. 一切问题都是因为人们缺少必要的教育

D. 世界上没有一个无罪的人,可以惩罚或者纠正别人

1000. 下列选项中,正确描述西蒙松对玛丝洛娃的影响的是(　　)。

A. 玛丝洛娃爱上了西蒙松

B. 西蒙松的爱情在玛丝洛娃的心里产生了共鸣

C. 为了不使他失望,她努力做一个她所能做到的最好的好人

D. 玛丝洛娃也参加了革命

二、多项选择题

186. 下列各项中,对《复活》故事情节的叙述有误的是(　　)。

A. 军官和一个被判处流刑的农民发生冲突,最后,在大家的周旋下,这位农民仍被戴上手铐,而他的小女儿被玛丽亚等人领去照顾。西蒙松对军官说他这样做不对,但军官不理睬

B. 聂赫留朵夫第二次去监狱看望玛丝洛娃时,刚走到监狱大门口,就有一个看守鬼鬼祟祟递给他一封信,说是一个女政治犯托他办的

C. 谢继妮娜之所以成为革命家,是因为她出身贫民家庭,常常挨骂

D. 由于天天呆在一起,政治犯之间产生了各种错综复杂的爱情关系

E. 为了报仇,农民明肖夫把霸占了他新婚不久的妻子的酒店老板的院子放火烧了

187. 下列各项中,对《复活》故事情节的叙述不正确的两项是(　　)。

A. 在监狱中,聂赫留朵夫要求玛丝洛娃宽恕他,也曾提出要和她结婚,玛丝洛娃内心极为痛苦,宽恕了他,但不同意结婚

B. 在故事的最后,聂赫留朵夫成功地为玛丝洛娃改判减刑。他们开始了在西伯利亚艰苦但幸福的生活

C. 聂赫留朵夫到彼得堡去办三件事,其中到宪兵司令部或者第三厅要求释放舒斯托娃,是受薇拉之托

D. 聂赫留朵夫在姨妈家遇见玛丽爱特,玛丽爱特极力赞扬他为帮助犯人所做的努力,并表示对自己生活的不满,与聂赫留朵夫成为知己。聂赫留朵夫也因此爱上了她,打消了去西伯利亚的念头

E. 在流放途中,到达彼尔姆以前,玛丝洛娃感到在肉体上和精神上都十分痛苦

188. 下列各项中,对《复活》故事情节的叙述正确的是(　　)。

A. 在流放途中,到彼尔姆以前,玛丝洛娃一直同刑事犯一起坐火车,乘轮船。到了彼尔姆,聂赫留朵夫才算向有关方面疏通好,把她调到政治犯队伍中

B. 陪审员在对玛丝洛娃案写的定罪意见中写了蓄意谋杀,这样玛丝洛娃被判了罪,并立即押赴西伯利亚服苦役四年

C. 聂赫留朵夫诱奸了玛丝洛娃之后,想到应该送她一些钱,不是为了她,而是因为遇到这样的事,通常都是这么做的

D. 陪审团成员中的商人迷恋玛丝洛娃的美色,极力为她辩护,终于使她无罪释放

E. 米西的母亲,也就是沙斐雅公爵夫人总是单独吃饭,免得人家看见她在做这种毫无诗意的俗事的模样

189. 下列各项中,对《复活》故事情节的叙述不正确的两项是(　　)。

A. 看到聂赫留朵夫为自己的案子四处奔波,又放弃了一切跟随她流放,玛丝洛娃深受感动,已重新爱上他,完全依照他希望她做的去做,最后接受了聂赫留朵夫的求婚

B. 玛丝洛娃那批犯人从监狱里被押解到了火车站。聂赫留朵夫收拾好行李提前到监狱,见到玛丝洛娃,问了她的情况,了解到她和犯人的恶劣处境,并四处奔波说情

C. 犯人队伍总是引起人们的注意,还混杂着怜悯和恐惧。有些人

施舍了一点钱,有些人目送着犯人,特别是一辆华丽马车上一位男孩对他们表示了怜惜之情,甚至费了好大的劲才没哭出来

D. 为了做好上西伯利亚的准备,聂赫留朵夫回到自己的库兹明斯科耶庄园,实行了改善农民生活的措施。他把田地用低价出租给农民,改善农民对地主的依赖关系

E. 尽管聂赫留朵夫已经尽了自己最大的努力,玛丝洛娃还是决定跟西蒙松走。但他没有痛苦的感觉。他已经尽了自己最大的努力和牺牲去爱她。他付出了足够的代价来补偿自己的过失。于是,他开始过一种全新的精神生活。他的灵魂得救了

190. 下列各项中,对《复活》故事情节的叙述不正确的两项是(　　)。

A. 在前往西伯利亚的火车站,聂赫留朵夫的姐姐特地赶来送行,聂赫留朵夫向姐姐道了歉,并且很认真地向姐姐说明要同玛丝洛娃一起去西伯利亚的理由

B. 玛丝洛娃因为在刑事犯队伍里受到欺负而沉默寡言,态度冷淡,聂赫留朵夫得知原委后,就设法把她调到政治犯队伍。玛丝洛娃的各方面处境都得到改善,还认识了对她起良好影响的谢继妮娜和西蒙松等人

C. 玛丝洛娃在聂赫留朵夫第三次到监狱来探望她的时候,已经戒了酒,还答应在医院里做杂务工,但拒绝接受他的求婚

D. 玛丝洛娃受到聂赫留朵夫的鼓舞,精神复活了,在流放西伯利亚的路途中,她深切感受到了聂赫留朵夫对她的无微不至的关心,深受感动,最终决定嫁给聂赫留朵夫

E. 西蒙松告诉聂赫留朵夫他想同玛丝洛娃结婚,聂赫留朵夫听到这个消息后,很痛苦,并且认为玛丝洛娃跟西蒙松结婚一定不会幸福的

191. 下列情景描写沙皇时期的监狱和犯人们生活场景的选项有(　　)。

A. 在灰砂飞扬的大道上拖着脚镣行进

B. 监狱里有开赌场的犯人,专门借钱给别的犯人,用纸牌剪成纸片作借据,然后从伙食费中扣钱还赌场老板

C. 男女犯人在旅站院子里公开通奸

D. 犯人们笑着说,伙食好得很。第一道是面包下克瓦斯,第二道是克瓦斯下面包

E. 他们脸色苍白,胳膊干瘦,有的已经得了痨病,那里不论冬夏,窗子一直敞开着,他们就在高温的肥皂蒸汽里洗熨衣服

192. 聂赫留朵夫跟英国人一起探监,替他做翻译。英国人这次旅行的目的有(　　)。

A. 写一篇有关拯救灵魂的文章

B. 写一篇反映西伯利亚流放和监禁地的文章

C. 和聂赫留朵夫见面

D. 宣讲通过信仰和赎罪来拯救灵魂的道理

E. 对俄国监狱里的犯人进行教育

193. 聂赫留朵夫在读了《福音书》后,认为他找到了一切问题的答案,原来就是基督对彼得说的那段话。下列选项中符合那段话意思的有(　　)。

A. 要永远饶恕一切人

B. 要无数次地饶恕人

C. 一切问题都是因为人们缺少必要的教育

D. 要永远饶恕一些人

E. 世界上没有一个无罪的人,可以惩罚或者纠正别人

194. 卡秋莎和聂赫留朵夫最后一次监狱见面时,做出了离开聂赫留朵夫的决定。下列选项中符合卡秋莎做出这个分手决定的原因是(　　)。

A. 如果她跟西蒙松一起走开,就可以使聂赫留朵夫恢复自由

B. 她真的已经爱上西蒙松了

C. 西蒙松比聂赫留朵夫更爱她

D. 她谁也没有爱过

E. 她爱聂赫留朵夫,认为同他结合,就会毁掉他的一生

195. 聂赫留朵夫在目睹了监狱里的种种罪恶后,做了一些思考。下列选项中属于思考内容的有(　　)。

A. 监狱和流放地的一切行为和书本中的解释完全一致

B. 监狱把各种恶习系统地传染给别人

C. 监狱传布罪行

D. 监狱鼓励犯罪

E. 政府的处分反而在人民中间培养报复的情绪

196. 经过两个月的长途跋涉,玛丝洛娃的外表也随着内心的变化而发生了变化。下列选项中正确描述她变化后的外表的有( )。

A. 包上头巾,有意让一绺头发飘落到额上

B. 包上头巾,不再让一绺头发飘落到额上

C. 比以前更漂亮、丰满、白皙了

D. 装束、发型、待人接物的态度,没有原先那种卖弄风情的味道了

E. 装束、发型、待人接物的态度,比原先那种卖弄风情的味道更有过之而无不及

197. 自从俄国革命运动开始以来,特别是在三月一日事件以后,聂赫留朵夫对革命者一直没有好感的原因是( )。

A. 行事总是过于谨小慎微,不尊重女性

B. 他们采用残酷和秘密的手段反对政府

C. 采用惨无人道的暗杀

D. 有一种自命不凡的优越感

E. 他们都刚愎自用、好大喜功

198. 下列选项中,正确描述西蒙松对玛丝洛娃的影响的有( )。

A. 想到自己居然能在像西蒙松这样一个不平凡的人的心里唤起爱情,她的自信心就提高了

B. 西蒙松真诚的爱情在玛丝洛娃心中得到了反响

C. 为了不使他失望,她努力做一个她所能做到的最好的好人

D. 在西蒙松的影响下,玛丝洛娃从此走上了革命的道路

E. 玛丝洛娃总是不自觉地做西蒙松愿意她做的事情

199. 下列选项中,正确描述谢继妮娜的有( )。

A. 从小厌恶贵族生活,喜欢平民生活

B. 富裕将军家庭出身

C. 革命者在黑暗中开了一枪,她把开枪的罪名揽到自己头上,被判

苦役

D. 从来不顾自己,总是只考虑怎样帮助别人

E. 长得美,却从不卖弄风情

200. 在流放途中,到达彼尔姆以前,玛丝洛娃在肉体上和精神上都感到十分痛苦。下列选项中正确解释这种痛苦的有(　　)。

A. 由于拥挤、肮脏以及虱子等小虫的骚扰

B. 想到不能与自己爱的聂赫留朵夫朝夕相伴

C. 男人对她的纠缠

D. 对西伯利亚的生活感到恐惧

E. 自己变成了一个苦役犯

三、判断题

259. 英国人在这次旅行当中有两个目的:一是写一篇反映西伯利亚的流放和监禁地的文章,一是宣传通过信仰和赎罪来拯救灵魂。(　)

260. 在停尸间,聂赫留朵夫看到了玛丝洛娃,给他打击很大。他没有向英国人告别,就坐上马车回到旅馆去了。(　)

261. 在西伯利亚,聂赫留朵夫兴高采烈地带着减刑期公文副本去监狱,他一出示减刑公文副本,典狱长就准许他探监了。(　)

262. 聂赫留朵夫跟随英国人去牢房,给他当翻译。在停尸间,聂赫留朵夫看到了克雷里卓夫,给他打击很大。他没有向英国人告别,就坐上马车回到旅馆去了。(　)

263. 玛丝洛娃与西蒙松在步行中渐渐接近起来。不久,西蒙松爱上了玛丝洛娃。(　)

264. 玛丝洛娃觉察到了西蒙松对她的爱。她想到她居然能在这样一个不平凡的人心里唤起爱情,她的自信心也就提高了。为了不使他失望,她努力做一个她所能做到的最好的好人。(　)

265. 西蒙松有事找聂赫留朵夫谈,西蒙松为了帮助玛丝洛娃,减轻她的痛苦,决定与她结婚,希望得到聂赫留朵夫的认同。聂赫留朵夫提出双方决斗。(　)

266．玛丝洛娃调到政治犯队伍后，她的各方面处境都有所改善。其中最大的好处是她认识了对她起了极好的影响，决定她前途的几个人。（　）

267．在流放西伯利亚的政治犯中，玛丝洛娃钦佩所有的新朋友，但是最钦佩西蒙松。这个富裕将军家庭出身的年轻人，能讲三种外语，却过着最普通的工人生活。（　）

268．谢继妮娜的影响是玛丝洛娃心甘情愿接受的，因为她是革命者。（　）

269．因为玛丝洛娃的关系，聂赫留朵夫才有机会结识了很多政治犯。其中他最喜欢的是得了肺痨的克雷里卓夫，他本是一个大学生。（　）

270．聂赫留朵夫和玛丝洛娃这对有情人经过千辛万苦，终成眷属。（　）

271．当西蒙松问聂赫留朵夫，他和玛丝洛娃结婚是否会幸福时，聂赫留朵夫斩钉截铁地回答一定会的。（　）

272．卡秋莎最后选择了和西蒙松而不是和聂赫留朵夫在一起。（　）

273．聂赫留朵夫和卡秋莎的事结束后，使他痛苦的倒不是这件事。（　）

274．聂赫留朵夫和卡秋莎在监狱的最后一次谈话中，卡秋莎告诉他，她将和西蒙松在一起，因为她更爱西蒙松。（　）

275．流放西伯利亚途中，直到玛丝洛娃调到政治犯队伍后，聂赫留朵夫每次见到她，都越来越清楚地看到她的变化，而这使他失望。（　）

276．在流放西伯利亚之后，不论想什么，做什么，聂赫留朵夫总是满怀怜悯和同情，不仅对玛丝洛娃，而且对一切人。（　）

277．聂赫留朵夫同流放的政治犯接近后，对他们的看法完全变了。（　）

278．在当时的俄国，对待政治犯，往往连法律的影子都见不到。（　）

279．流放途中，聂赫留朵夫对诺伏德伏罗夫的态度发生了变化，不

再反感他了。（ ）

280. 西蒙松对玛丝洛娃的爱情是柏拉图式的。（ ）

281. 在流放途中，到达彼尔姆以前，玛丝洛娃在肉体上和精神上都感到十分痛苦。（ ）

282. 在流放的最初阶段，聂赫留朵夫同玛丝洛娃只见过两次面，每次他都发现她处于一种阴郁的情绪中。（ ）

283. 在和政治犯一起流放西伯利亚的途中，玛丝洛娃受到了西蒙松的影响。（ ）

284. 自从俄国十月社会主义革命运动开始以来，特别是三月一日事件以后，聂赫留朵夫对革命者总是没有好感。（ ）

285. 在流放途中，尽管步行十分艰苦，但是政治犯西蒙松为了锻炼革命意志坚持步行。（ ）

286. 流放西伯利亚途中，直到玛丝洛娃调到政治犯队伍后，聂赫留朵夫每次见到她，都越来越清楚地看到她精神上变化，而那正好是他所害怕的。（ ）

287. 克雷里卓夫在狱中害了病，活不过几个月了，渐渐地他对自己的行为开始后悔，说，要是让他再活一辈子，他不会那么干。（ ）

288. 玛丝洛娃和西蒙松之间的关系特别接近，是从玛丝洛娃和政治犯一起步行开始的。（ ）

289. 平民革命家纳巴托夫认为革命不应该改变人民的基本生活方式，在这一点上，他同诺夫德伏罗夫和诺夫德伏罗夫的信徒，也是平民政治犯的看法不同。（ ）

290. 经过两个月的长途跋涉，玛丝洛娃的外表随着内心的变化而发生了变化。（ ）

291. 西蒙松告诉聂赫留朵夫，他爱上玛丝洛娃是因为迷上她了。（ ）

292. 西蒙松在那间专门拨给女政治犯的单身牢房里，告诉聂赫留朵夫他准备参加革命了。（ ）

293. 政治犯中的诺夫德伏罗夫很受所有革命者的尊敬，但是聂赫留朵夫却认为他这种革命者的品德远不如一般人。（ ）

294. 聂赫留朵夫在目睹了监狱里的种种罪恶后,认为监狱和流放地的一切行为和书本中的解释完全一致。( )

295. 聂赫留朵夫在跟随玛丝洛娃流放途中,来到一个外省的城市,访问地方长官,目的是找到一家干净舒适的旅店。( )

296. 在西伯利亚的一家邮局,聂赫留朵夫收到了谢列宁写来的信。信的内容是玛丝洛娃由苦役刑改判流放。( )

297. 在流放西伯利亚途中,在过去的六个旅站上,没有一个押解官准许聂赫留朵夫进入旅站房间探望玛丝洛娃,因为玛丝洛娃是一个危险的政治犯。( )

298. 西蒙松想向玛丝洛娃求婚的想法使聂赫留朵夫感到他独特的高尚行为无法实现,使他的自我牺牲在他自己和别人眼里都降低了价值。也许这里还有一种普通的妒意。( )

299. 西蒙松爱上玛丝洛娃是因为她是个少见的好人,却受尽折磨。( )

300. 在西伯利亚,聂赫留朵夫向典狱长出示了沙皇办公厅发的公文副本,典狱长遵旨,玛丝洛娃当场获得释放。( )

参考答案

一、单项选择题

946. C	947. A	948. B	949. C	950. A	951. A
952. A	953. C	954. B	955. B	956. B	957. D
958. D	959. D	960. D	961. A	962. B	963. C
964. A	965. A	966. D	967. B	968. B	969. D
970. A	971. B	972. D	973. B	974. A	975. B
976. D	977. A	978. C	979. B	980. C	981. B
982. A	983. D	984. C	985. A	986. B	987. B
988. D	989. C	990. B	991. B	992. A	993. B
994. C	995. D	996. A	997. C	998. D	999. C
1000. C					

二、多项选择题

186. CE	**187**. ABD	**188**. ACE	**189**. AB	**190**. DE
191. ABC	**192**. BD	**193**. ABE	**194**. AE	**195**. BCDE
196. BD	**197**. BCD	**198**. AC	**199**. ABCDE	**200**. AC

三、判断题

259. 对	**260**. 错	**261**. 错	**262**. 对	**263**. 对	**264**. 对	**265**. 错
266. 对	**267**. 错	**268**. 错	**269**. 对	**270**. 错	**271**. 对	**272**. 对
273. 对	**274**. 错	**275**. 错	**276**. 对	**277**. 对	**278**. 对	**279**. 错
280. 对	**281**. 对	**282**. 对	**283**. 对	**284**. 错	**285**. 错	**286**. 错
287. 错	**288**. 错	**289**. 对	**290**. 对	**291**. 错	**292**. 错	**293**. 对
294. 错	**295**. 错	**296**. 对	**297**. 错	**298**. 对	**299**. 对	**300**. 错